桃花眼

紫月星空◎著

重庆出版集团 重庆出版社

图书在版编目(CIP)数据

桃花眼/紫月星空著. —重庆:重庆出版社,2012.6
ISBN 978-7-229-04987-4

Ⅰ.①桃…　Ⅱ.①紫…　Ⅲ.①长篇小说—中国—当代
Ⅳ.①I247.5

中国版本图书馆 CIP 数据核字(2012)第 027838 号

桃花眼
TAOHUA YAN
紫月星空　著

出 版 人:罗小卫
责任编辑:钟丽娟
责任校对:李小君
装帧设计:八　牛

重庆出版集团
重 庆 出 版 社　出版

重庆长江二路 205 号　邮政编码:400016　http://www.cqph.com
重庆出版集团艺术设计有限公司制版
自贡兴华印务有限公司印刷
重庆出版集团图书发行有限公司发行
E-MAIL:fxchu@cqph.com　邮购电话:023-68809452
全国新华书店经销

开本:720mm×1 000mm　1/16　印张:17　字数:303 千
2012 年 6 月第 1 版　2012 年 6 月第 1 次印刷
ISBN 978-7-229-04987-4
定价:28.00 元

如有印装质量问题,请向本集团图书发行有限公司调换:023-68706683

桃花眼

目录 Contents

·第一章·
纠结的婚姻

一直觉得自己的命不好,不然也不会和男朋友谈了4年的恋爱,硬是让他妈说了一句:太老了,就将我们4年48个月1460多天的情丝活生生地斩断了。

太老了?这是什么话,我不就大她儿子三岁,一岁一枯荣,三岁才几个年轮,一个世界杯的一圈都不到。

俗话还说了:女大三,抱金砖。他妈怎么就看不见?这样的好事情落到她儿子的身上,只能说明一个问题:这是他家祖宗十八代的幸运。

和前男友哭哭啼啼地分手后,我郁闷了很长时间,把他妈恨得半死。好在我不是那种特别死心眼的人,长辈不看好的婚姻就是抢来了,也不幸福。何况前男友的身体也不是太好,把自己弄得病歪歪的,经常去医院吊水吃药。

与前男友分手后,我和现在的老公认识了。其实,我们在一个单位,不在一个部门,彼此也不是很熟悉。

这次,我采取一进二退三防守的措施,做好了实在不行就撤退的打算,只要我人还在,就不怕没有男人追我,更不怕没有男人和我结婚。

和老公的恋爱过程比较顺利,领证的那天,我看了看他的户口本,吓了我一大跳,原来他的出生时间和我在同一天,而且是同年同月。

四同占了三同,这是要经历多少个世纪才能遇到的缘分啊!我这个人什么都不相信,偏偏就相信缘分,看来这是命中注定的了,这个男人就是我的男人了。

从谈恋爱,到见双方父母,再到男方上门提亲,最后领证,一切过程顺顺当当的,平平常常,就和读书、考试、升级、毕业一样,没有一丁点儿挫折。

和三同的人结婚就是不一样,前后半年就敲定婚期了。哪像那个他妈,弄个病儿子上来不说,还看不上我这块不花钱送上门的金砖。

自古以来,剩男不剩女,谁稀罕谁啊?他妈你指望我为你儿子喝敌敌畏自杀,再等一万年吧。

看我和我们家的三同,那才叫一个好姻缘,天造地设懂吗?就是老天爷在几千万年前就安排好了,他非我不娶,我非他不嫁。

他妈,你好好听着,这就叫识时务者为俊杰,叫你儿子守着 4 年 48 个月 1460 多天的记忆好好后悔去。

三同有名字,叫易伦旭。我也有名字,叫花慕容。他妈你看清楚了,连我们的名字都有缘分。三同姓易,加上我的名字“容”,一切就变得非常简单容易了。

好了,以前的事情牙疼,还是不说了。我和三同从开始到结束什么都顺利,就是婚礼上卡了一下壳。

三同有两个爸爸两个妈,一个亲生爸爸,一个后爸,一个亲生妈妈,一个后妈。

我这里也不正常,两个爸爸两个妈,一个亲生爸爸,一个后爸,一个亲生妈妈,一个后妈。

这个问题是历史遗留问题,我们就不找具体原因了,爷爷奶奶的事情谁也管不了。婚礼那天,四个爸爸四个妈妈同时出现在婚礼上,那真叫一个字:乱!

婚礼是在一家五星级饭店办的,来了男男女女、老老少少 200 多人,弄了 20 大桌酒席。婚礼开始后,主婚人致词、证婚人宣读结婚证书,一切都按照婚礼程序走。

轮到主持人请双方父母上台时,台下四个爸爸四个妈妈一起站了起来。全场立即哄堂大笑起来,一起起哄,让八个爸爸妈妈一起上台。

台下的八个爸爸妈妈也真配合,居然一起上台了。他们站成四对,他爸和后妈,他妈和后爸,我爸和后妈,我妈和后爸,真有范儿。

看着八个爸爸妈妈站在台上欢天喜地的样子,我彻底眼疼了,都什么乱七八糟的!本来已经说好了,他亲爸亲妈、我亲爸亲妈四个人上台,怎么到了婚礼上,后爸后妈们一起冲上去了。

后爸后妈们是怎么想的,我不管,也管不了,我也知道他们抚养我们长大不容易,在我们的婚礼上露个脸还是应该的,毕竟一大把年纪了,头发也花白了。露脸是对他们劳苦功高的肯定,谈不上是什么坏事儿。

问题是这个脸露得合适吗?我们回到历史上,他们年轻的时候离婚、再婚那会儿,也应该在亲朋好友面前折腾够了,现在,我们结婚了,他们还折腾个什么劲儿。

瞧瞧这个婚结的,成爸爸妈妈展示会了。新郎新娘弄那么多爸爸妈妈出来,以后叫我们在同事面前还怎么做人?要知道,我和三同是很要面子的,不,现在应该叫四同了，我们又增加了一同，拥有一样多的爸爸妈妈。

这会儿，四同已经挂不住脸了，眉毛都竖起来了。当年爸爸妈妈离婚的事儿，他一直压在心底没有和人说。我担心他发脾气，把婚礼搅浑了，拉了拉他，用眼神示意他忍住。

四同还算理智，立即满脸堆笑，继续在主持人的安排下，和我一起交换戒指，再一一向四对父母三鞠躬。

下面轮到双方父母代表讲话了，我又开始牙疼。我从一看到八，从八看到一，就担心他们谁说错话。这人到中年就是火气大，万一在台子上他们互相看不顺眼斗起来，不是给我的一辈子抹块大黑布了？

果然，我后妈一把接过主持人的话筒，第一个发言，声音里充满了激动的悲壮豪情："要说我家慕容，我从她两岁起就开始带她了，今天终于看见她穿上了婚纱，我就觉得自己的心血没有白流了……"

我后妈刚说完，就看见我亲妈鄙夷地扫了她一眼，并从她手里抢过话筒。说良心话，我真怕她们在台上干起来。

我亲妈抢过话筒后，看了台下叽里呱啦热闹非凡的人群，一时间眼睛发亮，情绪激动："慕容是我亲闺女，要说也是我这个做亲妈的来说。今天是我亲闺女大喜的日子，我就不和你多计较了，来，大家举杯，一起为我亲闺女和女婿干杯祝福吧。"

我亲妈话音刚落，我的泪水立即盈满了眼眶，一颗悬着的心终于放了下来。看来，我亲妈还算给我面子，没有在婚礼上和我后妈闹起来。

再说，我后妈接过她的重任后，任劳任怨地给她拉扯大了女儿，她不看佛面看僧面，也该嘴下留情了。

想当年我亲妈扔下我不管，确实让我因为被遗弃痛哭了好大那么一大阵子。如果不是我后妈接过我亲妈的抚养和教育重任，我还真不知道自己在人堆里会长成什么样了。

我理解后妈的感情，同时又不能忽略亲妈的感受，我夹在她们中间好难受，只能赔着僵硬的笑脸。

主持人是个聪明机灵的男人，估计他做一辈子司仪，也没有料到一个婚礼来了八个爸爸妈妈。他立即接过话筒，顺着我亲妈的话，引导大家举杯喝酒，非常巧妙地将爸爸妈妈们送下了婚庆舞台。

八个爸爸妈妈是分成两桌坐的，因为担心他们碰头后的尴尬，事先四同特意和我交换过意见。我直接告诉他，让他们四对冤家分开坐，免得到时间闹起来打 120 都来不及掏手机。

当时，为了八个爸爸妈妈的登台问题，四同和我磨叽了好长时间，磨叽到最后，是一个不想请，甚至想取消婚礼，两人出国旅行去，留他们八个人在自己家里蹬饭桌子。

八个人，四同一个也不要。八个爸爸妈妈，亲的非亲的，近的远的，滚得越远越好。我没有同意四同的意见，四同这样做，虽然有他的道理和他的想法，但是，这样做太伤爸爸妈妈们的心了，做人也太不厚道。

先不说结婚是一辈子的大事，就指着我是初婚，也得办个像模像样的婚礼。我不想弄得跟个二婚女人一样，偷鸡摸狗地挂个包就进夫家的门了。

我得光明正大地嫁过去，况且结婚本来就是一件透明的事情，我和四同缘分那么好，不能就这么悄无声息地把一生的大事给做了。

在我的坚持下，四同迫不得已理顺了肠子，同意两个亲爸两个亲妈去参加我们的婚礼，带后字的一概不给去。我说："这叫什么话，我后妈比我亲妈好多了，我宁愿让后妈去，也不让亲妈去。"

四同把脖子伸直了，和腌制过的鸭脖子一样，反问："我后妈都不给我吃饭的，小时候老是让我饿肚子。老凶的女人，我看见她就思维混乱连拉屎也不规律，走路都不走直线的，专门走斜线。"

我笑得前仰后俯，有这样的后妈吗？我怎么就没有遇到？如果让我遇到了，是不是应该给后妈几个耳刮子过去？让她知道拖油瓶也不是随随便便好欺负的。

我们两个80后，为了亲妈后妈的问题，磨叽了不下两天，最后一致决定：婚礼如期举行，八个爸爸妈妈全部参加，一个也不能少。不过，四同多了一个附加条件：两对亲爸亲妈上台，带后字的就不要上去丢人现眼了。

随后，我把意见分别转告了亲爸后妈、后爸亲妈。当我告诉后妈的时候，后妈什么话也没有说，看着我，半天吐不出一个字来。

·第二章·

隔夜短信伺候

我知道,后妈一定被吓着了。后妈没有孩子,唯一的儿子留给前夫了,前夫霸道不仁义,把孩子带到加拿大,再也不回来了。

后妈对我好,一直拿我当亲生女儿,她把对儿子的爱全部放到我的身上来了。关于这点,连我亲爸也不否认。

当我说出这句话的时候,我猜得出来,后妈的心里有多难过。后妈从我两岁开始带我,一直带到我 26 岁出嫁,这本来是亲妈的义务,却落在后妈的身上,确实没有道理。

24 年的感情,不是那么容易被勾兑的,好比一张渔网,一丝一扣都联系在一起,牵扯不断。所以,在亲妈上台还是后妈上台这个问题上,我是倾向后妈的。

我亲爸是个开朗的人,他对于谁上台无所谓,他说:"谁上台不要紧,只要你永远是我们的孩子,我们永远是你的亲爸后妈,这就行了。"

后妈听见亲爸的话,显然被感动了,她流着眼泪,左手抱住我,右手抱住我亲爸,说:"你爸说得对,形式的东西我们不要,谁喜欢谁拿去好了。"

后妈的情绪稳住后,亲妈喜笑颜开。在情场上,看来是不分胜负的,付出的那方,不一定就是得到最多的。而得到最多的,也不一定就是付出的那方。

婚礼前一天,四同那头传来确定消息,亲爸和亲妈上台,后爸和后妈坐台下。为了保证婚礼的有序进行,尤其是防止他们的临场冲动,婚礼前一个小时,我和四同还特别关照了八个人。

八个人很照顾我们的面子,全部微笑点头同意。没有想到,临场他们齐刷刷地站起来了,和风中的芦苇一样,弯着腰还在飘,真能挺。

一场虚惊后,我和四同在主持人的引导下,开香槟,切蛋糕,喝交杯酒,点燃蜡烛……

这场婚礼后，八个爸爸妈妈的名声随着我们的婚讯一起传了出去。次日，我和四同的手机里收到不亚于200条短信。

“不是吧，那么多爸爸妈妈，你们分得清哪儿是哪儿啊？”这个是一个只有四个爸爸妈妈的新婚大哥，四同手机里的。

“分两个爸爸妈妈给我吧，我这里正缺着，我没有人疼，没有人爱，回家只有冷锅盖。”这个是缺爹少娘的，家庭支离破碎的，四同手机里的。

“靠，你小子叫得过来吗，再生个小子不是叫花眼了？”这是个喜欢朝死里开玩笑的，四同手机里的。

“你到底是哪个爸妈的产物？我昨天晚上在台上看了半天，眼珠都挂挡了，也没有找到登对的。”这是个经常找题做脑筋急转弯的，四同手机里的。

“太牛逼了，你丫的怎么一夜之间就横空出世了八个爸爸妈妈，我家才七个，今天要催催我亲爸赶在我结婚前，把终身大事给办了。”这是下个月准备结婚的，羡慕得要掉眼珠的，我手机里的。

“不要刺激我，我们家只有两个爸爸，宝宝年底出世都没有奶奶带。上天啊，为什么对我那么不公平啊！”这是老同学黄梦瑶的，一直喊有妈的孩子是个宝，没有奶奶的孩子是个草的，我手机里的。

“了得，20年后我失业下岗了，先去你家租门面，然后直接注册一个敬老院，我做院长，管理你家的八个老头老太，外加我家的四个。如何怎样？”这是大学的死党，睡在上铺发誓只要老公不要孩子的死丁克安京宁，我手机里的。

“丫的，明儿你生个大胖小子，是不是也要让那小子叫亲爷爷、亲奶奶？那后爷爷、后奶奶是怎么叫的？我怎么发现字典里似乎没有这个词啊！要不要把新华字典升级改造一下？”这是单位同事，婚后一年不孕到处求医花了钱肚子还是太平洋的万涵敏，我手机里的。

四同和我一边看，一边哈哈大笑。这些个老同学、老朋友、老同事还真他妈的猥琐，什么话都给你来一遍，还让不让人活了？

看完短信，四同把手机放进口袋里，拍了拍我的脸：“慕容，饿了吧，我带你出去吃东西。”

我一看时间，已经到中午了，昨天闹洞房到12点才休息，现在肚子确实饿了。我点头，两个人一前一后下了楼。

我们的新居位居仙林，大约有一百平方米，是八个爸爸妈妈联合赞助买的。人多力量大，一次性付款，所以我们没有还贷压力。房主是四同和我，房产证上写着我们两个人的名字。

下楼后，四同去了车库，开了一辆长安杰勋出来。这是娘家的陪嫁品，我后妈坚持买的。这款车的车型是空间比较大，人在车里感觉不压抑，比较舒服。

说白了，这辆车就是为四同买的，因为我大学毕业后，接着就去找工作上班，根本没有时间去驾校学习开车，现在连方向盘也不会摸。

四同驾驶证已经拿了两年了，一直眼巴巴地等着买车，他后妈就是不理他那套。直到遇到了我，遇到我亲爸后妈，才有了驾车的运气。

现在，前男友他妈该知道我不是一块简单的废砖而是一块金光灿灿的金砖了，如果她知道我今天结婚，而且娘家还给我老公买了长安杰勋，开车的不是她那病儿子，而是我老公，一定要牙疼死了。

哈哈，这就是命，一人一命的命，有意思吧。我忘记说了，昨天夜里还接到前男友信息的，估计是夜里 12 点以后发的，那时闹洞房的人正渐渐散去，我清楚地听见手机信息提示音响了，不过，我没有去看。

昨天晚上我在洞房里给人闹得晕头转向，哭都来不及，一个又一个八卦阵从天而降，我还看什么手机信息？所以，信息一条也没有打开，直到刚才起床和四同头碰头一起看完后，才发现前男友发来的一条酸不溜丢的信息。

“惊闻今日大婚，不由眉头锁紧，念昨日心难平，伴君非我新婿。”哈哈，是不是后悔了，我结婚大喜之日，你锁什么眉头，是不是没有想到有男人那么快就把我娶回家了？

哈哈，我结婚你哭什么劲儿？早知今日何必当初，不过，你爱哭不哭，从今天开始，我是有老公的人了，至于我是土砖还是金砖，就和你没有任何关系了。

·第三章·

婚后分餐

转眼出了小区大门，四同在车里问我去哪家吃。仙林地方大，好吃的少，这里紧靠栖霞农村，离南京市区太远。

我的肚子里像长了三只癞蛤蟆，一直张口叫着："肚子饿得紧了，我们就在家门口随便吃点吧。"

四同一听在家门口吃，就不乐意了："昨天大婚，今天和新娘子第一次开伙，在家门口吃遇到熟人丢脸还丢人。走，我带你去湖南路狮子楼吃蟹黄包子，还有……"

我一听湖南路三个字，耳朵就惊爆开花了，那地方原来和前男友经常去，文化宫门前的路都要给我们踩成天坑了："不去，太远，没有情调。"

四同愣了一下，把方向盘往右一转，停到路边："要不，我们去新街口，去吃比萨大餐。"

新街口，越说越远。四同自己不会做饭，我也比他强不到哪里去，新婚第一顿饭，就把我们难倒了。八个爸爸妈妈都在市区里住着，不要说蹭一顿饭，就是蹭半口水也难。

我想来想去，似乎也没有什么好吃的，和四同谈对象的时候，我们已经把南京周边的饭店扫荡干净了，什么好吃吃什么，什么有名点什么。

现在，一时还真不知道哪里的东西好吃。我撅起嘴巴，看着四同，突然左手一指："嘿嘿，我看见了，前面有家鸭德宝，好长时间没有吃它了，把车开过去。"

四同看了看，立即摇头："十块钱一碗，就吃那东西？鸭心鸭肝鸭肠子，加一陀螺绕来绕去的粉丝，没劲儿。"

四同说完，哈哈大笑。我知道四同不喜欢吃粉丝，说他后妈在他小时候经常用粉丝充当面条在热水里过一遍就给他吃，吃得他肚子里像钻满了蛔虫一样，鼓鼓的难受。

四同笑完，看着我眼馋的样子，觉得自己笑得有点傻有点过分："这样吧，我把你送到鸭德宝，你自己进去吃，我去隔壁那家吃麦当劳。"

四同说到这个份儿上，只能这样了，新婚第一顿饭就分餐，还真出乎意料。我满口答应："好，吃完我去找你。"

四同开着车，打了一个弯，转了过去。两分钟后，我就钻进鸭德宝闻鸭屁股香味了。我点了一个简餐，找了一个僻静的角落，独自吃了起来。因为怕熟人看见，昨天的迎亲队伍闹得太凶了。

粉丝刚起筷，还没有送到嘴边，来了一条短信。赶紧拿出手机打开，一条极其暧昧的信息蹦了出来："想你，以后可以和你做情人吗？"

我以为自己鸭香闻多了，晕头转向看错字了，又重新看了两遍，没有错，还是那行字。我靠，昨天结婚，今天就来如此强盛的桃花运，而且还明目张胆地要和我做情人，哪家的狗啊，放出来到处咬人，没人管了啊！

我倒要看看，发信息的人是谁。在我新婚的日子里，竟然和我开这样的玩笑。翻到最后，看见的是一个陌生的号码，我根本不认识这个号码的主人。

毫不犹豫，一定要毫不犹豫立即删除这条信息，并且锁定这个号码，让它以后不再出现在我的手机里。我是良家妇女，这样落井下石真的太危险了。

好在四同没有看见，如果被他看见，我注定要成身染黄泥的风流鬼了。鸭德宝吃完了，食不甘味的，我都不知道自己嘴巴里塞的是什么玩意儿，脑子里尽是那条暧昧的信息，翻来覆去的，搅得心神不宁。

独自呆坐了一会儿，看看时间不早了，赶紧去隔壁麦当劳找四同。找了两圈，四同不在，这个人吃个饭怎么就吃不见了，难道会玩分身术吗？

继续找，找不到就死等，等了十分钟，还是不见人。犹犹豫豫地站起来，跑到门外，一眼看见马路对面的长安杰勋，四同正坐在驾驶座上，低着头全神贯注地在拨弄着手机。

这个男人，不是说好了我去麦当劳找他的嘛，怎么一个人跑出来了？还那么粗心，也不知道给我打个电话，让我回车里找他，却叫我在麦当劳死等。

我大大咧咧地走过去，朝长安杰勋驾驶座窗玻璃轻轻拍了两下。很快，我看见四同神色极其不自然，眼神慌张，立即合上手机滑盖。

四同极力掩饰着不安，看了我半天，才想起来和我说话："吃完了？那么快？饱了吗？"

我拉开车门，直接坐到副驾驶座上："我以为你在麦当劳的，原来早就回车里来了。看你忙的，也不给我一个电话，让我白等半天。"

四同听说我在麦当劳等了他半天，一把拉过我的手："是这样的，我一个老同学给我来信息，听说我结婚了，特意贺喜的。”

老同学，是女的吧？男同学贺喜不会这么婆婆妈妈的，把短信从麦当劳一直发到车里吧。我心里这么想着，就是没有说出来。

看四同刚才发信息那个专心致志的样子，神神秘秘的，人还躲在车子里，搞得和地下党接头似的。弄不好就和我刚才接到的暧昧信息一样，不过，我们的性质不同，我是陌生人来的，他是老熟人来的。我是男的，他是女的。

女人的直觉是最可怕的事情，连我自己都觉得不可思议，这个四同搞什么鬼？新娘子三天回门，我结婚还没有到三天，不要弄双三寸金莲给我套脚上了，连回门的路都摸不到了。

四同啊四同，我这块金砖本来是属于我前男友的，因为他妈眼光太浅的缘故，才有幸落到了你的手里。我后妈看得起你，给你买了新车，是指望你照顾我下半辈子。如果你做对不起我的事的话，小心八个爸爸妈妈的口水像长江水一样淹死你。

回去的路上，四同一直在讨好我，不断和我开玩笑，说着那些隔夜短信的风趣和幽默。说实话，我笑不出来。鬼知道那些信息里有没有鬼名堂啊！

路上，我的手机信息又响了一次，有了刚才鸭德宝的那次经验，这次我乖了，索性连看也不看了。管他谁发来的，我没有听见还不行啊？

·第四章·
蜜月旅行计划

回到家，四同一声不吭，打开电视。我有心思，也顾不了他了，转身去了卫生间，打开抽水马桶把里面的声音弄得老高，然后拿出手机，打开就看信息："想你，以后可以和你做情人吗？"

去他奶奶的，什么人啊，发个一模一样的信息来。是考验我对婚姻的忠诚？还是想打劫我这个良家妇女？

想不到，锁死一个还再来一个。翻看号码，和刚才在鸭德宝锁死的手机号码尾数不一样，完全是一个新的号码。

捏他爷爷的蛋，继续锁死，再不行我明天去移动公司换个新号码，看他再发，发他个龟孙子啊。

我锁死号码后，直接把手机关闭了。反正家里有固定电话，在我换新号码前，让他们去联系固定电话吧。我可不想充大头，刚刚结婚就弄个莫名其妙不明不白的烂桃花回来，然后让四同抓个机会把我一脚踹了。

走出卫生间，我坐在沙发上挨着四同看电视。四同转过脸来看着我，突然说："想去蜜月旅行吗？"

蜜月旅行？当然想啊！哪个女孩子不是物质女孩？尤其是在新婚这样难忘的日子里，都想为自己今后的人生轨迹留下一些美好的印记。

我想都没想，直接抛出去一句："想啊！"

仅凭一个字"想"，四同又开始和我磨叽起来了。他一会儿说去青岛，一会儿说去北京，一会儿又说去香港。

只要有玩的东西，管他去什么地方，我只要有吃的有玩的。四同本来想和我研究哪个地方值得去，说了三个地方我都拍手叫好，也不和我磨叽了，直接说："第一站青岛，第二站北京，第三站南京。"

我也没有意见，一切四同看着办好了。我是一个没有什么脾气的女人，也没有多少主见，只要四同喜欢的地方，我就喜欢。

我是一个简单的女人，思维简单，行动简单。现在的出门旅游比较方便，旅馆什么东西都有，不需要大包小包地带着跑，一次性牙刷牙膏随你用，用完换新的，全部算在住宿费里了，少操心很多了。

四同在这方面和我差不多，喜欢简单。当天下午，四同一直在网上搜索南京到青岛的航班。因为我们两个人都是晚婚，婚假比较长，也不在乎一天时间，所以，共同沟通的结果是明天出行，航班也买明天的。

四同搜索得很辛苦，网页翻来翻去的，闪来闪去。我乐得清闲，一直坐在沙发上看电视，换台的声音弄得"拍拍"直响，像电蚊拍拍蚊子一样清脆悦耳动听。

突然，我感觉四肢有点冷。季节正在十月，离中秋节越来越近了，恰是桂花盛开的季节，这样的天气怎么会感觉冷呢？

是不是昨天婚礼太累了，还是发烧感冒了，或者其他什么原因？我有点纳闷，走到卧室打开壁橱，拿出一件羊毛外套穿了起来。经过卫生间的时候，一阵干呕，冲到洗脸池边，呕了半天，吐了几口黄水，比黄连还要苦涩。

客厅里，四同一边搜索航班时间，一边和我商量："老婆，我看中了一个航班，明天下午四点半起飞的，五点三十五直达青岛机场，准点率100%，怎么样？"

我在卫生间翻江倒海，哪里管得了他，一切随他定了："嗯，四同……你自己……看……我随便……你了……呃，哦……啊……"

四同听见我说话的声音不对，立即从客厅跑了过来："你怎么了，是不是病了？要不要带你去医院？是不是刚才吃的鸭德宝不干净？"

我看了看四同，没有说话，继续艰难地呕吐。这一吐，把鸭内脏和粉丝全部倒出来了，中午的一顿算是白吃了。

四同走过来，关心地拍着我的背部，心疼地说："是不是昨天夜里着凉了，我带你去医院吧。"

终于吐完了，四同把我扶到客厅，看着我一副憔悴的样子，关闭了航班搜索的网页。

我的嘴巴奇干难忍，有气无力，长这么大，还没有这样没心没肺地呕吐过，简直要把我的心肝宝贝全部吐出来了。

我指了指桌上的茶具，四同立即领会，给我倒了一杯热开水，兑了一点冷开水，端过来送到我嘴边，让我喝下。

水喝完了，才下肚又想吐了，四同赶紧抓来一只垃圾桶，接到我的嘴底下。总算吐完了，我的小心小肺小肝，全部在发颤打抖，得瑟得像个打摆子的病人。

这是什么病？吃什么吐什么，喝什么喷什么，起码我活了 26 年还没有在自己的身上见过。四同看我无精打采的，一把抱起我，送到了卧室的床上，拉开被子叫我睡觉。

我十分歉意地看着四同："你去搜索航班吧，我这里没事了。"

四同没有出去，坐在床边陪着我："不去了，等你身体好了再说，玩的机会多了，也不在乎这几天的。"

我点了点头，四同说得没错，就我这身体，不要说去青岛和北京了，就是去楼下，也要爬着上来。

这时，床头柜上的座机铃声响了起来。四同拿起电话："喂，你好……哦，是妈啊！"

听见四同的声音，我费力地问："是哪个妈啊？"

四同没有搭理我，继续接听："嗯，她在床上，有点不舒服，不知道是昨天累的，还是今天吃了什么脏东西，又呕又吐。"

电话靠得近，仔细听那头的声音，应该是我后妈："我刚才打慕容手机，关机了，急死我了。我急得慌，就打座机过来了。又呕又吐？会不会是怀孕了啊？大概是坐床喜了！你带她去医院查查看。"

四同嗯嗯啊啊的，对着电话机连连点头："好的，妈，我一会儿就带她去，你放心。"

接着，又是后妈急切的声音，我想象得出她的担心："记得，叫慕容不要乱吃药，手机白天一定要开着，不然我找不到她不放心的。"

四同哦哦啊啊地继续点头，然后，说了再见了之类的话，后妈挂断了电话。四同放下电话后，回头第一句话就是："你怎么大白天把手机关了？"

·第五章·

婚姻信息地雷

我被电了一下,立即反应过来:"手机没电了。"

四同摸了摸我的衣服口袋:"没电赶紧充啊,关机了家里人找不到你怎么办?"

牙疼!那手机是一枚定时炸弹,里面埋着一颗黑地雷,关机不是我的错,打开它就是我的错了:"一会儿我自己充,你去忙吧。"

四同没有坚持,给我拉好被子,叫我先休息一会儿,等下午两点后医院上班了,就带我去医院检查身体,然后转身去了客厅。

我心中有鬼,巴不得四同快点出去。客厅的电视声音还在响,不过,音量小了很多,估计四同在看电视。

我以最快速度从口袋里摸出手机,放在被窝里打开等待开机。去他祖宗八代的,我怎么和一个偷儿似的,竟然做起了这般偷鸡摸狗的事情!

我有错吗?既然没有错,紧张个鸟!话说回来,这样的信息还是一枚枚带毒的子弹,射到谁,就会伤到谁。

手机开机后,嘀嘀嘀的声音叫个不停,我赶紧调成静音状态。与此同时,一连串信息跳了出来。有祝福婚礼的,有搞笑的,还有……我一一跳过,专门找陌生人的信息看,果不其然,又出来一条信息,不过又换了一个新号码:"想你,以后可以和你做情人吗?"

去他爷爷祖宗一万代,我和你有仇还是有怨,从结婚到现在,才一天半时间,你发了几条恶意信息骚扰我了?身正不怕影子斜,老娘要要威风灭灭你的志气了。

我按住信息 ,直接点开回复:"我靠,你是谁啊?就凭你长得这人模狗样的,也配来做我的情人?你有多远死多远吧,老娘不屑理你这个猿粪垃圾。"

发完信息,我安静了许多,看来,人不能一味地忍让,忍让只能让对方得寸进尺。况且,我也不认识他,回复骂他一下,也许可以让对方停止黑手。

仅仅过了十秒钟,对方回信息了,速度如此之快,是我没有料到的:“姐,你寂寞吗?抱抱你!”

一看信息,我就蒙了,这小子还真胆大:“抱你娘的铁钩子!老娘骨头带刀肉带刺,伤到你的小腿你就绝世万代留英名了。”

发完信息,我就傻眼了,这样来来回回不是事儿,纸包不住火,我这样做,不是火上浇油引火烧身吗?万一四同发现了,咬定我们之间有什么关系,我不成典型的猫盖屎了。

不行,这样不行。天要打雷电要闪,我不能坐以待毙。我要报停号码,不能将这颗信息地雷轻而易举地埋到我的婚姻里,毁弃我的一生幸福。

只要我换了号码,他就是有再大的本事,也找不到我。新婚的喜悦,被这个头疼的信息搅得牙疼,锁死对方号码已经没有用了,我不能再做无用功了。

下午2点,四同开车带我去医院,他直接把车停在了市妇幼门口,我一下子愣住了:“我呕吐看急诊,怎么带我到生孩子的医院来了?”

四同一脸坏笑地看着我,熄了油门的火,拿起装钱的小包:“坐床喜,你后妈说的,不是我说的,下车。”

什么,坐床喜?我昨天结婚,今天坐床喜?昨天大姑娘,今天大肚婆?这个角色变换得也太快了吧?

下车的时候,我仔细想了想,婚前两个月我们就同居了,他一直没有用TT,我也没有采取避孕措施,我们是裸爱的。

这个月的十八号是我的正常例假日,我的经期一向很准,现在已经过了六天,还没有来潮,我的天!

感谢后妈,比我亲妈还要亲,这么大的问题居然为我想到了。和四同一起进了门诊大楼,挂号排队问诊,接着去验血验尿。一个钟头后,结果出来了:我真的怀孕了!

太意外了,转眼我就是一个标准的孕妇了,弄个屎娃娃出来了。四同看见化验单的结果,眯着眼睛,嘿嘿傻笑:“老婆,我是不是真的要做爸爸了啊?我还没有准备好,这小子就急吼吼地来了?”

我跟着傻笑,想借题发挥顺势换个移动卡号,悄悄把信息地雷炸掉:“你要做爸爸了,说,今天给我什么奖励?”

四同傻傻地笑,傻傻地答应:“今天我满足你的一切要求,作为我那臭小子提前到来的礼物送给你。从现在开始,你手指到什么地方,我就把车开到什么地方。”

长安杰勋停在市妇幼门口,四同说到做到,立即和我上了车。市妇幼门前商家众多,好不容易挂挡倒车开到了路口,我手指一挥:“前面右拐 1000 米,移动大厅。”

四同“嗯?”反问了一句,我跟着“嗯”肯定了一句,接着,他踩动油门就走。五分钟后,到了移动大厅门口,他停了车,我进去,他原地不动等我。

走进移动大厅,我的心紧张得都要跳出来了,有一种深深的负罪感。原来未婚的时候,改个移动卡号是最最自然不过的事情,根本不用瞒着谁,想改就改了,现在怎么觉得自己偷偷摸摸的,像偷情。

第一次感觉到了婚姻的约束力是这样的强大,难怪那么多人跨进坟墓后,铺天盖地不计成本地往外冲。我还是先去充值柜台,选个吉利号码吧。我新婚,才进坟墓,离死还远呢,奶奶的熊!

两分钟后,号码选好了,插上手机,顿时感觉轻松多了。我得意地笑,笑哈哈地走出了营业大厅。哼,你会换卡我不会换号吗?老娘一样换给你看!

回到车上,四同转脸问:“充值去了?话费前几天我才给你充过,怎么又去了?”

我嘻嘻哈哈一笑:“换卡了,我。”

四同知道我原来喜欢换卡,经常是一张卡里的钱用完了,就换一张新卡。他也没有继续多问:“你旧病又犯了?结过婚了还换什么新卡?怕前男友追来,还是……”

四同说得很随意,但是,在我听来就那么扎耳扎心。真是哪壶不开提哪壶,对了,那个该死的信息地雷莫不是前前男友发来的?

我的前前男友是前男友之前的一个男朋友,和我同龄,是我中学的同班同学,那段老黄历揭开来感觉蛮丢人的。因为是早恋早开花,而且结的是无花果,失败惨了。

·第六章·

前前男友

说到这个前前男友，我心口的伤疤就痛！本来我们已经老死不相往来很多年了，我和前男友也确定了恋爱关系，可恨的是我大学毕业后第一天去公司上班，偏偏在人力资源部办公室遇到了他，他是主管。

现在的大学生自谋职业，找工作比相亲还要难。我这个工作是办公室文员，是在3000多个应聘者手里抢到手的，面试、笔试、口试，一路像小日本鬼子进村扫荡一样，终于给我抓住了，你说，我会放手吗？

我当然不会，我后妈养我不容易，花钱不说，还费心思，没有被我亲妈少骂过“贱货”两个字。

小时候我的体质就一般，经常感冒发烧打摆子，我后妈好不容易拉扯我到读大学，还要供养我读书，花出去的钱就和流水一样。

现在，我好不容易找到了理想的工作，和自己的专业又很对口，正是报答我后妈的时候，我能放弃到手的肥肉吗？

前前男友看见我，眼睛和深山老狼一样开始放光了。然后，就是三天一个电话，两天六个信息，一天一次登门地来办公室拜访我，比经理来得还要勤快。

我知道他藏在牙缝里的那点鬼心思，就是想和我续前缘结旧好，我那时已经有前男友了，就是没有前男友，我也不会找他。好马不吃回头草，我就是再贱，也不会给他机会跪在我的面前磕响头了。

我享受不起他，看见他只会折我的寿数。他太花心了，小小年纪和我早恋不说，还弄出几个假老婆来，还给她们按照年龄顺序编号：大老婆、二老婆、三老婆。编到最后，我是六老婆，我有病啊，谁做你家老六？敢情你想做红楼梦里的贾宝玉，也要看看自己的家底到底有多厚！

我大婚前，只是悄悄请了几个单位的同事，还要他们帮我保密，不要把我结婚的消息透露出去。请婚假是通过办公室主任请的，走的是计划生育程序，他是插不上黑手的。

如果真的是他，这个人是不是太磨叽了？我结婚了，就意味着什么都不可能了，我的身体和我的一切，只能和结婚证上的那个男人发生关系，其他的男人应该主动靠边站了。

想到这里，我倒吸一口气，这个前前男友不是鲍鱼，是鱼刺，不仅扎嘴，还会卡死人。为了他，我工作三年，换了不下十个手机号码，给同事和老同学骂死了。尤其是黄梦瑶，婚前还在威胁我："再换号码，以后我家儿子出世了，就不给你家女儿做老公了。"

哈哈，真是牛到极点了。但愿老天让我生的是儿子，那样就随便黄梦瑶怎么折腾了。我自横刀向天笑，笑完我就去睡觉……

想到这里，我把手机扬了扬，故意岔开话题，对四同说："我这个是吉利号码，花50块钱买的，1595188……好听吧，我要发发，就我要发发，哈哈。"

四同从市妇幼出来后，情绪一直不错："好好好，发发发，我们一起发。你是不是在我们儿子出世前，还得换几次带发的号码？"

嘿嘿，这个破四同，怎么把话题又绕到换不换手机号码上来了？说实话，我希望这是最后一次换号码，不然，我真的要给别人的口水淹死了。

坐在车里，我手指一挥："以后不换了，坚决不换，再换是小人。开车，带我去晓晓李吃烤羊排。

四同闷声嘿嘿地笑："我就知道，你总有一天会换烦的。就那11个阿拉伯数字，几个月折腾一次，够累人的。晓晓李在哪儿？是不是南湖十字路口？"

我拼命点头，已经两个月没有去吃烤羊排了，口水已经掉地上了。记得和前男友谈对象的时候，我们每次吵架，他就拿烤羊排逗我。当然，我去烤羊排不是为了纪念他，而是我需要烤羊排的味道。

确切地说，我是为了肚子里的儿子来的，我现在无论吃什么东西，都是为他吃的，无论享受什么，也是为他享受的。

四同和我谈恋爱的时候，带我来过一次晓晓李，因为我们从来不吵架。他的脾气很好，四肢发达头脑健康。我和黄梦瑶去过几次，吃完还各带一份外卖回去慢慢啃。

会开车的人记忆力都非常好，认路本领惊人。现在，有了车载导航仪，到哪里还有多少里多少米，在哪个方向转弯掉头，都会有人提醒你，根本不需要张嘴到处问交警了。

一路上，风景迷人，金秋十月到处弥漫着成熟的韵味。桂花一阵阵的，随风飘逸而来，四同一边开车，一边唱歌，歌词含含糊糊的，听不清楚，不过，看着他那高兴劲儿，我也春心荡漾了。

四同外貌很斯文，戴着一副眼镜。他得意地唱着，唱完了看着我傻笑：“你说，老婆，我们家这小子现在来了，是不是要先告诉他的爷爷奶奶们啊……”

四同拉长了“们”字的音调，我立即反对：“你能不能把牙缝塞紧点？我昨天刚结婚，今天就把怀孕的事情告诉他们，你要我的脸以后往哪儿放？”

四同不高兴了：“一家人了，有什么脸不脸的，还不是放家里。哎，我想起来一个重要的问题，我家这小子以后要是学说话了，四个爷爷四个奶奶，该怎么叫呢？叫亲爷爷亲奶奶，那后爷爷后奶奶怎么叫？”

我听完，想笑又笑不出来：“四同，你得先答应，暂时不要把我怀孕的事情在家里公开，坐床喜可不是什么好事儿，昨天晚上敬酒，我灌了不少王朝干红。早知道怀孕了的话，就用可乐代替了。”

四同听完我的话，嘴巴夸张地拉成了弹弓形：“嗯，那我不说。你不要吓我，现在科技那么发达，等建小卡的时候，让医生好好看看，干红不是白酒，应该没事儿的。晓晓李到了，是不是这里？”

我的心一直悬着，为我那小子。我看了看前面红彤彤的晓晓李店名三个字：“就是这里，到了。”

进入店堂后，我们要了一个包间，两个人过着幸福的两人世界，没有人打扰，仿佛与世隔离一样。我从来也没有这么安静过，也没有这么踏实过。

婚姻确实是一个好东西，可以让两条平行线交叉，让两颗漂浮的心交集，让苦苦寻觅的两个人找到生命的归属感。

·第七章·

回门新娘是孕妇

原来,幸福是可以唾手可得的,并非遥不可及。我们每天喊,幸福在哪里?其实,幸福就在你心里!

这时,服务小姐递上一本菜单,四同接过来递给我,让我点菜。我是冲烤羊排来的,点完烤羊排,我把菜单本推给他,让他随便点。

两个月没有来,晓晓李已经装修过了,菜价也涨了不少,烤羊排从原来的56元猛增到86元。

为了革命下一代,我豁出命了,一定要吃。今天中午鸭德宝全部吐干净了,希望晚上的烤羊排争气,不仅要让我的嘴巴舒服,也要让我那小子尝尝烤羊排的味道。

也许是怀孕初期,我的胃口比较好,想吃,食欲也好。但是,吃完就吐。烤羊排下肚后,我一直在心里祈祷,不要翻江倒海水漫金山了。

还好,晚上胃很争气,吃完了什么事儿也没有,连一口水也没有吐出来。临出饭店的时候,我下意识地看了看前男友和我经常坐的地方。

那地方还在,仍然是老样子,人生无常,原来的人原来的事儿已是物是人非了。谁会知道曾经的拥有,会成为今天的回忆?

感慨只在一念间,走出晓晓李,外面已是灯火辉煌,马路上车灯闪烁,好不热闹。四同开着车,带着我在市区兜风,一直到晚上十点,才回到仙林的新居。

第三天,是回门的日子。四同一大早就起来了,准备好了牙膏牙刷和洗脸水,让我洗漱后抓紧时间和他出门。

我是一个粗线条人,加上怀孕早期嗜睡,四同喊了我三次,也没有喊醒我。上午10点前必须回门,这是南京人的婚俗礼仪。我们的回门礼物还没有买,四同肯定比我着急了。

四同看我还赖在床上,走进来,把我轻轻抱起来:“乖乖的儿子哎,爸爸来叫你了，和妈妈快点起床了，太阳晒屁股了，快快起来了。”

我一脸幸福地看着四同，这个男人的身上有一股非常好闻的体味，不是烟味，也不是酒味，是一种来自身体内部的自然香味，迷迷醉醉。

给四同抱下床后，我去卫生间洗脸刷牙。很奇怪，自从确定怀孕后，我的身体仿佛分成了两个，一个是我，一个是儿子。

无论做什么，我的大脑里反射出的信息必定是我们两个人，如果四同在的话，就是我们三个人。

上午八点，四同准时和我出门，开车回娘家。路上，我们买了六样礼物，象征六六大顺。回娘家比较简单，因为我们只回我亲爸后妈家，亲妈后爸家直接免了。

回到娘家，是我后妈来开的门，她一看见我，立即抱住我，哭了：“慕容，妈想你想得晚上睡不着。”

我和后妈抱在一起，眼泪顿时流了下来：“妈，我这不是回来了？不哭，四同对我很好的，你放心。”

后妈看见我哭了，赶紧拿餐巾纸给我揩眼泪，然后，对着我爸破涕为笑：“老花快过来，看我们闺女和女婿还有外孙子来家了。”

我爸迎上来，让我们坐下，然后在屋子里到处找：“外孙子？在哪里？我怎么没有看见啊？”

我的脸羞得通红，望着后妈：“妈，你怎么知道有外孙子了？也不帮我在我爸面前盖着点。”

后妈一边给我们拿水果，一边招呼四同吃：“来，四同自己拿猕猴桃吃。慕容，昨天四同在电话里对我说你又呕又吐的，我第一个反应就是坐床喜。昨天下午去医院怎么说的？快和妈说说，妈早就期待做外婆的那一天了。”

我爸站在一边，听后妈说得一愣一愣的：“慕容怀孕了？我们要做外公外婆了？”

四同看着我爸，连连点头：“爸、妈，昨天下午我带慕容去市妇幼检查过了，确定怀孕了，预产期是明年 7 月 18 日。”

四同说完，一家人全部笑开了。后妈不时看看我的肚子，喜滋滋地说：“慕容，从现在开始，你不是一个人在战斗了，从明天起，妈过去给你们两口子做饭，带你爸一起去。”

我真的没有想到，后妈会对我这么好。常言道：嫁出去的女儿，泼出去的水，何况我和后妈之间并没有一点血缘关系。

一日三餐，做饭做菜，看起来是再简单不过的事情，可是，我的亲妈都做不到，后妈却做到了。

我不知道怎么感激后妈："妈，不用了，有四同照顾我了，你就在家照顾我爸吧，我没有关系的。"

后妈坚持着："四同要出去工作，他不是准备辞职筹备自己的服装厂吗？如果那样的话，哪有时间照顾你啊，让妈过来照顾你吧。"

四同看了看我，表示同意后妈的意见："妈，服装厂正在筹资和注册，厂址已经选好了，一旦注册成功，我就要开始忙了，估计那时就无法照顾慕容了。如果妈不介意的话，可以过去照顾她。现在是婚假期间，我就在家照顾她了，你们放心。另外，我再和父母商量一下，每周也过来几天，你们轮流照顾慕容，好吗？"

后妈看见四同松口了，立即点头同意："好啊，轮流也可以，让我一个人照顾也可以。等你们上班了，我就过去照顾你们，给你们做饭。"

后妈说到这个份儿上，我和四同都无话可说了。都说后妈没有几个好东西，我后妈怎么就比亲妈还要亲呢？

中午，四同和我亲爸喝了半瓶白酒，喝完晕乎乎地坐在沙发上就睡着了。后妈给他盖了个毛毯，在收拾碗筷的时候，让我去房间也躺一会儿。

我躺在自己原来的床上，拿出手机，开始复制和储存原有号码信息。复制完了，开始群发短信，把我的新号码告诉了安全可靠的同学和朋友。

至于单位同事，暂时一个也没有发，等上班的时候告诉他们也不迟。再说，我现在不仅仅是新娘子，我还是孕妇，不能受到惊吓，谁能保证我把新号码告诉他们了，不被前前男友搜索到？

群发信息后，我将手机调成静音，告别有声世界，美滋滋地睡了一觉。起来后，和四同吃了一点甜品，赶在下午四点前回到了仙林的家。

·第八章·

那一对桃花眼

婚假很快过去了,我再也没有受到信息地雷的干扰,半个月后,已经是11月初了,我和四同一起去单位上班。

到了单位,耳边全部是新娘子长新娘子短的问好声,几个平时关系相处得比较紧密的同事,一个个尖叫:“新娘子又和我们玩失踪了,手机都打不通,是不是又换号码了?”

万涵敏意见最大,她是最反对我换号码的,换一次给她骂一次。没有等她发话,我把一大包喜糖塞给她:“劳驾你,帮我把喜糖发了。”

万涵敏看见喜糖,像打猎的人看见猎物一样,毫不客气地拿了去,和另外一个男同事从总经理办公室开始,一个一个科室地发喜糖。

同事闹了一阵后,各自回到自己的办公室去了,四同也去了自己的部门。我得以抽身,正待回转身去自己的办公室,隐约发现一个目光从一个角落里射出来,一直射到我的瞳孔里。

那是一对桃花眼,一看就是女性杀手。这双眼睛,在我们全公司里只有一个人有,那人就是让我逃之夭夭的前前男友。

没错,就是他了。看他的眼睛,不笑的时候像桃花,笑的时候像月牙儿。他的眼神似醉非醉,带着奇妙的朦胧美看着我。

过道里一个人也没有,我们面面相觑,这是一双怎么躲也躲不过去的桃花眼,眼神迷离,媚态毕现。

前前男友走过来,用那双非常具有杀伤力的桃花眼看着我:“真的嫁了?不后悔?抱定青山有柴烧?”

三句话加三个问号,仿佛数九寒天冰封雪地里的雪崩,将我喜悦的心情打到了冰谷。我曾经为他流产过一次,那是十八岁那年错误恋爱后遗留的畸形产物:一对至今还让我全身疼得直掉肉的双胞胎。

如果……如果还有如果的话，那对双胞胎今年也应该有七岁了，差不多能背起书包上学校了，满口的乳牙也应该换恒牙了。

我看着他，若无其事地迎上去，直接挑明："怎么？不甘心？有意见？想做情人？"

他的脸色一阵红一阵白，继续用勾魂的眼睛看着我："你想吗？"

我盯着他，白了他一眼："我想啊，不过下次再发骚扰信息，我直接暴打110。"

说完，我径直去了自己的办公室。我见过无耻的男人，但是还没有见过如此下贱的男人。我的未来是我的，关他娘的屁事啊。

四同今天是来辞职的，婚假半个月他基本上没有歇下来，一直在跑自己的服装厂，忙注册，忙选址，忙融资，最后还要忙招人。

四同一直想做自己的服装出口公司，这个梦想早在认识我之前就有了。我全力支持他，我有旺夫相，我是金砖我怕啥！

四同是一个计划性很强的男人，他有自己的人生目标，上班喝茶拿工资不是他的理想人生状态，他有野心，而野心是走向事业成功的一个晋级阶梯。

回到办公室，我很快调整好自己的心态。办公室的窗外是一株百年桂花树，香味浓郁飘逸，宛如仙女送来人间的花仙子。

办公室只有两个员工，我和办公室主任，真磨叽到家了。主任是男的，个子不高，三十出头，有原发性肛瘘，经常搭半个屁股在板凳上。

每次他坐半个板凳的时候，我的屁股也跟着疼。这个男人蛮可怜的，不过可怜之人必有可恨之处。

主任看见我进来，点了点头，然后各自忙碌。婚假休了半个月，办公室文件积了一大堆，很多东西需要处理。

我在公司只是办公室文员，无权无势，只满足起码的温饱，要说追求我也有，但是，办公室人际关系太复杂了，难升啊。就说对面的主任，经常皱着眉头看着我，那眼神老是叫人情不自禁地想到他的肛瘘。

我是普通员工，不是医生，你那样看着我，你的屁屁就不疼不崩漏了？你那样看着我，给我唯一的想法就是我工作做得不好，不能让你满意，只能让你的屁股疼上加疼。

主任话不多，我估计是给肛瘘折腾的。就像今天，整个上午他就对我说了一次话："来了？上班了？真快啊！那个新旧文件全部在你桌上，一会儿整理一下。"

多简单，就这么一句话。其他时间我就看见他的屁股歪来歪去的，仿佛屁股底下长钉子了，扎得他坐立不安。

他一个月工资大五千的，怎么就不找个好医生，把那屁屁补一下？却在这里每天当着我这个同办公室女文员的面，像扭秧歌一样扭来扭去的，把我的食欲都搞残了。

到了中午吃饭时间，四同推开办公室大门，和主任打个招呼后，直接奔我这里来了："慕容，手续办好了，我要回去了，你下班的时候我开车来接你，午饭你自己吃了。"

我没有想到四同的辞职手续办得这么快，这一定是人力资源部的桃花眼给开的绿灯了："你留下来和我一起吃，单位的盒饭我吃不了，吃多了怕一会儿全吐了。"

四同按住我的肩膀，对我说："我必须得走了，我下午要去银行，开公司账号，有融资人要打支票进来，时间不能耽误的。服装厂的一切都得我自己来做，我先走了。"

四同说完，就告辞了。中午吃饭的时候，没有了四同的陪伴，感觉蛮孤单的。从谈恋爱起，我在单位一直和四同一起吃饭的，今天四同走了，我的心也空了。

在饭厅吃到一半，万涵敏端着盒饭过来了："新娘子，上午公司传遍了，你老公真的辞职不干了？"

我放下筷子，点了点头："嗯，不干了。"

万涵敏继续问："单飞了？不带你走？"

我低头看着米粒："不带！"

万涵敏眼睛瞪得像龙眼："你不怕他有钱了，去找小三？"

我默默地笑："他不是桃花眼风流命。"

万涵敏压低声音："你说的是人力资源部的那个老色狼？"

我哈哈大笑："谁告诉你我说的就是他？"

·第九章·
情人和人情

万涵敏打破沙锅问到底:“那你说的是谁?”

我拾起筷子,得意地笑:“自己去猜!”

万涵敏不乐意了,伸出右手想拍我的肩膀:“搞什么搞,快告诉我,不然粉拳伺候了。”

我想到了肚子里的儿子,本能地闪开,警告她:“新娘子的肩膀不能拍,我这上面左右开弓有两条金砖,是留给儿子的,拍掉了去你家吃饭。”

万涵敏愣了一下:“我怎么没有听说过?我结婚那阵子不知道给多少人拍过肩膀了!”

这个女人真磨叽,我的话说到这份儿上了,怎么还反应不过来?我的意思是说我怀孕了,不要随便拍我的肩膀,拍流产了就和你一样不孕不育了。

哈哈,现在明白了吗?真笨!还想拍?还在伸手?我已经告诉你经验了,新娘子的肩膀是不能随便给人拍的,你看你那时就是给人拍多了,看看现在婚后一年了,不孕不育到处求医花钱肚子还是一个太平洋天坑。

万涵敏自尊心很强,在单位里只要谁提到肚子,她立马和你翻左脸,右脸不认人。不管以后你怎么向她解释如何认错,她死活和你就是风马牛不相及的两条平行线。

所以,我和万涵敏在一起,从来不提肚子,不提孩子,不提市妇幼又在扩建招产妇骗大肚子钱了。我怕她受不了刺激,怕她恨自己的肚皮,怕她的天坑欲壑难填。

万涵敏见我只笑不语,只能埋头吃饭。看她吃得差不多了,我站了起来,想去卫生间。我感觉胃翻得难过,想吐。

我想和万涵敏打招呼先出去的,感觉有点忍不住了,赶紧出去了。走出饭厅,我刚找了个有树荫的地方,就迫不及待地吐了个昏天黑地,连胆汁都吐出来了。

我蹲在地上，泪水掉了一地。突然，一双手拍了拍我的背部："你的四同走了？也不知道在这个时候留下来关心你！"

这个声音太耳熟了，我闭起眼睛，看都没看来人："我的人生关你屁事！"

桃花眼轻声大笑，估计是怕同事看见："怎么不关我的屁事了？我还没有起诉你 ，我的双胞胎儿子是给你杀死的！"

我鄙夷地看着他："你去起诉啊，现在已经过了两年的起诉时效，鬼知道哪家法院会受理你的陈芝麻烂谷子的旧账。"

桃花眼也不生气，依然默默地笑："做我情人吧，我会在四同不在的日子里，好好照顾你的。"

四同？好笑！四同的名字也是你叫的吗？我笑，我欲哭无泪地笑。和你做情人？婚姻是人性，情人是兽性，让我一半是人一半是兽，我不干！

和自己老公以外的男人做情人？和自己曾经的恋人做情人？这个人情太大了，我还不了你！

我摇头，像晃荡鼓一样地拼命摇头。我睁开眼睛，用餐巾纸把泪水擦干净。桃花眼看着我，半天没有说话。我不知道他在想什么，分手八年了，他为什么要在我新婚的时候，来干扰我平静的生活！

那对双胞胎本来和他没有关系，那时我们才 18 岁，我是成年人，我有权利决定自己的未来，我不会让我后妈给我带你的私生子！

现在，我已经结婚了，求你不要再来烦我了。我的心里在哭，可是嘴里却骂不出来。

这时，万涵敏追了出来，远远地喊："我还没有吃完，你就一个人跑出来了？哦，刘……刘部长也在这里啊！"

万涵敏跑到我面前，一眼看见桃花眼，朝后站了站。桃花眼是人力资源部部长，一般人都仰视他，不敢随便靠近他的。

刘部长看见万涵敏，礼貌地点了点头："我找她交代个工作上的事情，你们聊，我去了。"

万涵敏看着刘部长的背影，猛吸一口气："传说中的桃花眼，那小子真叫帅！"

我看着万涵敏色迷迷的眼神，像是动物园跑出来的饿狼："喜欢他就去追他！"

万涵敏倒吸一口气："我追他？做他的情人还是性伴侣？我没这个嗜好，要追你自己去追。"

这个女人真是会讨巧卖乖，明明你自己刚才说的那小子真帅，现在却做缩头乌龟了:“算了,我们都是已婚妇女了,不拿刘部长杂味儿了,省得不吃鱼还沾一身腥臭。”

饭后,我和万涵敏沿着公司花园漫步,自从怀孕后,我越来越喜欢散步了,经常饭后和四同在仙林的家门口散步。

现在,四同不在单位陪我了,我就和万涵敏在一起,这个女人什么地方都好,就是不会怀孕不好。和她在一起,我得处处小心地憋着,不能谈大肚子,不能谈孩子,不能……

我要照顾她的情绪,怕她自卑,怕她嫉妒。第一天和万涵敏散步,我憋屈得要撞墙。我得听她说那些不孕不育女人的烦恼,得看她抚摸着自己的太平洋天坑安慰她,告诉她:“孩子会有的,该来的总会来的。”

下午,主任肛瘘疼得屁股坐不住了,和我打了个招呼提前回去了。我乐得一个人在办公室,再也不要看他的半个屁股朝天了。

孕期反应厉害,中午吃的盒饭早吐干净了,喝了一杯水也吐了。文件整理到一半,瞌睡虫来了,眼睛迷糊着不知不觉就合一起去了。

也不知道睡了多久,电话铃声响起来的时候,已经下午四点了,离下班只有一个钟头了。是内线电话,我自报家门:“喂,你好,我是公司办公室。”

对方沉默不语,半晌才说话:“办公室有人吗? 我过来看看你!”

又是桃花眼! 还烦啊,你这样的男人! 我什么话也没有说,“拍”的一声挂断电话。

一分钟后,刘部长推开了办公室门。进来后,返身关上了门。我靠,他还把公司当他自己的家了,想进来就进来,想出去就出去。

刘部长进来后,径直走到我的后面,一把环腰抱住我:“我知道以前做过很多对不起你的事情,为了你,我花钱十万,买到了今天的位置,就是想和你续前缘。没有想到,再次遇到你的时候,你已经有了新的男朋友,我一直没有勇气去追你。直到半个月前,知道你结婚了,我的心……我的心那个疼啊!”

我的眼睛有点涩,似乎有眼泪流出来,我解开他的双手:“求你了,刘部长你放过我,不要再来烦我了,好不好!”

刘部长松开手后,抚摸着我的长发:“想念你的味道……”

我甩了甩头,看着他的桃花眼:“如果你再这样的话,明天我就辞职离开公司好了。”

其实,说这话的时候,我就已经打算辞职了。现在的办公室文员工作,每天要面对电脑的辐射,我怕这样对腹中的孩子发育不好。我后妈昨天还打电话给我,叫我辞职在家,等生完孩子再做打算。

现在,刘部长这样做,只能更坚定我的辞职决心,加快我的辞职速度。我只要等到四同的服装厂走上正轨，然后把自己的合同关系转过去，一切就 OK 了。

刘部长用从来也没有过的眼神看着我，欲言又止。这个男人是我的初恋，是我感情懵懂未成年时期的最爱，也是伤我最深的一个。

和前男友一样，他和我无缘牵手，无缘走进婚姻的殿堂。除非哪天四同主动背叛了我，或者我和四同分道扬镳了，他才有机会陪我打扫婚姻的残局。

一个女人，在最幸福的时候，男人最好不要来打扰她。幸福的日子总是很短暂的，不经意间就会流逝。在女人最迷醉的时候，男人送上一个简单的祝福就可以了，女人会记住每一个真心为她祝福的男人。

刘部长显然很难堪，他似乎还不甘心："你是在下逐客令？好吧，我也不是无趣的男人，无论什么时候，只要你需要我，我就会出现在你的身边。我知道以前没有好好地珍惜你，但是，我会是你今后最好的朋友。"

话已至此，我也不想多说什么了："谢谢你，做不了夫妻，可以做朋友。"

三个月就这样过去了，我在公司天天上班，刘部长和我相安无事。与此同时，四同的公司渐渐步入正轨，和马来西亚、加拿大等国家建立了长期的合作关系，已经进入批量生产阶段。

看着我逐渐隆起的肚子，四同下了最后通牒，让我辞职回家养胎。我乐得自在，立即去人力资源部递交了辞职申请报告。

那天，刘部长正在开晨会，等到晨会一结束，我就去了人力资源部办公室。当我把辞职报告递上去的时候，刘部长的手抖了一下，虽然动作不是很明显，却还是被我看见了。

刘部长接过辞职报告看了看："回家保胎？"

我点了点头："嗯，办公室电脑辐射太大，我想休息了。"

刘部长叹了口气："是该回家了，要是我老婆的话，怀孕第一天就不让她上班了。"

我嘿嘿一笑："麻烦你了，把我的手续办了，把劳动合同关系转出来。"

刘部长扬起头："找到下家了？"

我继续点头："先把劳动关系挂四同公司，等生完孩子再说。"

刘部长"哦"了一声："以后需要我的时候，不要忘记给我电话！"

我"嗯、嗯"答应着，看着刘部长。这个男人看起来很安静，情绪却很失落。估计他早就料到今天了，看完申请报告后，他在纸上大笔一挥，签下了自己的大名：刘立恒。

签完字，刘立恒突然站了起来："慕容，你是好女人，如果哪天四同怠慢了你，对不起你了，立即告诉我，我不会轻饶了他！"

我吓了一跳，什么话也没有说，匆忙打了个招呼，推开办公室的门走了出去。我怕他的情绪失控，毕竟公司里还没有一个人知道我们从前的恋人关系，刘立恒今后还要在公司混下去，还要继续做他的人力资源部部长，我不能毁弃他的美好前程。

我不明白，刘立恒为什么要说那样的话？难道他不看好我和四同的婚姻？还是四同配不上我？或者只是他的疑神疑鬼将信将疑和本能嫉妒？这个南京贝利乌鸦嘴！

从人力资源部办公室出来后，我的心里有一种说不出来的感觉，我不能肯定刘立恒的对与错，但是，他的最后一句话确实震惊了我。

回到办公室，我简单整理了抽屉，然后对主任说："主任，我刚才去人力资源部找了刘部长，递交了辞职申请报告，刘部长签字同意了，明天开始我就不来公司了。"

主任抬起半边屁股，惊讶地看着我："辞职了？是公司规定生娃娃必须辞职，还是你自己的主意？"

我不想多解释："我自己要走的。"

主任皱着眉头："听说你老公的公司开得不错，人才啊，看不出来，那小子做外国人的生意蛮有一套的。"

把我说得不好意思了："他的事业才开始，谢谢夸奖。"

主任站了起来，踱到窗口："男人三十而立，有为青年啊。现在这年头流行自己做老板，如果我有他那个好身体，说不定也注册个公司自己干了。"

我顺着主任的话："自己干是不错，就是太忙了，而且没有休息天。我老公从服装厂正常运转后，已经三个月没有休息过了。"

主任用怀疑的眼神看着我："真有那么忙？"

我傻傻地说："嗯，你不相信？"

主任赶紧接话："我相信，我相信……"

就是，应该相信的嘛。我家四同现在是公司总经理，里里外外全部是他一个人管理，凡事都是自己亲自跑亲自做。比如：公司融资、与外商签合同、下订单、跑银行，全部由他一个人做。这么多的事情压在他一个人身上，他有时间休息吗？

四同经常出差，一去就是几天，我相信他，只要为公司好，为我们这个家好，我全力支持他。男人忙点不是坏事，就怕他闲着。每个成功的男人，都有一个爱他的女人，我愿意做在他身后爱他的那个女人。

关于辞职的事情，我没有在单位声张。辞职应该算个人私生活，没有必要过度张扬。

·第十章·

死丁克安京宁

下班的时间到了，离开办公室后，我独自去路边打车。四同今天去外地出差了，要两天后回来，他担心地铁拥挤，临走前嘱咐我一定要打车上下班。

正在路边等车，手机铃声响了起来，我连忙应答："喂，我是，花慕容是我。"

对方确定是我后，尖声大叫："我的姑奶奶，你怎么又换手机号码了，我找死你了，找了好几个月了，你玩失踪也不提前打报告？"

听声音是大学的死党，睡在上铺发誓只要老公不要孩子的死丁克安京宁："丁克安，我换号码那天已经群发通知所有联系人了，你人品有问题，所以没有接到，哈哈。"

安京宁对着手机咆哮："我人品有问题？我看你是没有安全感吧，不然怎么会一年换个手机，半年换个号码？如果你以这个速度换老公的话，世界上的男人怕要给你换遍了。"

说得我牙疼，我松了松牙口："你丫的喉咙抽筋了，老公能随便换吗？那要得艾滋病的，拿风流抵命我才不干。"

安京宁说完，声音卡了一下，估计是信号不好，断断续续的："你在干什么……是不是……在回家的……路上？"

我"嗯"了一声："喂，你说什么，声音断了，喂喂，哦，现在信号好了。我今天辞职了，回家安胎了。"

对方惊诧的声音："怀了？生了？要做妈了？在家做全职太太了？我结婚三年了，身边只有一个老公，抱个屎壳郎多累啊，一辈子别想翻身了，你真是典型性80后傻女人。"

我哈哈大笑："你在浪费人体器官资源，死丁克安，到老了，老公走了，看你怎么办！"

安京宁跟着大笑："啥？我不是说过了，20年后去你家租门面，开敬老院，顺便把自己的养老问题也解决了,多好。"

安京宁显然不是在开玩笑,这个女人结婚三年了,和老公抱着同样的信念,不要后代,不要自己的复制品,不要屎娃娃拖累自己的性福生活。

我经常讥笑她,做人不能这么自私。你爸你妈把你带到世上,不是让你来制造垃圾的,应该给社会创造一些财富。你的后代是延续人类进展的保证,如果每个人都和你一样,人人丁克,估计人类早就灰飞烟灭了。

安京宁无所谓,她一直是同类中的异类。在大学那会儿,她经常拿同宿舍偷腥流产的死党开玩笑,说:"你们每个人都会长个脑袋,为什么就不会多用个TT?从自然规律来说,母鸡不生蛋不是好母鸡,公鸡生蛋是基因突变。难道说,会生蛋的母鸡一定是好母鸡吗?"

呵呵,这女人就是歪门邪道多。自己不想生就算了,还什么TT、公鸡、母鸡的,想让所有的人跟你一样,让地球也玩绝八代儿?

天气很冷,已经是二月了,眼看就要过年了。天色阴沉沉的,看起来要下雪了。我缩着脖子,一边和安京宁煲电话粥,一边等出租车。

过路的出租车全部满载,儿子是我心里的小暖壶,一直温暖着我,我也不觉得冷。我和安京宁漫不经心地聊着天:"等我生了儿子,你不要后悔我先做妈。"

安京宁得意扬扬地笑,突然转换了话题:"在等车吗?出来,和我去喝茶?去胎毒!"

喝茶?去胎毒?这个女人今天是不是搭错神经了,我一个标准的孕妇,和你一个健康人去喝茶?还说什么去胎毒!

怀孕三个多月,第一次听说"去胎毒"这个新名词。这个从来也不知道怀孕是什么滋味的丁克族,居然知道去胎毒?我跪她祖宗二十八代。

我大脑有点迟钝,反问:"我有胎毒?"

安京宁的声音越来越高,越来越爽朗:"孕妇都有胎毒,除非你是伪孕妇。一个标准孕妇,连胎毒都不知道,人杰地灵的现实'杯具'啊!本大姐现在告诉你:胎毒就是你亲爸亲妈……单引号刮弧'不包括后爸后妈',嘿嘿,就是说他们遗传到你身上的抵抗疾病发生的病毒。因为你在你亲妈肚子里的时候,是经过胎元摄取营养,所以叫胎毒。明白了吗?"

我纳闷,安京宁什么时候研究起胎毒来了:"胎元是什么?"

安京宁吼吼一叫:"胎元是你肚子上的天坑!"

哈哈,肚脐眼啊!这小女人花头精真多,一套一套的,不生孩子还真可惜她那天坑了。我"哦"了一声,没词儿了。

安京宁显然无事找事:"我老公出差了,在家闷得慌,出来喝茶吧,顺便去胎毒，两全其美。我请你！”

我犹豫不决，四同虽然出差了，可是一直嘱咐我，早点回家，不要让他担心。从上午到现在，他已经打了三个电话给我了，回家喝茶不是一样去胎毒吗？

我想来想去，还是决定回去。冬天黑得早，仙林又那么远，安京宁又是无车族，我还是打车先回家。

安京宁似乎很失望，说我送上门的去胎毒的机会也不要，像个恋家的小鸟，天不黑就往窝里钻，没出息。

我承认自己没出息，有了四同就更没出息了，我整天像只抱窝的老母鸡，就知道守着自己的蛋趴窝。

·第十一章·

孙子跟谁姓

到家的时候,天已经黑透了。掏出钥匙打开门,我一下子愣住了。四同坐在客厅的沙发上,黑着脸在生气。

客厅里,是两个爸爸两个妈妈,全部是四同家的。所有的人脸色都不好看,苦瓜样儿,拖得老长,仿佛谁欠他们几百万似的。

"我说过了,这个家我做主,孙子的名字也得我做主,跟我姓花!"这是四同他亲爸的声音,和火药味儿一样浓。

"孙子跟你姓?做梦!孙子跟我儿子姓易!"这个是四同他亲妈的声音,一浪更比一浪高。

"我说你们不要吵了,孙子跟谁姓都一样,都是花家的种。要不然,大家都让一让,把爷爷奶奶的姓都挂到名字上面好了。"这是四同他后爸的声音,带着协商的口气。

"依我看,孙子是三代单传,也是祖宗的荣耀。既然儿子已经跟你姓易了,孙子当然要跟爷爷姓花了,这也算是认祖归宗吧。"这个是四同他后妈的声音,语言犀利,软中带硬。

孙子?小卡还没有建,B超还没有做,他们肯定我生的一定是孙子而不是孙女?他们在争夺儿子的姓氏姓名权!

我是孩子他妈,我的孩子为什么我不能做主,非得要你们爷爷奶奶们操心?我进门后,大家看见我暂时不做声了。

我主动和爸爸妈妈们一一打招呼,然后坐在四同身边:"你不是出差吗?怎么回来了?"

四同满脸倦意:"我爸说家里有急事,我中午吃完饭就赶回来了。"

听说过家里有急事的,就是没有听说过有这样的急事。我看着四个爷爷奶奶级别的长辈,觉得还是有必要发表一点自己的意见:"爸、妈,孩子的姓我做不了主，因为我跟孩子的爷爷一个姓，偏向谁都不好。不过，名字我要自己起，而且是找起名大师起，你们就不要争了。”

四同他亲爸一听，埋在心头的火药立即就爆燃了：“做梦！我孙子的名字我说了算，谁跟我对着干，我冲谁家的门！”

看见四同他亲爸这个态度，我还是不做声了，回到自己的屋里。我不想火上浇油，他们毕竟是我孩子的爷爷奶奶，得罪了谁对我都不是好事儿。

四同看见我回屋了，也跟了进来，掩上门：“头疼，我妈也是的，那会儿和我爸离婚，我又没有判给她，就偷偷去派出所把我户口本上的姓改了，跟她姓了。现在，我爸要孙子跟他姓，也没有错啊！”

我不知道应该说什么，大家全部在火头上，说什么都是多余的：“四同，先不管那些了，孩子的姓给他们自己商量去，我们就不要掺和了。”

四同靠在床上的枕头上，突然想起来问：“辞职手续办好了吗？”

我点了点头，坐在床边：“办好了。”

四同继续说：“你把全部资料给我，我明天带到公司，让搞人事的把你的关系全部转进来。”

我去客厅拿回自己的拎包，回屋后，把资料全部给了四同。屋外，爷爷奶奶们还在互相争吵，声音就数四同他亲爸最高。

我怕吓到自己，也怕吓到肚子里的孩子，朝窗口走去。四同情绪很不好，走过来拉住我：“你去劝劝他们，叫他们不要吵了，我受不了。”

我很为难，硬着头皮走了出去：“爸、妈，现在孩子离出世还早，预产期要到七月份，马上快过年了，大家还是心平气和点，过完年再讨论这个问题好不好？”

四同他亲爸鼻子里“哼”了一声，他亲妈也跟着“哼”了一声，他们互相鄙视着，哼过来哼过去。我真不理解，原来的夫妻形同陌路也就算了，为什么还要干涉彼此的生活呢？难道原来的伤害还远远没有结束？

从内心来讲，我倾向孩子跟四同他爸姓，毕竟老祖宗姓花，总不能让他莫名其妙地跟外姓人姓吧。然而，我不好插嘴，四同他亲妈太霸道了，不仅改了儿子的姓，现在还要改孙子的姓！

突然，四同他后爸大声笑了起来：“就是就是，媳妇说的没错，大家开开心心地过年，过完年在一起开个家庭会，把孙子的姓定下来，不就完事儿了？”

四同他后妈站起来去厨房喝了点水，也不搭话。这个家庭的成员很复杂，和我们家一样，有个风吹草动的就会来一阵子倾盆大雨，弄得人心惶惶的。

我不想做冤大头，我是属鼠的，和四同一样，不喜欢过于高声的环境和喧闹，我胆小，我怕伤着自己。

客厅出奇地安静,仿佛雷雨闪电前的寂静。我有点紧张,赶紧回到屋子里,我怕一会儿打雷下雨砸冰雹,把我吓出心脏病来。

果然,我刚回到屋子里,客厅就传来一声怒吼:“今天我说了算,我孙子的姓今天就定下来,跟老子姓花!”

是四同他亲爸的声音,我估计他八成是疯了。四同他亲妈不甘示弱:“你还有脸让孙子跟你姓?你儿子都不跟你姓,你还指望孙子跟你姓,别在这里白日做梦了。我告诉你,有我在,孙子就跟我儿子姓易!”

客厅的声音越来越大,眼看就要打起来了。我叫四同快出去看看,四同看了看我:“不管他们,给他们打,我就是看着他们打架长大的,见多不怪了。”

晕,有这么说话的吗?自己父母吵嘴打架他就这个态度?也不知道出去拉一把!我这个做媳妇的,左右为难,也不好多说什么,更不好倾向哪边。

孩子跟谁姓是他们家的大事儿,我还是躲远点,免得动了我的胎气。在这个家里,做媳妇的还是少掺和的好,我和四同过日子,他们要闹随便他们去闹好了。

我装聋作哑,躺在床上休息。外面一阵尖叫,估计是打起来了。四同终于坐不住了,起身拉开门,冲了出去:“你们还能不能安静安静啊?有事情大家坐在一起商量不好吗,不至于动手吧?现在孩子还没有出世,谈跟谁姓似乎太早了。你们全部消消气,一会儿我带你们下楼去饭店吃饭,吃完饭各自回家,孩子姓名的事情,等以后再说。”

四同声音很大,比他亲爸的声音还要高一个台阶。四同一喊,所有的人都不做声了,全部安静下来。

到底是成年人,说安静就安静了。过了一会儿,四同他亲爸又开腔了:“要吃你们去吃,我不吃!”

四同他后妈立即反对:“干吗不去吃?儿子请客,不吃白不吃,穿好衣服,一会儿下楼。”

这个后妈真厉害,儿子请客,不吃白不吃!四同大叫一通后,他亲妈气哼哼的,脸一直挂着。

要说这顿饭,吃得真闷气,两对老夫妻,两对冤家,偏偏还要无事找事地扎堆在一起吃饭,看他们那个气势汹汹的样子,我真怕他们在饭桌上再次翻脸。

我没有等菜上齐就匆忙吃完了,和他们一一打过招呼后,先上楼回家了。回家后,闲着无聊,穿上防辐射外套,在屋子里打开上网本开始上网。

上网后,我先搜索起名、专业起名、宝宝起名等相关网站。本来,我就决定自己找专业起名公司给宝宝起名的,没有想到他们的态度那么过激,更加坚定了我找起名专家的决心。

我不大相信外地的，找来找去，还是在南京本土找了起来。找到最后，看见了一家比较专业的起名公司，大师是个女的，网站的照片还蛮有气质和风度的。

看了一些起名范例，觉得大师的水平不错，经过详细比对后，我在网站给筠土起名大师留了言，然后静等大师的回复。

这时，床上的手机信息提示音响了起来，我走过去，是四同的手机，估计刚才出去的时候忘记带了。

·第十二章·

陌生女人短信

也许是鬼使神差，我看见一闪一闪的指示灯，突然心血来潮，打开了手机滑盖，摸了一下短消息，接着，我的思维立即膨胀了无数倍。

看信息的口气应该是来自女人的："我喜欢枕着你的味道入眠，喜欢看着你的眼睛想入非非，喜欢抚摸着你的身体沉醉。易伦旭，我爱你！"

我的祖宗八万代！我这辈子究竟做了什么缺德事儿，引得四同这个人面兽心的家伙背着我在外面打野食？亏我后妈对他那么好，还买了新车给他开！他就这样养个野鸡对付我！

看完信息我彻底傻了，丢下手机后开始发呆。我说四同开了公司后怎么那么忙，没有一天休息过，更没有一天好好陪过我。原来，他早就有相好的了。

难怪四同经常出差，不是去这里就是去那里，在南京以外的城市东奔西跑的，他出差那会儿，没准就是和这个女人在宾馆约会吧？

我怎么那么傻，到今天才知道这个消息？我说四同怎么总是喜欢在客厅上网？上次要他的 QQ 密码，他竟然说："你的 QQ 密码我不要，我的 QQ 密码也不给你。"

回到电脑边，我的大脑一片空白，我现在是孕妇，四同就这样对我！我的眼泪不争气地流了下来。

趁四同还没有回来，我回到床边拿起手机，将信息人的手机号码记了下来。我的心很疼，像万把尖刀刺进了胸膛。

我一直看好四同，爱他胜过一切，他却这样辜负我，实在没有人性。我突然想起刘立恒的破乌鸦嘴，什么好话不能说，偏偏说如果四同对不起我！

现在四同确实对不起我了，那个女人的信息就是证明。刘立恒的预言，得到了证实。我鼻子一酸，泪水又流了下来。

该死的四同，该死的野女人勾引我的男人，他们就这么心安理得！我心乱如麻，越想越伤心。我很无助，父辈的婚姻本来就不好，我一直期望自己的婚姻不要像他们那样，希望自己的婚姻能够善始善终。

我没有料想到，变色的婚姻来得这么快。我还没有来得及感受婚姻的甜蜜，就要品尝婚姻的苦果。

我揪心我们的儿子，他还没有出世，就要面临父亲背叛婚姻的事实。算起来儿子快五个月了，应该有鼻子有眼睛有嘴巴了。

都说怀孕的女人是天底下最幸福的女人，为什么我就那么不幸？老公有外遇就算了，不知道完全可以做个瞎子，偏偏就让我看见了。

我开始怀疑四同对我的感情，怀疑这场婚姻是否适合我，怀疑儿子是不是不应该来。原来，一切都是会变的，并非牢不可破。

我一边哭，一边骂四同白眼狼，白白辜负了我亲爸后妈对他的好。突然，一个可怕的念头产生了：我要选择引产，终止自己的不幸婚姻。

与其让儿子生活在一个不幸的家庭里，不如终止他的生命，我不能让儿子和我一样，拥有一大群爸爸和妈妈。

选择是痛苦的，不选择比选择还要痛苦。主意拿定后，我磨叽了半天，不知道怎么和亲爸后妈开口。

亲爸后妈一直宠爱我，尤其是后妈，向来拿我当亲生女儿看待，我也拿她当亲生母亲对待。

这样大的事情，我怎么向他们启齿，我新婚还不到半年，亲爸后妈隔三差五地过来给我们做饭洗衣打扫卫生，他们怎么会想到我嫁的是一个白眼狼。

我感觉胸闷，赶紧打开窗户，让外面的空气进来。我不能让他们担心我，他们还等着做外公外婆呢。

可是，我的心里太难过了，四同为什么要辜负我，而且辜负得那么绝情和彻底？难道我要复制父辈的婚姻"杯具"，难道我真的进了婚姻坟墓，难道我爱四同还不够深？

一万个为什么纠结在我的心里，我没有答案，也找不到答案。我唯一可以做的，就是在离婚前将孩子引产拿掉。

这个孩子不能要，要了他就是害了他，我不希望四同和我的悲剧在下一代身上重演。我也不想做单亲妈妈，那样的人生太辛苦太纠结了。

我还年轻，年轻就是一种资本，我就当四同是一个魔鬼，被他暂时吸附在自己的身体上了，当魔鬼消失后，我还是会恢复自己的本来面目。

当天晚上，四同没有发现我的异常，那个陌生女人的来信已经被我删除了，他自然不会看见的。

我躺在床上，情绪很低落，灯熄掉后，我一直在默默地流泪，枕巾潮湿了一大片。我不想号啕大哭，我要坚强，哪怕今天离婚，明天的我还要选择继续顽强地活下去。

我在被窝里，不断安慰自己。四同早就打鼾了，他睡得永远那么香。次日一大早，四同又去公司上班了，我一个人待在家里，心里难过得要发疯。

我放声大哭，哭完后，就骂自己没有出息。今天上午后妈要过来给我们做饭，我得隐忍点，不然给她看出破绽就麻烦了。

我洗了洗脸，用了一点宝宝霜，然后自己下了一碗面条吃。吃完后，就套上防辐射外套上网了。

上网后，我对宝宝起名已经不感兴趣了，我正计划引产，也无心找大师给孩子起名了。孩子都准备放弃了，还要名字干什么？

我对自己的命运感觉纳闷、好奇、想不通，唯物主义者提倡事在人为，人定胜天。既然结婚了，我就没有想过要离婚，可是，我为什么得到的偏偏是最坏的结果。

我的父辈婚姻没有一个好的，家里的七大姑八大姨婚姻也有问题，有一个离婚、一个二婚、一个小时候家穷送人后直到四十岁才嫁出去的。

我亲爸，也是以离婚收场的，我们的家族仿佛受到了命运的恶毒诅咒。婚礼上的八个爸爸妈妈已经成为一种惊天嘲讽，难道我的后代要复制我们的今天？

对于引产，我也有点担心，毕竟孩子月份比较大了，况且我曾经流产过，除了和刘立恒的双胞胎，还流产了前男友的一个女孩。

如果这次再流产，就是第三次了，我也不能肯定将来是不是会形成习惯性流产，假如以后终身不育，我的人生岂不是太孤单了？

·第十三章·

命理大师的预测

我的人生似乎走进了死胡同,一切都充满了可怕的未知数。我现在走投无路了,需要一盏指路明灯。

人在困惑的时候,智商最低,而怀孕的女人,智商更低。我现在大脑一片乱码,上网后,鼠标到处乱点,没有定位。

不经意间,鼠标点到了昨天晚上的那个起名网站,继续点进留言界面,看见了�土大师给我的一个回复留言。

按照留言提示,我加了大师的QQ,成为大师的好友后,我发了一个“糗大了”的表情,暴露了自己纠结的心态。

大师很客气,主动回复我:“是不是遇到坎了,来找我的人,都是这样瓜着脸的。”

我没有肯定说“是”还是“不是”,我要看看大师的真实水平:“大师,你好,你会合婚吗?”

大师闪动着头像:“会,请报双方八字、姓名、性别和出生地。”

我报上自己和四同的出生时间和资料,然后静等大师的预测结果。大约过了十分钟,大师发话了:“丫头,你是想听真话,还是假话?”

我心里咯噔了一下,有一种不好的预感:“真话!”

我当然要听真话,哪怕真话要了我的命,我也要听。拼死吃河豚这句话就是专门为我这样的女英雄准备的,奶奶的熊。

大师的打字速度很快,可见其易学功底的深厚和熟练:“男纯阳,女纯阴,双方四柱(年、月、日、时)的干支都是天合地合(包含地支的藏干暗合),像这样的八字组合能够相遇并且结为夫妻,真是世间少有。按照这样的组合,夫妻间应该是琴瑟和鸣、恩爱非常的,但事实上,你们夫妻是貌合神离、同床异梦的!”

听到这里,我心中不免一惊,直呼太神了:"大师,请继续。"

大师继续说:"逢合不一定就是好事,凡是同一月支的男女,最好不要结为夫妻,因为你们的用神一致,你们只能共患难,却不能同享富贵。"

我"嗯嗯"直点头,这个大师不是一般的准,她就看了我们双方的八字,竟然把我们的婚姻看得那么透彻,我简直要叫她大神了。

大师没有理会我,接着分析:"你要小心,他有阴人。"

我第一次听说阴人,有点不解:"大师,什么是阴人?"

大师回复:"阴人,就是女人。"

我的嘴巴张开好大,不得不佩服大师:"嗯,是的,大师,我正在为这个事情烦恼。我现在怀孕了,五个月了,我想引产,然后和他离婚……"

我说不下去了,孩子是妈妈的连心肉,我怎么能忍心引产?可是,不引产似乎对孩子的命运不公平,我为什么要弄个儿子跟我一样,以后在亲爸后妈后爸亲妈的怪圈里,违背人性地成长?

大师犹豫了几分钟后,发了一个摇手的表情:"不要引产,把孩子生下来。你的八字里并没有离婚的信息,他的也一样。"

我的眼泪一直在眼圈里打转,忍着没有掉下来:"我不能生,我现在后悔还来得及,再犹豫的话,孩子真的要出世了,我怕对不起孩子。"

大师"嗯"了一声:"引产没有必要,我们要尊重命理,要让命理为我们人类服务。你现在按照我说的去做,在家里的正北方位的位置不能见鱼、见水、见花,也不能见床。夫妻主卧室内不要养植花草,会犯桃花。"

我有点犹豫,还是答应了:"好的,谢谢大师,我立即就去做。"

说完,我站起身,先去卧室把一盆仙人掌搬了出来,送到阳台上去了。然后,找准正北方位,把水和干花全部移走了。

做完一切后,我站在结婚照前发呆。看着照片上的四同,怎么也看不出他有阴人,那张脸多干净啊,看起来像洁白的月亮一样,为什么内心就装着那么多不能见人的勾当呢?真见鬼了。

这时,后妈来了,带了一大堆蔬菜和水果。我心事重重,但是,我需要伪装,不能让后妈看出我的心事来。

后妈很高兴,放下菜后,直接奔了过来:"慕容,这两天我没有来,你吃得还好吧?"

我勉强笑了笑:"妈,我很好,放心。"

后妈只有两天没有来,就对我问长问短的,生怕我吃得不好。我向她解释一通后,她放心了,去了厨房,开始做午饭了。

·第十四章·
要不要引产

我一个人在卧室里发呆，眼睛盯着照片上的四同，牙疼死了。这时，手机铃声响了起来，我茫然地打开接听键："喂……"

对方是徐小蹦，小学同学："慕容，我痛苦死了，医生说我胎位不正，叫我天天在床上跪，我肚子那么大，还有两个月就要生了。我一边跪，一边哭，我家老公也跟着我跪，跟着我哭……"

瞧瞧瞧，四同你看见了吧，人家老公和你一样是男人，人家老婆和你老婆一样都是大肚婆，人家男人多疼老婆，每天陪着老婆跪，陪着老婆哭，你呢，却死在外面和野鸡野姘头野快活。

我就不相信你不会遭到报应，也不相信天雷找不到你。我一边骂四同，一边心里酸溜溜的："小蹦，你好福气，你老公这么心疼你。你再坚持一下，很快就要生了。"

徐小蹦住在市区，在九年义务制教育的前六年里，我们一直在一个班级。她是那种智商一般的女孩子，反应比较慢，成绩永远停留在班级的后几名。

智商低不代表婚姻质量也低，成绩差不代表婚姻生活也差。徐小蹦是那种傻傻的、少根筋的、思维简单的幸福女人。

她的老公是一家私营企业的业主，拥有独立资产几千万，是个富二代，继承了父亲的房地产事业，具有独立的法人公司。

南京人最喜欢用一句话调侃少根筋的女人：呆人有呆福。在学校里，我和徐小蹦接受过同样的教育，除了不是一个妈生出来的，语文、数学老师都是一个人教的。

要说成绩，我比徐小蹦的好，要说人缘关系，我比徐小蹦活络，无论是 EQ 情商还是 IQ 智商，我都比她强。

造化就是这样捉弄人的，现在徐小蹦的 FQ 财商比我好，这个我认命，也不嫉妒。上帝总是这样搭配造人的，给你一点好的，再给你一点坏的。做人不能违背上帝的旨意，我们要服命。

瞎子会算命，哑巴会哑语，猪八戒打滚还会倒啃一嘴泥，我誓死捍卫徐小蹦的FQ权利。

我最最在意的是AQ逆商。徐小蹦的困难根本不是困难，胎位不正是很多孕妇都会遇到的问题，不会让你死，也不会把你打入十八层地狱。她的问题是上帝对她的甜蜜惩罚。

而我呢？我面对的是一个每天和你吃一锅饭还想着米缸，晚上和你睡一张床还恋着宾馆床铺的男人。

徐小蹦听见我说她好福气，立即嗲兮兮地笑了："嘻嘻，我老公也说我福气好，人家打着灯笼找的男人都没有我找的好，我是闭着眼睛找的，真的，我对天发誓。"

对天发誓？对驴发誓也和我没有任何干系！IQ再低的女人都知道老公对他好，要定期拿出来在别的女人面前抖一抖。列夫·托尔斯泰有一句烧不死打不烂的经典名言："幸福的婚姻都是相似的……"

我的情绪比较低落，四同的外遇像一把穿心剑狠狠地扎在我的心头，痛得我无处藏身，然而，我对徐小蹦一个字也不能透露。

我太爱面子，不想让全世界都知道我的四同是一个八字犯了桃花厄运的坏男人。我和徐小蹦嗯嗯啊啊的忽悠："发誓吧，发誓……"

徐小蹦也不介意，继续和我死磕："你家宝宝现在几斤了？我昨天去市妇幼了，医生做了B超，说我儿子已经5斤了，叫我控制饮食，不能放开肚皮吃了，营养过剩的话，怕难产。"

这丫好烦啊，我都准备引产了，你还说什么宝宝长宝宝短的，揭人伤疤都不带刀的，干脆直接放点血我心里还舒服点。

我心情越来越烦躁："我才怀孕5个月，上次做B超的时候，医生说只有2斤多。"

徐小蹦一听2斤多，发出惊讶的表情："哇，那是比我家儿子小多了。医生说，胎儿前期长得慢，后期长得快，我就是最近才开始长的，我现在连走路都喘粗气了。"

奶奶的熊！徐小蹦你还能换个话题不，除了老公和儿子，你还能不能谈谈其他的？比如说，今天的天气蛮好的，外面的阳光也好，雪化了，鸟儿出来唧唧喳喳了，树叶在风的吹动下轻歌曼舞……

你什么都可以谈，就是不要谈男人和儿子，好不好啊！我怕男人怕儿子，对男人对儿子没有兴趣，我们的AQ不一样，OK？

徐小嘣不理会我："我老公说，如果我生儿子，会把一半的财产划到我的名下，另外，作为月子奖励，会给我买一套私人别墅，联排的，位置在百家湖花园，大概有300多平方米，下个礼拜我就和老公去看房子，是现房。"

妈的，你丫还真能刺激我！好吧，徐小嘣你今天就放开说吧，我给你一次性说到底的机会，看你下次还拿什么来刺激我："不错，你的肚子要争气，一定要生个儿子出来，你这哪是怀孕，是为富二代培育富三代。"

徐小嘣哈哈大笑，那种笑只有IQ智商极低的人才能做出来："慕容，我怎么就那么好命，我昨天给那个帮我做B超的医生塞了一个大红包，她说我怀的是带把儿的。"

我靠，有这样要什么来什么的女人吗？徐小嘣你可以卑鄙，但是，不能卑鄙到要什么有什么！我们同样是女人，我严重抗议上帝造人滥用权力：幸福指数搭配不平衡。

我郁郁寡欢，越来越觉得人的无可比性："小嘣，恭喜你。"

徐小嘣满心欢喜，挂断了电话。接完电话后，我的情绪越来越不稳定，后妈一直在忙，我也帮不上她，我在犹豫，是不是要抓紧时间去做引产。

张筠土大师说得很清楚，叫我不要引产，她似乎一直在暗示我，我和四同还没有发展到离婚的地步。

我的心好乱，比婚礼那天八个爸爸妈妈一起冲上台还要乱。这个破四同，八字里什么不能带，偏偏要带个什么阴人？他妈生他的时候，为什么不找个命理大师挑个好日子好时辰？

这时，后妈在厨房叫起来了，吓了我一大跳："慕容，你在干什么？过来陪妈说说话，你原来在家是一直围着妈转的。"

我挺着露怀的肚子，像企鹅一样晃荡着，走了过去："妈，我来了。"

后妈正在埋头切菜，回头看了看我："慕容，四同今天晚上回来吗，还出差吗？"

我欲言又止，没有提到四同家闹姓名权的事情："四同已经回来了，要过几天才出去。"

后妈"哦"了一声："我今天做了你喜欢吃的鳝鱼炒土豆丝，做了四同喜欢吃的香辣烤鸡翅，做了你爸喜欢吃的清蒸基围虾，还做了外孙子喜欢吃的韭菜炒鸡蛋，韭菜富含纤维素和果胶，鸡蛋含有丰富的蛋白质，一会儿你要多吃点。"

我点了点头，没有说话。如果换在平时，我早就抱着后妈的膀子，叫她少做点，不要把宝宝的小肚子撑坏了。

我现在最反对别人提到的字眼是老公、儿子和吃。提老公，刺激我的精神;提儿子,刺激我的离婚计划;提吃,刺激我的引产高危系数。

我很想找个人,吐露一下纠结的心事,或者找个人一起商量一下,要不要生下这个孩子,是选择做一个单亲妈妈?还是干脆睁只眼闭只眼,继续在婚姻里瞌睡装死?

这个问题太私人化了,几乎没有任何人可以和我磨叽分享。午饭是后妈和我一起吃的,我亲爸和四同晚上下班才回来,中午只有我们两个人在家吃饭。

后妈一直往我的碗里夹菜:"多吃多长,多吃点啊。"

我现在的胃口非常好,吃什么消化什么,孕前期的呕吐反应早就停止了,可是,我怕吃得太多,孩子过大,引产的时候会危及到我的生命,那样就麻烦了。

我可不想为四同去死,我上有老人,还没有尽完人间孝道,我这样死了,下地狱也是带罪的厉鬼。

前男友他妈没有办到的事情,你四同想办到,直接用两个字送你:做梦!用三个字送你:想得美!用四个字送你:呸呸呸呸!

我把菜夹回菜碟里:"妈,医生说了,吃多了孩子长得太大,怕是以后要剖腹产的。"

后妈"嗯"了一声:"每次孕检,都是我和你一起去的,我怎么就没有听见医生这样说过?慕容,我怎么感觉你今天有心事啊?是不是辞职回来感情上有点失落?"

我连忙伪装自己:"没有,妈,我很好的,辞职也是因为孩子,暂时的,办公室电脑辐射太大了,对孩子身体发育不好。"

后妈听我这么一说,放心了:"这样就好,怀孕的女人心情一定要放松,不能愁眉苦脸的,不然以后孩子生出来了,性格方面会比较阴郁,对孩子成长发展不利。"

我埋头吃饭,不说话,打掉牙往肚子里咽。我心里烦,想一个人待着,现在无论谁出现,对我都是一种折磨。我去他祖宗二十八代,一个破四同就把我的一生快乐全部颠覆了。

这他妈的人生变卦也太快了点,昨天还幸福得找不到北,今天却掉进了万丈深渊。这个冬天真他妈的长,过一天就和他奶奶的过一万年似的。

他妈的什么三同、四同的,打麻将清一色也没有这么多的巧合,何况我还是找男人,哪里有那么多的好种在等着我?看,我这块金砖就他妈的这样变成废铜烂铁了。

好了,不说了,再说我就是鲁迅老爷爷笔下的祥林嫂了,人见人烦,人见人厌。我还是先找块毛巾，把脸上的秽气擦干净了，免得自己看自己都他奶奶的扫兴。

我只吃饭不洗碗，吃完饭，我去卫生间找了块新毛巾，先把脸洗了。新毛巾是后妈给我买的，准备坐大月子的时候让我擦汗用的。坐他奶奶的鬼月子，想叫我给你四同白生一个大胖儿子，没门儿！

从今天开始，我要一天糟蹋一块新毛巾，直到全部变成旧毛巾为止。这个就叫报应，不是不报，时候未到。

哈哈哈，真是计划没有变化快，我叫你家四个爷爷奶奶再去抢孙子的姓名权去。现在就是天王老爷来了，也得看我花慕容的脸，我说不生就不生，看你奈何得了我？儿子在我的肚子里，我爱咋地就咋地，哼哼！

我心里一边狂笑，一边暗哭。我好脆弱，此刻的我矛盾重重，我是O型血，对感情的依赖性很重，专一的我为什么遇到的不是刘立恒那样的花心筒，就是四同这样的白眼狼？只有前男友还像个傻子一样地痴恋我，却给他妈那饭桶一耙子给搅黄了。

午饭后，是正常的休息时间，后妈洗洗睡了。我回到自己的房间，躺在床上，闭上眼睛，想把纷乱的思绪彻底过滤一下。

眼睛一合上，就看见四同在对我笑，那种笑很好看，一直是我骄傲和炫耀的资本，现在看起来，那么阴险奸诈，分明像刀子，插入我的心脏。

一个下午，我浑浑噩噩的，似睡非睡，始终处于一种心惊的状态。自古多情空余恨，此恨绵绵无绝期。

晚上，我亲爸下班回来了，带来了一个好消息，他要升级做副厂长了。真是破天荒的大消息，亲爸拼了大半辈子，总算熬到头了，做了企业的一个副职。

亲爸这次升职不容易，上面派人下来监管面试和笔试，同时竞争的人贼多。亲爸一直很紧张，却一直装作若无其事的样子，我估计自己就遗传了他的性格，非常会装。

亲爸宣布完升职消息后，把一本红彤彤的聘请书递给了后妈。后妈接过红本子，像看结婚证书一样，喜滋滋地合不拢嘴。

看着亲爸高兴的样子，我仿佛看见当年的范进中举。老人家不容易，年过半百了才弄上个副职，四年一个世界杯，他要空转10个世界杯，才转到今天，再转两圈就要退休了。

奶奶的，人生苦短！看一个上世纪的中年老男人奋斗了一辈子，才拼出个子丑寅卯来，是不是很辛苦？哪里像四同，年纪轻轻地就坐上公司老总的位置了。

四同坐在一边，从后妈手里拿过聘请书，眼神很好奇，像看古董一样翻来翻去的。上世纪人奋斗了一辈子的东西,在四同看来是非常深奥难懂的。

四同基本上没有经过那么艰苦的奋斗过程,大学毕业后,直接去了我所在的公司,作为一种人生经历的锻炼和体验,干了几年后,就自己出来单干了。

四同看着聘请书,嘿嘿地笑:“爸,这玩意儿有点像‘文化大革命’时的红宝书,你看,我抱在胸前,是不是很像那么回事儿?”

后妈一看四同那架势,哈哈大笑:“四同,你学得蛮像的,将来外孙子出世了,一定和你一样,学什么像什么。”

像他奶奶个屁!我过几天就去医院,把孩子拿了,看你们再拿孩子说事儿。我早已看四同不顺眼了,你们再拿他当个宝贝似的哄着,我就先断了他的后。

看在亲爸的面上,我忍着什么话也没有说。外面的气温又降了,天气预报明天零下三度,有雨夹雪。

窗外,风声在响,我走到阳台上,看着外面的世界,心里一阵冰冷。路灯下,是一对年轻的情侣,他们在晚风中散步,女孩右手挽着男孩的左膀子,两个人相依相偎着,很亲昵,给沉闷的黑夜带来一丝暖意。

日子不知不觉又过去了几天,我亲爸后妈回去了,换了四同的亲爸和后妈来照顾我们了。

四同的后妈不爱做饭,只会张嘴吃,和我一样。家里的饭菜都是他亲爸做,他后妈只顾跟着过来吃。

四同他亲爸做菜味道一般,口味比较清淡,轻油轻糖轻作料。吃他的菜,就和喝茶一样,会把人的油脂全部刮干净的。

他们来我家,说起来是照顾我们的,实际上吃的全部按照他们的口味做。因为我怀孕,口味偏重,喜欢吃咸的酸的,每次吃完饭后,我都要去厨房偷偷地喝点醋。

他们来,我基本上就是忍。他们做什么我就吃什么,绝对不提“不好吃”三个字。买菜做饭不容易,吃喝拉撒样样来,我理解他们的辛苦。做人可以无耻,但是,不能无德。

我知道,他们是冲着孙子来的,如果没有孙子,谁会给我买菜做饭?谁会像菩萨一样地供着我?我儿子是他四同家的三代单传,他们不为我做饭,难道为四同的野鸡去做饭?让四同的野鸡为他们家生蛋?

·第十五章·

爱情没了婚姻还在

我谅四同也不敢！在这个家里，只要离婚没有成为事实，我还是女主人，还是四同公司的老板娘。四同再野，也不敢放肆到公开和野鸡打食的地步。

这几天，我的心情不好，思想不集中，吃饭走神，有点脑残，动不动就搭错神经。四同他亲爸做的菜也不对我的胃口，我吃得也不多，我的心里一直盘算着什么时间独自去一次医院，咨询一下引产的事情。

这个孩子我真的不想要了，婚姻也不想要了，连四同也一并扔了算了。张�土大师那天分析过我和四同的八字，说我们的婚姻是不合的。

既然不合，勉强合在一起也没有什么好结果，强扭的瓜不甜，趁现在还来得及，赶紧把孩子拿掉。离婚后，好好保养一下身体，照样可以嫁个好男人过日子。

你四同不要我，不怕别的男人不要我！等到时机成熟了，回头再嫁一个金龟婿，不一定就比你四同差到哪里去。我很无耻吧，是不是很自私，很没有人性？

告诉你，老娘是给四同这个狗男人给逼贱的。女人变坏的原因固然有千万种，但是，我只占了其中极其微小的一种。我还算有人性的，换一个没人性的女人试试看，早拿了四同他野鸡婆的手机号码，一下子摇过去张嘴骂她个四仰八叉了。

我是一个比较安静和理智的女人，隐忍是我最大的优点，宽容是我最大的缺点。为了一个野鸡婆，大动肝火不值得，我才不屑与野鸡婆为伍。

四同喜欢装，我就给他装，装到我引产的那天，再装到我离婚的那天。我现在什么也不说，就给他一直装下去。

下周是医院定期孕检的日子，我后妈会来陪我一起去市妇幼。最近几天她不在，我明天找个借口偷偷溜出去，先去市妇幼问下医生引产要注意些什么问题。

当天晚上,四同不在家,又去出差了。说心里不在意他,是骗自己玩的。只要他一说要出差,我的心就拔凉拔凉的,纠结的心思像一团乱麻花,越解越结。

现在,我再也不相信四同出差的鬼话了。他八成是和野鸡婆约会去了,从怀孕到今天五个月了,他没有碰过我一次,正常的男人是有生理需求的,四同也是人,有男人的需要。

四同不碰我,自然要碰其他的女人。四同对我来说,已经成为一块鸡肋,食之无味弃之可惜。我们之间确实很"杯具":爱情没了,婚姻还在。

晚上8点,四同打了一个电话回来:"老婆,你在干吗?"

老婆!谁是你老婆,你老婆正在宾馆里和你比翼双飞呢。我在干吗?我一个大肚子能干吗?跑不能跑,玩不能玩的,只能对着窗外的冷风干瞪眼!

我没好气地回他:"没事干,无聊着……"

四同"哦"了一声,接着说:"我亲爸后妈不是在我们家吗?你去和他们聊聊,时间过得就快了。"

我去和你亲爸后妈聊聊!我脑残?我三聚氰胺喝多了?我肾结石?我要时间过得快干吗?我真的很寂寞?很孤独?我哈哈大笑两声后,突然哭了起来。

四同听见我的哭声,在电话里喊了起来:"老婆,老婆……你怎么哭了?"

我捂住嘴巴,压低声音,努力让自己不要哭出声来。隔壁四同他亲爸后妈估计还没有睡,电视机声音有点响,我不想惊动他们。

我捏住鼻子不说话,任眼泪哗哗地流在手心上。我的心支离破碎的,像泥菩萨入海,再也无法捏合起来了。

我哭了一会儿,感觉累了,直接把手机关了。我不想和四同说话,不想听见他的声音,不想和他有任何联系。

冬天的风很冷,我的心比窗外的风还要冷。我感觉自己的心是撕裂的,像烂尾楼的零星碎片,残破不全。

两个人的婚姻,三个人的寂寞。现在,我最揪心的是我肚子里的孩子,孩子是最无辜的,在成为人的过程中,和飞蛾成茧一样,经历了最非人的折磨。

屋子里越来越冷,空气也越来越干燥,我有点心烦意乱。在引产和非引产之间,我像一个来回摇摆的不倒翁,拿不定主意。

这时,屋子的门打开了,四同他后妈站在门口,望着我:"慕容,还没有睡啊?"

我看了看四同他后妈:"妈,我还没有睡。"

四同他后妈点了点头,用经典老女人的那种圆滑和世故的眼神看着我:"慕容啊,听妈说一句,这个孙子可是我们花家的三代单传,我和四同他爸已经商量好了,等孙子一出世,我们就去给孙子报户口。"

我靠，你们操心已经操到祖宗三代的份儿上去了，我的儿子用得着你们一个个如此揪心劳神吗？

我什么话也没有说，看着四同他后妈。在这个家，我越来越感觉到无所适从，每个人都在算计着我的肚子，拿我肚子里的孩子较量做文章。

四同他后妈看见我不说话，走过来："慕容，我刚才说的话你听见了吗？我和四同他爸一辈子不容易，就指着眼前这个孙子。我年轻的时候就想生个带把儿的，最后却生了曼尼，是女的。我拿四同一直当亲生儿子看待，对他视同亲生，可惜四同不跟他爸姓，让我一辈子难抬头做人。"

我跪他爷爷八辈子的搓衣板，你视四同如亲生？算你狠！敢情你们一家人原来个个都喜欢装蒜啊？四同说你经常给他饿肚子，在他小时候经常用粉丝充当面条在热水里过一遍就给他吃，吃得他肚子里像钻满了蛔虫一样，鼓鼓的难受。得得得，你还是少在我面前得瑟了，老娘不吃你那一套。

不过，四同他后妈你尽管放心，我也是接受过九年义务教育的人，老师一直告诉我们：尊老爱幼。所以，我最多只是在心里嘀咕几下，和蛔虫一样，永远在肚子里绕圈，不会钻出来伤害你的。

我看了看四同他后妈，礼貌地说："妈，我知道了。"

四同他后妈满意地笑了笑，走了出去。屋门关上后，我拍了拍自己的肚子，对儿子说："你妈我耐心有限，如果他们再拿你的姓名权来威胁我，我立马就去医院引产，看他们逗谁玩。"

一个星期，对我来说，就像人世间的一个轮回。我后妈准时替换四同他亲爸，又来我家了。明天，就是定期孕检的日子了，说实话，经历了四同外遇的精神刺激后，我越来越喜欢安静，多数时候就想一个人待着，不想看见任何人，包括后妈。

每次去市妇幼，后妈都全权代理，陪同着我。这次，我准备自己一个人去医院，不要后妈陪我去了。为了说服后妈让我一个人去医院，我动了很多脑筋，死了好多脑细胞。

去医院那天，我终于忍不住了："妈，今天我自己去医院，现在仙林到新街口的地铁二号线开通了，去医院很方便。"

后妈听见我的话，立即丢下手里的事情："怎么了，不要妈陪了？"

我笑了笑，编了一个谎话："不是，妈，我今天检查完身体后，要见一个老同学，她家就住在市妇幼旁边，我们几年没有见面了，她想和我唠嗑。"

后妈听说后，想了一下："那好，我今天就不跟去了，记得嗑完了早点回家，妈不放心你一个人在外面。"

后妈松口后，我如释重负："好的，我嗑完就回来。"

·第十六章·

引产风波

拿着病历和小包，我抱了抱后妈，亲了亲她的脸，一个人走了出去。门外是电梯，出了小区大门，我就直接奔地铁站口去了。

外面的空气很新鲜，到处洋溢着过年的气氛，地面上结着薄薄的冰块，明晃晃地扎眼。

仙林是一个好地方，空气好，人口也不多，适合人群居住。地铁开通后，这里的房价直线飙升，我们的房子已经从当初的一平方米5000元，直接涨到8000元，而我们居住的房子也快速升值，接近百万大关了。

一路上很顺利，半个钟头左右，我就到了市妇幼门口。今年是虎年，扎堆生虎宝宝的虎妈妈们非常多，看着那些和我一样的大肚婆，很多有老公陪着，心里真的不是滋味。

从怀孕那天起，四同就一直忙，没有陪我来过一次医院。以前，有后妈陪着，我也没有什么特别的感受，今天一个人来，越看越窝心，越看越来气。

如果四同一心一意为我们这个家忙碌，那么，我对他绝无半句怨言。现在，情况根本不是这样的，我一个女人家，辛辛苦苦地怀着孕，一个人管两个人的吃喝拉撒，而四同呢，难道我肚子里的这个儿子和他没有半点儿关系吗？

养儿防老，我现在连自己的婚姻都保不住了，还养什么儿防什么老？引产的念头再次起死复生。老娘现在就拿定主意了，挂个号头什么事情也不做，专门咨询引产。

挂号、排队、喊号，接着和妇产科女医生面对面，所有的问诊程序和每次孕检一样平淡无奇。当医生叫我解下裤带躺上床听胎心音的时候，我坐在板凳上没有动，说："医生，我要引产。"

女医生惊诧地看了我一眼："引产？打掉孩子？"

我坚定地点了点头："嗯，不要孩子了。"

这时,在后面等号的几个大肚子和做普通妇科检查的女病人,一起围拢了过来。我也顾不上什么面子和里子了,你们要看就当西洋镜看吧,看完记得散开就行。

女医生继续问:"以前生育过吗?现在是第几胎?"

我低着头,轻声说:"第三胎。"

女医生扶了扶眼镜架,用疑惑的眼光看着我:"像你这样的情况,孩子已经五个多月了,如果引产的话,第一,不能保证以后还有没有一个正常女人的生育能力;第二,也不能保证引产时有没有生命危险。"

女医生话音刚落,人群突然一阵骚动,接着一个熟悉的声音越过头顶,像天雷一样在空中炸开了:"引产?没门儿!"

这个声音我太熟悉了,那种音质和那种大满贯似的霸道,除了四同他亲妈,谁也不会有的。

一点不错,正是四同他亲妈。我愣在原地看着她,有点气恼。他奶奶的,四同他亲妈你什么事儿不能管,偏偏要管老娘生不生孩子的事儿?

女医生看见四同他亲妈,把我的病历从桌子上拿了起来,一把塞给我:"你们先回去好好商量一下,引产不是儿戏,来,下一个。"

女医生刚说完,我的手就给四同他亲妈牢牢地牵住了,一把拉了出去。我跟在四同他亲妈的后面,心里如同打翻的五味瓶,不知道是什么滋味。

四同他亲妈一边走,一边大大咧咧地数落我:"幸亏我今天来医院复查子宫肌瘤,不然我的孙子就给你杀没了。"

我轻轻甩掉四同他亲妈的手:"妈,这里人这么多,你能不能不说话啊?"

四同他亲妈根本不听我的:"人多怕什么?我是来保我孙子命的,走,先跟我回家,从今天开始,我要住你家了,直到你把孙子生下来。"

靠,你住我家?你成孙子的监护人了?我家是你们的流动宾馆吗?每天你来他走,他走你来?

我是一个比较温性的女人,凡事喜欢放在心里,不喜欢挂在脸上。就算四同那样对我,我也没有对任何人透露半个字眼。

现在,四同他亲妈像老鹰捉小鸡一样,拧着我的手一路朝医院门外走去,我唯一能做的就是忍者神龟了。

走出医院大门,四同他亲妈朝马路上挥了挥手,立即有一辆出租车飞鱼般地滑到了我们的面前。

一路上,四同他亲妈气哼哼的,没有一点好脸色。出租车离仙林的家越近,她的脸色就越难看,到小区门口的时候,她的脸色竟然和冻猪肝差不多了。

我心里一直想笑,我生孩子,关你奶奶的屁事儿啊。我高兴就生,不高兴就不生，劳驾你一路跟踪到家，我是监狱的犯人啊？真是霉到家了！

四同他亲妈憋了一肚子气，上了楼终于发作了，把我家的门擂得震天响：“老不死的姓花的，快给我开门，连个孙子也看不住，还姓什么你爷爷的花不花的啊！”

门开了，露出我后妈诧异非常的脸：“怎么了，亲家母？”

四同他亲妈一看见我后妈，表情有点不自然：“哦，亲家母啊，我以为是那个老不死的东西在家呢，原来这周轮到你们值班啊。”

我后妈“嗯嗯”只顾点头，没有看见我。四同他亲妈前脚进屋，我后脚跟了进去，吓了我后妈一大跳：“慕容，你怎么和四同他妈一起回来了？”

我简单回答了一句：“在医院碰到的。”

这时，家里的座机突然响了起来，四同他亲妈像女主人一样，第一时间冲到了电话机旁边，敢情她拿这里当她自己家了。

电话那头一接通，就有人在里面叫了起来，音调很高，一听就是四同他亲爸的声音：“喂，亲家母啊，你去看看慕容我儿媳妇，再看看我孙子，我今天在家怎么觉得不对劲儿啊，心里七上八下的，总是感觉不踏实，是不是要出什么事儿了……”

四同他亲妈听见前夫的声音，站在电话机前一跳八尺高：“亲家母你个屁啊，老娘还没有找你算账呢，你是怎么看儿媳妇的？今天如果不是老娘在医院里碰到她，你孙子早做了刀下鬼了。”

四同他亲爸的声音突然像抽风一样：“什么？你给老子说清楚了，我孙子到底是怎么回事儿？”

四同他亲妈看了看我，又看了看我后妈，对着话筒高声说：“你孙子怎么了？这个问题还是自己问你儿媳妇吧！”

说完，四同他亲妈“砰”的一声，把电话挂了。我后妈疑惑地看着我：“慕容，四同他妈刚才说的是什么意思，我怎么一句也没有听明白啊？”

我操他奶奶的，四同他亲妈你还有完没完啊？我引产关你易家什么事儿啊？我儿子是花家的种，生是花家的人，死是花家的鬼，你易家人瞎掺和什么呢？奶奶的熊！

我看着后妈，什么话也没有说，我怕伤她的心。四同出轨的事情，我没有对任何人提起过，后妈一点也不知道，我每天一个人，如万箭穿心般地难过，我现在能说什么呢？

在这个世界上，只有我肚子里的孩子，知道我的苦。我对任何人，都无法诉说我的痛。我不善于表现自己的痛，但是，并不代表我的内心没有痛。

四同他亲妈看我不吱声，又来劲儿了：“这丫头疯了，今天如果不是我去医院碰到她,她准把肚子里的孩子给打掉了。"

我后妈眼睛瞪得和龙眼一样大:"什么？慕容,你疯了,孩子已经5个多月了,你竟然去引产,你不要命了?"

我鼻子酸了一下:"妈,不是那回事儿,我就是简单地问问医生,引产……"

四同他亲妈立即打断我:"什么简单问问,你对医生怎么说的？你再说一遍给我听听:医生,我要引产。这句话是不是你说的？你挂的是6号,我是9号,我的号就排在你的后面,你进去问诊的时候,我才发现你,这才跟了进去。"

后妈显然被这个消息震惊了,一把抱住我,痛哭流涕:"慕容,四同他妈说的全部是真的吗？你为什么要去打胎啊？以前都是妈陪你去孕检的,我说今天你怎么这样反常,要自己一个人去,原来你是要去打胎啊！你有什么心事不能和妈商量啊?"

我的眼泪,终于憋不住了。我没有想到,因为今天的不小心,给后妈带来了如此大的精神打击。

四同他亲妈绝对不是一个善种,她看着我们,坐在沙发上无动于衷,继续狂轰滥炸:"慕容,你听着,我家四同是三代单传,如果我孙子有什么意外,我这辈子就和你没完!"

什么你孙子我孙子的,你奶奶的就确定你家四同三代单传了？如果我一不小心生了个女儿,你是刷自己的脸,还是左右开弓打自己的嘴巴?

我还没有来得及回答,四同他亲妈看着我后妈,突然一阵高一阵低地吼了起来:"亲家母,你说,我家四同每天起早摸黑忙外贸公司,下订单、跑融资,供你们吃供你们喝,你女儿竟然用绝后来回报他,她到底安的是什么心?"

我安的什么心？你奶奶的怎么不好好问问你儿子他安的是什么心？老娘嫁给他的时候,是一块金光闪闪的金子,如今还没有超过半年,就成一块废砖了。

你以为你儿子有那么大的能耐？他能养得起我后妈？老娘今天告诉你,我们家的吃喝拉撒全部是我后妈掏钱买的,包括你那老不死的前夫每次来我家吃的用的,还有每天从你嘴巴里进进出出的开心果、杏仁和巧克力,也全是我后妈买的。

你以为你儿子开个鸟公司,就养得起一家老小了。你怎么不多问问你儿子在外面干的那些风流事儿？怎么不问问你儿子对家庭的责任究竟付出了多少？以后你这张破嘴注意点,不要一龅牙就是你们家四同在养活我家的后妈。

我后妈脾气好,从来不得罪人,她的脸红一阵白一阵,就是不说女婿的半句坏话:"亲家母,今天的事情我还不清楚,一会儿我再问问慕容,到底是怎么回事儿,她擅自引产固然不好,待会儿我好好教育她。"

教育我？有没有搞错？我的后妈，请你不要在这里瞎掺和好不好？四同他亲妈是知识分子，凭你的那点IQ根本就斗不过她。我劝你还是离她远点。鸦片有毒，如果你自己被它迷惑，就不是鸦片的错了。

四同他亲妈能言善辩，一直说个不停，根本容不得我和后妈插嘴。现在我才知道什么叫做毒舌了。看来这个家是不会安宁了，我的引产计划和离婚愿望也要泡汤了。

半个小时后，四同他亲爸从天而降，一进屋，就冲着我后妈吼了一声："亲家母，我孙子咋了，他还活着吗？"

我后妈连忙端过来一张凳子，让亲家公坐下："没事儿，孙子好好的，在媳妇儿肚子里待着玩儿呢。"

四同他亲妈听我后妈这么一说，火气又冲上来了："瞧你说的，有这么轻巧的？待在肚子里玩儿？玩火吧！如果不是我今天赶得巧，你女儿早把我孙子千刀万剐了。"

四同他亲妈刚说完，四同他亲爸立即暴跳如雷，冲着我说："怎么了，慕容，你和我孙子有仇，还是有怨？我孙子不就是借你的肚子住几个月吗，为什么这样对他？"

说实在话，我给公婆的言行吓到了，心脏"噗噗"乱跳。和四同结婚半年来，除了上次看见他们为争夺孙子姓名权闹过一次外，我还没有看过他们吵架，尤其是针对我吵架。

我有苦难言，四同的婚外情像一把穿心剑，再次扎入我的心脏。爷爷奶奶的你们全部听着，引产是我希望的吗？俗话说，十月怀胎，一朝分娩，天底下有几个狠心的父母呢？

如果你们家的破四同对我真诚点、善意点、专一点，我会拿你们爷爷奶奶的那点香火做文章吗？狗急了还要跳墙，何况我是一个女人。

我抬起头，看了看在座的每个人，突然大声说："爸、妈，我今天去医院是准备引产的，我早就有这个打算了，引产是我的个人私事，和你们无关。"

和你们无关？这句话很重，后果很严重。四同他亲妈激动地站了起来："慕容，你给我听着，从今天开始，我住在这里，不走了，我倒要看看，引产是你的私事，还是我们易家的大事！"

四同他亲爸听见易家两字，猛地拍了一下桌子："什么你们狗屁易家，孙子是我们花家的，关你易家屁事儿！你想住这儿，连打地铺都没门儿！"

好了，风向转移了，我可以休息一下，坐山观虎斗了。爷爷奶奶们，我今天一天给你们吓得不轻，我儿子在肚子里已经踢了我好几脚了，估计他早给吓得屁滚尿流了。你们在家慢慢商量打地铺的事儿，我先下楼散步去了。

想到这里，我拿起自己的小包，往门口走去。四同他亲爸看见我准备出门，朝我吼了一声："站住，你往哪儿去？"

四同他亲妈眼尖手快，一步冲过来，按住门闩："想去医院，做梦！"

我后妈跟过来，拉住我的手："慕容，听妈的话，好好在家待着，你再这样闹下去，要出人命的。"

我转过脸，对着大家："爸、妈，我下楼去转转，哪里也不去。"

四同他亲妈按住门闩，身体靠在门上："想出去，行，得由我跟着。"

跪你奶奶祖宗八十八代，我是国宝大熊猫？需要二十四小时实时监控圈养？这个国宝待遇我享受不起，你是四同他亲妈，也是我妈，我是你儿媳妇，我照顾你理所当然，你照顾我本末倒置。

四个人，全部站在客厅门口，相持不下。这时，家里的座机响了，四同他亲妈站在原地没有动，对着前夫叫道："你腿拐了还是瘸了，还不去接电话？"

四同他亲爸恍然大悟，立即走到座机前，拿起听筒："喂，四同啊。"

四同的声音，还是那么富有磁性："爸，你们还好吧，慕容在家吗，叫她过来接电话，我打她手机怎么关机了？"

四同他亲爸的声音突然提高了八度："四同，家里出大事儿了，你还不赶紧回来！"

四同的声音："爸，我在常州出差，今天晚上要和外商签订一笔订单，回不来。家里发生什么事情了，是不是慕容出事儿了？你叫她过来接电话！"

接电话，接你个铁钩子！老娘现在最恨的人就是你，因为你，我成了你家的国宝，享受着比大熊猫还要大熊猫的待遇。

四同他亲爸大怒："你媳妇儿要去医院打胎，你妈在门口拦着她，不让她去，你马上给老子回来，鸟生意有什么好谈的！"

四同在电话里"哦、哦……"了好几声，接着，没声音了。家里，有一种暴风雨来临前的寂静。

我后妈手足无措，在客厅来回走动，焦虑地看着我。忽然，她转过身，对着两亲家说："亲家公、亲家母，这样吧，我带慕容先下楼转会儿，我保证她和孙子一定安全。"

话已至此，屋子里的空气有点松动了。四同他亲妈犹豫了一下，很快闪过身体，让开一道缝。我打开门，直接走了出去。

我和我后妈出去后，家里只剩下四同他亲爸、亲妈两个人面面相觑。四同他亲妈气冲冲地走到阳台，望着窗外直哼哼："老花，四同谈对象那会儿，我就说过这丫头鬼精鬼精的，你们还不相信，现在怎么样？她做的事情你们看见了吧，够阴毒的，要绝我儿子的后。"

四同他亲爸显然给打蒙了:“四同他妈,今天到底是怎么回事儿,慕容为什么突然要去引产?我打电话过来那阵儿,在家里坐立不安,心里一直发毛,总感觉孙子要出什么事儿。这不,还真的出事儿了,我孙子差点就没命了!”

四同他亲妈鼻翼一扇一扇的,就差鼻涕流地了:“看看你们花家积的哪辈子阴德,竟然摊上了这样的好事情。今天上午我去医院,复查子宫肌瘤,看看是不是缩小了,这样的话就不用开刀取瘤了。我挂的是9号,一直在后面排队,医生喊到6号花慕容,我以为自己听错了,跑到前面一看,真是她。”

四同他亲爸耳朵竖得高高的:“后来呢,怎么就说到引产那儿去了?”

四同他亲妈走到客厅,拿了一张餐巾纸,擦了擦鼻涕:“后来,我猜测她是来孕检的,就挤了过去,想和她打招呼,问问孙子的情况,谁知道她正在和医生说‘我要引产’,这还了得,我拉起她就走。我真没有想到,这个丫头整天闷声闷气的,做起事情来,还真是一鸣惊人啊!”

四同他亲爸咳嗽了一声,去卫生间吐了一口痰,回到客厅:“人不可貌相,才不可斗量,话说回来,凡事都有一个因果关系,我估计四同和慕容的婚姻出问题了。”

四同他亲妈有点不相信:“婚姻出问题?他们才结婚半年,会有什么问题?他们两口子独门独户的,我们老一辈也不瞎掺和,会有什么问题?”

四同他亲爸虽然脾气暴,但是,大脑思维还没有短路:“我看慕容这孩子不错,也知道孝敬老人,从来不挑肥拣瘦,也不和我们顶嘴。人心都是肉长的,如果四同没有做对不起慕容的事情,慕容会去医院引产打胎吗?”

四同他亲妈“哦、哦”了几声,开始沉默。屋子里一时安静得令人窒息,两个人不约而同地坐了下来,你看着我,我看着你。

四同他亲爸开始抽烟,香烟刚点燃,就被四同他亲妈一把掐灭了:“慕容一会儿要回来,孙子不能闻香烟的味道,想抽烟去阳台。”

四同他亲爸拿着香烟,一边朝阳台走,一边说:“什么婆娘们儿,离婚了还管着我!”

四同他亲妈哈哈大笑,然后径直朝四同的屋子走去。四同的屋门开着,里面家具很简单,除了一张床,就是一排大衣柜,一顺溜地靠墙站着,颜色是鸭蛋青的,素雅而洁净。

四同他亲妈随手关上门,然后打开大衣柜,拉开抽屉,开始翻了起来。抽屉里没有什么值钱的东西,只有一些红色的证件。

那些证件是房产证和学历证书,四同他亲妈翻了半天,也没有发现自己需要的东西,于是,换了个地方继续翻。

翻来翻去,还是没有。这时,四同他亲爸的咳嗽声从阳台外传到了客厅,四同他亲妈快速打开屋门，若无其事地走了出来。

四同他亲爸嘴巴里喷着一股香烟味："你去四同屋里干什么？"

四同他亲妈装模作样地说："我去看看四同屋子里有没有多余的被子，晚上我睡沙发。"

四同他亲爸鄙夷地看着她："这家里有亲家母看着，不用你费神在这儿待着，你一会儿给我回去。"

四同他亲妈一屁股坐在沙发上："我回去？我住我儿子家，关你屁事儿？这房子还有我出的房款10万块呢，10万块到哪里买不到十个平方米？"

四同他亲爸被前妻一句话打蒙了，傻傻地看着她，半天才憋出一句："你无理取闹！"

四同他亲妈鼻翼动了几下，似笑非笑："我无理取闹？今天如果不是我在医院里大闹天宫，说不定我孙子就命归黄泉了。我有家有口的，你以为我想住这儿啊？我告诉你，我没有那么无聊！我最不放心的就是慕容那丫头，说不定哪天就偷偷把孙子给做了！"

四同他亲爸仿佛被马蜂蜇了一下，想了想说："你说得倒是，这样吧，你今天就住在这里，客厅沙发能收能放，等到慕容把孙子生下来了，你再回去住。"

四同他亲妈连连点头："我说的就是这个意思嘛……"

四同他亲爸说完，看了看客厅的挂钟："时间不早了，我要回去了，家里还有事儿，你留下，千万要看紧点。"

四同他亲爸刚出门，迎头冲进一个人来，像棉球一样砸进四同他亲爸的怀里，吓了他一大跳："你怎么来了？"

来人是四同他后妈："我怎么就不能来？"

·第十七章·

小姑子造访

四同他后妈进屋后，一屁股坐在沙发上。四同他亲爸不得已，跟着回到屋子里。刚坐下，座机响了，四同他后妈站起来，走过去接电话："喂，请问你是谁?"

对方听见声音，嗲兮兮地叫开了："妈，你怎么又去我哥家了，我来家一会儿了，家里什么吃的东西也没有，你快回来，我饿死了。"

电话那头叫妈的，是四同的同父异母妹妹张曼尼，比四同小一岁。大学毕业后，一直在旅行社做导游工作，谈了几个对象，一个也没有谈成功，不知不觉跨入了剩女的行列。

四同他后妈听见女儿叫妈，骨头连心都酥软了："曼尼，我刚到你哥家，一时回不来，要不你在楼下自己买点吃的，或者打车过来。"

张曼尼在电话里一脸不高兴："我哥已经结婚了，嫂子也快生了，你还朝他那儿，也不管我。我刚接团回来，累死了，我不去，你回来。"

四同他后妈最烦心最头疼最放不下的就是这个女儿，只要张曼尼在家，她哪里也不能去，每天一日三餐把她伺候得好好的，像个小公主。

张曼尼脾气很暴，遗传了她爸爸的性格，想做什么就做什么，谁也拦不住。四同他后妈托人给她相了几次亲，每次都是无疾而终，鬼知道她要找什么样的男人。

现在，四同他后妈最不放心的还有自己的老公。孙子还没有出世，这边一个电话摇过来就朝孙子家跑，他究竟是什么意思啊？在老公和女儿之间，她的心不知道应该安放在哪里了。

两个人，都是四同他后妈的命根子，她一个也不会放弃："曼尼，你打车过来，妈实在不能回来，你过来后，妈有话对你说。"

张曼尼不知道妈妈要和她说什么，不过，一个人在家实在无聊，刚带团回来，人也累得慌，想到这里，她拿了随身携带的小包，锁了门走出了小区大门。

张曼尼挥手打了一辆出租车，半个小时后到了仙林的哥哥家。进屋后，四同他亲爸已经做好了一大堆菜，放在桌子上。

张曼尼放下小包，拿起筷子就吃了起来："爸，做这么多菜啊，我先吃了。我嫂子呢，怎么不在家？"

四同他亲爸坐了下来，用另外一双筷子一个劲儿地给女儿夹菜："不要提你嫂子了，我今天差点给她气憋气了。"

张曼尼边吃边说："我嫂子气你？"

四同他亲爸连连点头："她不气我，谁气我啊？你哥他亲妈今天上午去市妇幼复查身体，碰到了你嫂子，你知道她胆子有多大？她要引产，绝我儿子的后。"

张曼尼嘴巴张开老大："嫂子疯了，怀孕5个多月去引产，真的不要命了？"

四同他亲妈坐在张曼尼斜对面："她不要命就算了，现在她要的是我孙子的命，我能答应吗？人心不足蛇吞象，曼尼你说，你嫂子是不是有点太不像话了，四同对他们一家人那么好，她竟然这样对他。"

张曼尼把筷子放下，看了看自己的妈："妈，好可怕啊，结婚难道就是这样的？我还是一辈子不结婚了。"

四同他后妈给女儿的一句话激怒了："你又来了，有几个女人和你嫂子一样，结婚怀孕没几天，就偷着去引产的？"

张曼尼重新拿起筷子，若有所思："我说妈，我嫂子脾气一向很好，对每个人都是笑眯眯的，问题是不是出在我哥那边？记得我和第一个男朋友谈对象的时候，我就是因为他花心、到处寻花问柳，才去流产的。"

四同他后妈有点不堪回首，心疼地看着女儿："你是你，她是她，我想四同不会是那样的男人，他每天忙公司，哪里有时间去找小姐、包二奶啊？"

张曼尼朝嘴巴里塞了一块烤鸭："妈，话不能这样说，嫂子的为人我还是知道一点的，要不今天晚上我住这儿，反正我哥出差不在家，我和嫂子睡一头，探探她的心思，怎么样？"

四同他后妈想了想，觉得有道理，也没有反对："那好吧，你晚上和你嫂子咬咬耳朵，摸摸她的想法。"

当天晚上，天擦黑了，我才和后妈回到家。说实话，这个家已经越来越像旅馆了，四同他亲爸他后妈，我亲爸我后妈，每天来来回回在家里穿来穿去的，现在又多了个四同他亲妈，这个家还是人待的吗？

掏出钥匙，推开屋门，我一眼看见小姑子，脑袋轰的一声炸开了。奶奶的熊，这个家还不够乱啊，又弄来个小姑子，还给不给我一点自由的空间！

我看着小姑子,点了点头:“曼尼,你今天怎么有时间来了,不接团了?”

张曼尼看见我,立即走了过来:“嫂子,你回来了?我前两天刚接的团,回来休息两天。今天我来看侄子的,哇,你的肚子又大一圈了。”

我把小包丢给后妈,站在客厅,像国宝大熊猫一样,让张曼尼观赏着:“怎么样,侄子又长大了吧!”

张曼尼点头嘿嘿地笑着,那种羡慕的眼神,只有未婚的女孩子才有:“是的,嫂子,我侄子一定是营养吸收得好,我每次来,看一次,你的肚子就大一次。”

四同他亲爸看着女儿和我亲密无间的样子,换了一张脸,笑嘻嘻地对我后妈说:“亲家母,晚饭我做好了,你们赶紧趁热吃了。”

我后妈看了看桌子上大碟小碟满满的一堆菜,合不拢嘴:“亲家公,你做的菜味道挺香的,你们吃,我和慕容刚才在饭店吃过了。”

四同他亲爸点了点头:“在外面吃过了啊,那好,我去打饭了,等了你们半天也不回来,肚子早饿了。”

说完,四同他亲爸拉了四同他后妈一把,两个人一起走进了厨房。透过厨房的玻璃门,我可以清楚地看见他们两个人在咬耳朵,声音压得很低,我在客厅一点也听不见。

听不见就不听,说来说去不就引产那点破事儿吗?祥林嫂唠叨来唠叨去,也不就是阿毛那点破事儿吗?总有一天,你们的耳朵会生老茧的。

张曼尼围着我的肚子转了两圈后,和我一起坐在沙发上。四同他亲妈看着我们不说话,我后妈坐在餐桌旁,看着我们。

我的心里七上八下的,望着张曼尼,一时不知道说什么好。家里突然多了两个人,我还真有点不习惯。

张曼尼比较随性,也许是我们年龄差不多的原因,喜欢和我套近乎。她和我并排坐着,用手轻轻摸着我的大肚子:“嫂子,怀孕的女人一定很幸福吧?”

我不置可否,点了点头:“应该是吧。”

操他奶奶的,现在怎么每个人都关心我的肚子?我好烦,本来我应该引产的,接着是离婚,再下去就是和他爷爷奶奶的统统拜拜。

在这个世界上,没有了四同,没有了儿子,谁认识谁啊!就是再来一打爸爸妈妈,我照样一个不认。

现在的问题不是我和四同离婚不离婚的问题了,而是引产能不能成为可能的问题。不成功便成仁,如果引产不成功,下一步遭罪的,除了我,还有肚子里的孩子。

晚上,四同他亲爸和后妈回去了,四同他亲妈没有走,张曼尼也直接留下来，和我困一头了。

张曼尼性格比较张扬，人好动，我睡在床上，真怕她不小心踢着我的肚子。一天不引产，一天我就是孩子的母亲，母性在任何时候都是一种动物的本能。

灯熄了，窗外的月亮像个慈祥的老婆婆，透过窗幔看着我。我仰面对着吊灯发呆，没有一丝一毫的睡意。这个冬天太漫长了，过一天和一年一样。

张曼尼显然也没有睡着，她转过身，对着我："嫂子，我问你个问题。"

我"嗯"了一声，等她说话。

张曼尼继续说："我哥对你好吗？你说实话。"

我的姑奶奶，你失眠了，还是失恋了，干吗问我这么敏感的问题，这是隐私范围的问题。你大姐现在第一不相信男人，第二不相信感情，第三不相信什么好与不好。

我无言以对，说出来违背我的心愿，不说出来似乎不合情理。口紧不是我的错，因为我怕受伤。

就像下午，我后妈和我下楼，追问了我几个小时，我也没有把四同对我的不好说出来，更没有透露引产的半点动机。

婚姻本来就是两个人的事情，四同对我好不好，都是我的命。我愿意承受下去，我们的婚姻就会维持下去，如果我不愿意承受，我就是不引产也有办法和他离婚。

所以，我的姑奶奶，你最好还是保留着你的好奇心，一直留到你的婚姻里，你大姐我绝对不干涉你。一旦你哪天结婚了，也会遇到一些和我类似的问题。

我心里一直想笑，但是，没有笑得出来，因为这个笑太自嘲了。和小姑子磨叽自己的隐私，只有一种人能够做到，那就是想在婚姻里死得太快的女人。

我还不想死得太快，四同是我老公，还不是那种坏到无可救药的男人。引产，说白了，就是我对婚姻的一种不平衡，和对四同背叛我的报复心理。

张曼尼等了半天，看我不说话，急了："嫂子，你怎么不说话？我哥他对你好吗？我今天听我爸说，你去医院准备引产了。"

我"嗯"了一声，不说看来不行了："是的，我是准备引产的。"

张曼尼突然坐了起来："嫂子，你说的是真的？我哥一定做了什么对不起你的事情，不然，你不会连我侄子也不要了。"

黑暗中，我的眼泪流了一枕头，我拍了拍小姑子的背，让她睡下，不要着凉，再也没有回答她的问话。

我能和张曼尼说什么呢？说四同的外遇？还是说自己的不幸？婚姻本来就是和别人风牛马不相及的事情，与其向他人诉苦，不如自己独自咀嚼。

五分钟后，我听见了小姑子沉重的鼾声，那种鼾声很恬静，是在外奔波劳累的女孩子回到家后，最为安宁的休憩。

张曼尼睡熟后，我帮她掖好了被子，自己也渐渐进入了梦乡。窗外，有北风吹来，一阵阵的很紧，它们试图冲破窗幔，落在我的屋子里。

·第十八章·
不打自招

半夜,我被一阵开门声惊醒了,接着,我看见四同的脸,愧疚地望着我。我的心酸酸的,一把抱住了他的头。

四同是连夜驱车赶回南京的,他跪在我的床头,用复杂的表情看着我。我用手指了指身边的张曼尼,示意他不要吵醒她,然后起身拉着他的手,两个人一起走进卫生间。

走进卫生间后,四同轻轻地关闭了拉门,接着回转身,用双手捧住我的脸:“慕容,我对不起你。”

我看着四同,始终没有戳穿他:“你对不起我什么?”

四同眼睛里闪着亮晶晶的泪光:“我在外面有女人,我真的对不起你。”

我想到了那个陌生女人的短信:“是手机尾号4340的那个女人吧?”

四同用惊诧的眼神看着我:“嗯,是的,常州的一个女大学生。慕容,原来你已经知道了啊?我对不起你,我现在对你没有别的要求,只希望你把儿子生下来,至于以后,随便你,如果你要离婚的话,我同意。”

离婚?四同,你说起来倒容易!我生下儿子,再和你离婚,然后选择做一个单亲妈妈,独自抚养我们的儿子,亏你想得出来。你一个幸福的外遇,就把我们母子的命运抛到九霄云外去了,你真他妈的不是人,真他奶奶的缺德!

四同不打自招,看我不说话,继续说:“离婚后,家里的房子给你,儿子也给你,每个月我给你们生活费,作为补偿。”

滚你奶奶的头!一套房子就把我和儿子打发了?你那点生活费还不够我们母子塞牙缝的。你怎么不提我们的共同财产服装厂?怎么不提我后妈买的长安杰勋?怎么不提我的情感伤害和损失赔偿?

人不为己,天诛地灭,你奶奶的拿老娘当猴耍啊!老实告诉你,老娘从前是金砖,现在依然是金砖,我们的服装厂就是老娘的金砖堆砌起来的,只要老娘在一天,金砖就不倒一天。

想离婚,没门儿!想把我们的共同财产一个人侵吞,给你的野鸡婆,照旧没门儿!想叫我儿子将来结婚的时候,再造出八个爸爸妈妈来,更是痴心妄想。

四同,你听着,老娘现在不离婚了,既然张筠土大师预测过,我们的八字里没有离婚的信息,老娘就在婚姻里瞌睡装死,继续和你死磕。

想到这里,我忍不住哈哈大笑,笑得四同莫名其妙。我的笑声刚落下,客厅的灯打开了,四同他亲妈从沙发上坐了起来,望着卫生间的门:“夜里不睡觉,在干吗呢?”

我一把拉开卫生间的拉门,走了出来:“妈,四同回来了。”

四同他亲妈不相信地看着我,直到看见四同从卫生间里走出来,才回过神来:“四同,你怎么连夜赶回来了?”

四同点了点头:“嗯,晚上和外商签完合同后,我就往南京赶了,你和曼尼今天怎么都住这儿了?”

四同他亲妈拉起棉衣,穿了起来:“都是你媳妇儿干的好事儿,你问问她。”

四同看了看我,对他亲妈说:“妈,慕容没有错,要怪就怪我没有照顾好她。”

四同他亲妈鼻子哼了一声,骂了四同一句:“娶了媳妇忘了娘,是非不分的东西,算我白生你了。”

我看了看四同他亲妈,什么话也没有说,径直朝屋子走去。他奶奶的我累了,想睡觉了,没有精力和四同他亲妈磨叽,这个老女人分明就是一个泼妇,不屑一顾,让你们母子狗咬狗去吧。

回到屋子里,床头灯已经开了,张曼尼坐在床头,正在发愣,看见我回屋,揉了揉眼睛,问了一句:“嫂子,我怎么听见我哥的声音,是不是他回来了?”

我“嗯”了一声,上床就睡,管他奶奶的四同八同的,老娘现在谁也不认识,就想睡觉。

我倒下后,张曼尼披上自己的衣服下了床,去了客厅。不久,四同进来了,他关上屋门,沉默地看着我。我闭着眼睛,不看他。

四同站在床边,轻轻地抓过我的手,握在自己的手心里:“慕容,你恨我吗?”

操你四同祖宗千万代,恨有什么用?老娘的心被你伤透了:“四同,你真狠心,我现在怀孕,你却这样对待我。”

说完,我的眼泪流了出来,我拉住枕巾的一角,用力擦去眼泪。四同揪心地看着我,一个劲儿地说:“慕容,真的对不起,以后随便你怎么处理我,我只希望你把儿子生下来,行吗?”

生你奶奶个头,四同你以为女人生孩子和母鸡下蛋一样简单不要大脑?“咯咯”叫几声,一个蛋蛋就横空出世了?我现在不能保证自己有信心熬到预产期的那一天,引产是我未来离婚计划中的一个重要部分,只要你继续辜负我,我就有随时引产的冲动。

四同,我不能对你做任何承诺,我的IQ让我无法相信你。常言道,少来夫妻老来伴儿,你和我结婚才半年,就弄出这码子风流事儿来,你的恒牙才长齐几天,就老到要几个女人来伺候你了!

俗话说:婚姻七年之痒,我们的婚姻充其量只能算纸婚,我和四同你的关系比纸还要薄。

我的抽搐声越来越大,很快就发展成哽咽了。四同怕他亲妈和张曼尼在客厅听见,用枕巾捂住我的嘴,一把被我甩开了:“想捂死我找你的野鸡婆啊,死没良心的东西。”

我的声音很高,估计传到了客厅,屋门很快被擂响了,张曼尼在敲门:“哥,你怎么把我嫂子弄哭了,快开门。”

四同他亲妈也在叫:“四同,开门,三更半夜的,两个人闹什么闹,还让不让人睡觉了!”

我亲爸和后妈也被惊动了,一起跟过来站在门外叫:“慕容,慕容,开门,有什么话,出来和爸爸妈妈好好说。”

四同被敲门声闹大了头,不得已去开门。我后妈第一个冲了进来:“慕容,你怎么了,四同怎么对你了?你现在怀孕,千万不能哭,那样以后生出的孩子情绪很不稳定的,难教育难培养的。”

我躺在床上,眼泪不由自主地哗哗流着。四同一声不吭,去了客厅。我誓死捍卫自己沉默的权利,打死我也不说一句四同的不好。

我坚信,夫妻之间的矛盾应该由自己来解决。如果解决不了,可以找法律,找民政局,在家里磨叽只能算个熊包。

突然,我感觉儿子在肚子里狠狠地踢了我一脚,这一脚,把我的一种原始的母性温暖全部激发出来了。我用手摸着肚子,看着四同在客厅的背影。

四同,如果你真的爱我和关心这个孩子的话,你应该面对家里的每个人,说出我引产的真正动机。而不是像缩头乌龟一样,独自跑到客厅,回避我们。

四同去客厅后,所有的人都跟了出去,他们希望从四同的嘴里,知道他们需要的信息。四同双手捂住脸,闷声不响。

张曼尼拉住四同的手,忍不住问:“哥,你说话啊,嫂子怎么了?”

四同摸了一把脸,猛地叫了起来:“你们都去睡觉,明天全部回各自的家,一个也不要留在这儿!”

四同吼完,所有的人都愣住了,半晌,四同他亲妈开腔了:“哦?撵我们走?翅膀硬了?这个婚房当初买的时候,你付了几平方米的钱?你要我走,可以,先把我的10万块还给我,从此我们断绝母子关系!”

四同没有想到这个结果,他掏出香烟,立即点燃抽了起来。我知道四同最近没有钱,公司的钱全部给他下了外贸的订单,用来买布匹原料了。别说是10万,就是1万块,他也抠不出来。

今年全球经济环境持续恶化,受国际金融危机和西方经济衰退的影响,外贸服装行业受到前所未有的冲击,和四同合作的外商,修改了合同与资金结算方式,由原来的每笔订单结算,调整为一年结算一次,这样,就势必加大了服装公司的资金投入,流动资金也受到了很大的限制。

为此,四同通过熟人关系,上个月专门跑过一些内地实力单位,去了好几个城市,会见几家公司的法人代表,才顺利取得融资资格,渡过了外商变动合同这一难关。

现在,让四同拿出10万给他亲妈,就是砸锅卖铁他也拿不出。我在屋里,看着四同的背影,有点心疼,毕竟四同是我的男人,我不出手帮他,谁也帮不了他。

我穿好衣服,走到客厅,对四同他亲妈说:“妈,家里地方小,现在住的人太多了,四同让你们明天回家,也没有错。”

四同他亲妈斜着眼睛看着我:“那我明天就是不走呢……”

操你爷爷的蛋,四同他亲妈你这个臭知识分子,给你脸你不要脸。不走?不走你就继续住,从明天开始,老娘和亲爸后妈回娘家去住,你就跟你儿子在这里慢慢磨合磨叽吧!

我心里想着一套,嘴上说着另一套:“妈,你想住也没有关系,明天我就带着我爸和我妈回家去住,这里让给你们住,可以了吧?”

四同他亲妈没有想到我会这样说,一下子愣住了,脸色很不好看:“慕容,你现在是四同的媳妇儿,守家护家照顾男人是女人的本分,放着自己的家不要,不是一个好女人。”

什么好女人坏女人,你家四同如果是好男人,我会主动放弃自己的家?燕子衔枝做窝容易吗?它们辛辛苦苦一生,不就是为了一个家?

这时,我亲爸看不下去了,他拉了拉我,对四同他亲妈说:“亲家母,我家慕容不是你说的那种坏女人,你和儿子之间的事情,不要纠缠到我家女儿身上!”

四同他亲妈看我亲爸开腔了,开始耍贫嘴了:“什么我和儿子之间的事情,如果不是你家女儿吃饱了撑的,去医院引什么鬼产,我会在这里住下吗?你是站着说话不腰疼！”

我亲爸的额头青筋突然鼓了起来，他暴跳如雷：“什么吃饱了撑的，你嘴巴说话干净点儿，你问问你儿子，我女儿好好的为什么会去医院引产！”

四同他亲妈嘴巴不饶人：“问我儿子？你还是先去问问你女儿，鬼知道你女儿在外面做了什么见不得人的事情，不然好好的怀孕5个多月了，去打什么胎啊？”

眼看两个亲家要打起来了，四同扔掉烟头，一把拉住他亲妈：“妈，你少说两句好不好？”

我亲爸很少发脾气，只见他拿起桌子上的一只玻璃水杯，“砰”的一声砸到了地上：“你今天给我说清楚，我女儿究竟做了什么见不得人的事情，不然老子和你没完！”

四同他亲妈看见我亲爸砸了东西，脖子都气歪了：“你砸我儿子家东西，老娘和你拼了。”

说完，四同他亲妈抓起桌子上的一个暖水瓶，直接扔到我亲爸的身上。我亲爸一把接过来，把暖水瓶抱在怀里。

张曼尼站在一旁，给吓坏了，她一会儿拉四同他亲妈，一会儿拉我亲爸，我后妈吓得脸色煞白，拉着我朝屋里走。

我后妈胆子小，一个劲儿地念叨：“怎么会这样，怎么会这样？”

客厅里，四同他亲妈和我亲爸相互对峙，四同站在他们中间，三个人拉扯着，最后，我亲爸一头冲进屋里：“慕容，收拾东西，跟我回家！”

我抬起头，疑惑地问：“爸，回家？”

我亲爸继续说：“对，马上回家！”

哈哈，四同他亲妈你看见了吧，我们要回家了，这个家丢给你了，你好生照顾你儿子吧。我后妈每天供你们吃供你们喝，最后得到什么了，回家的感觉真好。

我简单收拾了东西，弄了一个小包，拿上自己的银行卡，跟在亲爸后妈的后面，走出了我在仙林的家。

我看见四同无奈的眼神，落在我的身后，这个男人自始至终不说一句话，也不挽留我，像个旁观者，看着我们的身影消失在黑夜中。

外面的风很冷，我的心空落落的，仿佛丢了灵魂。家，原来是这样一种东西，当你拥有它的时候，家是一个累赘。当你失去它的时候，家才是一个温暖的地方。

走出小区，我被风呛了一口，咳了几声。夜，寂静得令人窒息，后妈将自己的围巾戴在我的头上，挽着我的手臂。

等了大约五分钟，出租车来了，一家三口上了车。出租车经过仙林郊区，很快驶入市中心。夜南京灯火辉煌，夜生活星光灿烂，城市的命脉并不因为黑夜的存在而失去她的灵动力。

·第十九章·
在娘家的日子

回到娘家的时候,已经是凌晨两点了。出租车停靠在小区的门口,我亲爸和后妈一人拉着我的一只手,朝夫子庙的家走去。

婚后半年了,我的床一直空着,屋子里所有的东西还保留着原来的样子。看着自己的床,仿佛又回到了我的少女时代。

亲爸进屋后,打开了空调,后妈忙着给我换干净床单和枕套。我躺在床上,想着仙林的四同,心里的酸涩装得满满当当的。

婚姻,原来是一种让人牵肠挂肚的东西,只要你进了婚姻的门,无论你走到哪里,心里就多了一个牵挂的人。

我心里纵然再恨四同,肚子里的儿子却紧紧地把我们三个人联系在一起。现在,无论我走到哪里,心里装着的,都是四同、我和儿子。

在娘家的日子里,我很安静,我的世界里只剩下我和儿子。儿子,成了我最亲近、最可以依靠、最知心的人。

四同每天给我打电话,但是,我从来不接。他的手机信息像飞鱼一样,一条条地飞过来,我也不回。仙林的家,我暂时不想回去,四同的面,我也不想见。

每周,我后妈和从前一样,按时陪我去市妇幼孕检。她现在跟我跟得很紧,不给我单独出门的机会,就是上街买菜,也要拉着我的手一起去。我知道,她担心我去引产。

说来奇怪,回到娘家后,我安静了许多。冷静的时候,我经常想起张筠土大师的话,引产的念头虽然也出现过几次,但是,已经不再那么强烈了。儿子是母亲的连心肉,现在,儿子已经成了我生命的一个重要组成部分,再也无法割舍掉了。

娘家住在老小区,和邻居的交往比较亲密,那些叔叔阿姨全部是我的长辈，看着我长大的。每次下楼，只要碰面，他们都会热情地和我们打招呼。

尤其是一楼的崔大妈，每次看见我，都问：“慕容回娘家养胎了啊，预产期快到了吧，女婿怎么没有跟过来住啊？”

我后妈每次就跟在我后面回答：“崔大妈，慕容预产期在7月，早着呢。我女婿开服装公司忙，经常去外地出差，照顾不到慕容。”

崔大妈胖胖的，喜欢打破沙锅问到底：“那慕容月子在娘家坐啊？”

我后妈“嗯嗯”点头：“到时候看吧，慕容愿意回家坐就回家坐，不愿意回家就在这里坐，随便她。”

崔大妈笑嘻嘻地点头：“不错，不错，慕容过来我看看，你怀的像男孩哦，肚子尖尖的，后面连屁股都看不出来。”

我后妈嘿嘿地笑：“男孩、女孩都一样，外婆都喜欢。”

崔大妈哈哈大笑：“是的呢，现在一家一个，都是宝呢，慕容口重吗，喜欢吃咸的酸的，还是辣的？”

我腼腆地回答一句：“咸的，酸的一般呢。”

崔大妈连声应道：“那是，那是，和我年轻的时候生我家老大阿毛一样呢，就吃咸的，酸的一般不碰呢。”

我和后妈一边走，一边就把崔大妈扔后面去了。崔大妈一辈子生的都是儿子，四个带把儿的，想女儿想疯了，最后连半个女儿也没有生出来，抱憾终生。

在娘家的日子里，我越来越安静，无事的时候，我就穿上防辐射外衣，坐在电脑前溜达各大起名网站，想着将来为儿子起个什么样的名字。偶尔看见张筠土大师挂着QQ在忙，我也会发个握手的表情给她，问她一声好。

张大师总是处在忙碌的状态，我也不好意思打扰她。不过今天，我一直忍不住想问她我和四同的婚姻，究竟有没有离的可能，而这个孩子的存在，会不会成为我们离婚的障碍。

打开电脑后，张大师在线。我忐忑不安地给她发了个信息：“大师，晚上好。”

张大师很快回复我一句：“你好。”

我开门见山：“我是否应该坚持去引产？”

张大师立即阻止我：“使不得，这个孩子必须生下来。”

我疑惑不解：“大师，你不是说过，我的婚姻不合吗？”

张大师发了个点头的表情：“八字不合，不代表你们的婚姻到头了。如果我没有说错的话，这个孩子是你的第三胎，现在引产无异于拿你的生命开玩笑了。”

我本能地“啊”了一声:“你怎么知道我是第三胎的?”

张大师停顿了一会儿,继续发信息:“你的八字告诉我的。”

这个大师真厉害,在她的眼里,我是没有任何秘密可言的。我是透明人,像一张白纸一样暴露在她的面前。

我左右为难,不知道应该如何是好。如果听大师的话,坚持把孩子生下来,那么,这个婚姻势必还要继续下去,而我的伤痛也将一直延续下去。

维持一个貌合神离的婚姻,是不是一个正常人所必需的?这样的婚姻究竟会给我带来什么?是更大的伤害,还是更持久性的慢性自杀?

我的心里太纠结了,试探性地发了一条信息:“大师,这样的婚姻有保留的价值吗?”

张大师没有回复,过了半天,发了一大堆信息过来:“在一个人的四柱中,带子午卯酉,即为桃花。你老公的四柱中,日干带午,女人缘自然好了,这个怪不得他。你可以通过制煞镇住他,适当收敛他的行为就可以了。离婚不是你的唯一选择,带着六个月的肚子去引产,不是你目前应该做的事情,你要换个心态,用母性去看待你肚子里的生命,而不是用你的妻性去牵挂你的老公。”

母性?妻性?这个张大师是玄学家,同时也是心理学家?她的话怎么越来越像催眠曲,将我的引产勇气击退得一干二净?

张大师说的也许没有错,如果四同的命里真的犯了桃花,也怨不得他,要怨也得怨他亲妈,也不择个好日子生子。

引产的念头真正打消后,我开始无牵无挂,猛吃猛喝,不再和肚子里的孩子过不去,也不再牵肠挂肚地想着四同了。

我的脑子里每天只盘旋着两个字:母性!至于妻性,去他奶奶的,四同他根本就配不上这两个字。

后妈看我精神越来越乐观,每天不是吃就是喝的,也渐渐放心了。随着孩子在肚子里越来越大,引产几乎越来越不可能了。

很快就要过年了,到处都是年的味道,四同拼了老命地给我打电话,叫我回家过年。回家?红颜祸水,我回娘家快一个月了,你个破四同都不知道上门来接我,回你个鸟窝啊!

四同的家,将近一个月没有人住了,很多地方已经落满了灰尘。我们离开的那天,四同他亲妈当天夜里和四同发生了一场激烈的争吵,然后自己打车回家了。

一别就是将近一个月,因为快过年了,四同他亲爸想孙子心切,在家里发脾气,执意要四同在年前把媳妇接回家过年。

老爷子发话,四同不敢怠慢,不得已叫回他亲妈,来家打扫卫生,准备接媳妇回来过年。

四同不会做家务，不会拿抹布，不会操扫把，他经常一天三顿在外面吃，吃完了回来倒床就睡，什么也不想。

后院起火后，四同玩婚外情也没有什么感觉了，他已经把情人的手机号码删除了，也无心和情人来回发暧昧短信。

老婆是饭盒子，情人是五颜六色的菜。男人就是这样一种东西，你给他一碗饭，他就想在上面多加点菜，如果全部给他菜，他又想念饭的味道了。

离过年还有三天了，四同的公司还有两天就要放假了，清晨上班前，他亲爸又打电话过来催他了。座机铃声一响，四同就走过去接电话。

四同他亲爸洪亮的声音："四同，家里收拾干净了吗？今天晚上记得把我儿媳妇接回来，听见没有？"

四同点了点头："爸，我知道了。"

四同他亲爸还是不放心："要不然我和你后妈过去，把你屋子先收拾一下？"

四同摇了摇头："爸，还是让我亲妈过来打扫吧，她已经快一个月没有和我说话了，连我的电话也不接。那天晚上慕容回家后，她就走了，我想和她缓和一下关系。"

四同他亲爸没有反对："好吧，你和她好好沟通一下，记住，我明天过来就要看见我孙子。"

四同"哦"了一声，挂了电话。接着，他拨通了亲妈家的电话号码。嘟嘟嘟，嘟嘟嘟，连响六声，电话才接通，是亲妈的声音："谁呀，大清早的就来电话，还让不让人安静了。"

四同好脾气地笑着："妈，起床了吗？在家睡懒觉啊？吵醒你了！"

四同他亲妈听见四同的声音，立即冷静了不少，总算开口说话了："是四同啊，我在厨房做早饭呢，找我有什么事儿？"

四同继续说："妈，我想和你商量个事儿，你看行吗？"

四同他亲妈在电话里一边"嗯"着，一边说："你说吧，什么事儿？"

四同想来想去，觉得先讨好一下亲妈总没有错的："妈，儿子提前给你拜新年了。"

四同他亲妈给四同的话逗笑了："四同，你还记得我这个妈啊？我以为你早把这个妈忘记了。"

四同大声说："亲妈哪能忘啊？妈，新年好，恭喜发财，红包拿来。"

四同他亲妈忍不住又笑了一声："不会是黄鼠狼给鸡拜年吧，有什么事儿，你直说吧！"

四同不开玩笑了，诚恳地说："妈，那我直说了啊，我爸今天发火了，叫我今天晚上一定要把慕容接回来过年，家里太脏了，你能不能过来帮忙打扫一下卫生啊？"

四同他亲妈用手捏了捏衣角儿："我说有什么好事留给我了，慕容走的那天，你不是说叫我以后不要管你们家的事儿吗？我现在去，是以你亲妈的身份去，还是以保姆的身份去？如果以亲妈的身份去，你得给我道歉，如果以保姆的身份去，你就得付我一天的工钱！"

四同看了看时间，不早了，今天上午公司有晨会，于是急切地说："妈，我是你儿子，我错了还不行啊？我现在就给你道歉，妈。"

四同他亲妈看四同主动认错了，态度跟着软了下来："这还差不多，好吧，我一会儿吃过早饭就去，你记得晚上把慕容和我孙子给接回来啊。"

四同一颗悬浮在嗓子眼的心，终于落地了："妈，谢谢你，晚上我一定去。那我挂了，马上去公司上班了。"

四同他后爸一直躺在被窝里没吭声，看电话挂了，问四同他亲妈："四同今天去接你儿媳妇回家？"

四同他亲妈点了点头，脸上带着久违的笑容："嗯，快起来，洗脸刷牙吃饭，跟我一起去四同家。"

四同他后爸躺在床上没有动："我去凑什么热闹？你自个儿去吧，我还要睡懒觉呢。记得早点回来，马上就要过年了，家里还有很多东西要买。"

四同他亲妈心里想着儿子和孙子，也无心过问老公的事情了："好的，我给四同收拾完屋子就回来，你再睡会儿，等我回来一起去超市买年货。"

四同他后爸"嗯"了一声，缩进被窝继续睡回笼觉。四同他亲妈脸上喜滋滋的，自己一个人在客厅吃完早饭，刷了碗筷，挎个小包，就直奔仙林四同的家去了。

到了仙林，四同他亲妈打开防盗门，一股寒气直逼而来，她搓着手，呵着气，一边跺脚，一边走了进去："这家怎么这么冷呢。"

四同他亲妈关上门，径直冲到空调边，抓起遥控器开关按了一下。一股热风快速冲了出来，她站在空调口，连呼过瘾。

客厅很脏，沙发上蒙了一层白布，白布上是一层薄薄的灰尘。四同他亲妈放下手里的小包，快速走到四同的屋子里。她打开大柜子，开始翻找起来。

四同他亲妈翻了半天，也没有翻出什么东西来，她一边翻，一边自言自语："这个龟儿子，把家里的户口簿放哪儿去了？怎么就找不到了？"

这时，阳台外面响起了几声鞭炮声，吓了四同他亲妈一大跳。她的心脏"怦怦"乱跳，仿佛做贼似的。

四同他亲妈看了阳台一眼,继续翻找:“四同那臭小子把户口簿放哪里去了?怎么就不见影儿了?这户口簿没有,孙子的户口就报不了,这户口报不了,这孙子的姓就跟不了四同,孙子的姓跟不了四同,也就跟不了我,跟不了我,就便宜了那个姓花的老东西了。”

四同他亲妈口中念念有词,越翻越起劲儿了。

她换了一个大柜子,继续找,一边找一边念叨着:“我今天一定要找到户口簿,叫那个姓花的老东西和我争夺孙子的姓,拿到户口簿就等于拿到了孙子姓名的主动权,等到孙子一出世,再把出生证弄到手,然后去派出所报个户口,不就大功告成了?”

·第二十章·

我胡汉三又回来了

四同他亲妈翻遍了四同的整个屋子，连半个户口本的影子也没有见到。四同他亲妈口干舌燥，出来找水喝。这时，客厅的门响了，接着，四同他亲爸和后妈推开门，走了进来。

四同他亲爸放下手里的一大堆菜，一眼看见了四同他亲妈："你来了啊?"

四同他亲妈手里拿着水杯，在喝水："来了。"

四同他亲爸大大咧咧地在房间里走了一圈，对前妻说："卫生搞多少了?"

四同他亲妈站在客厅里，拍了拍手上的灰尘："我才来一会儿，卫生正弄着呢。"

四同他亲爸"哦"了一声，看了看四同的屋子。

四同他后妈站在客厅里，眼睛一直看着四同他亲爸，直勾勾的。她最不放心的就是四同他亲爸，这个家伙 EQ 太高了，如果不是自己看得紧，四同他亲爸早就和前妻复婚了。

四同他亲爸在客厅停下后，开始理东西，他把刚才买来的大包小包东西，一一塞入冰箱。冰箱是空的，电机空转着，一会儿就被一堆东西塞满了。

一家人各自为政，一个人打扫一个房间，一个钟头后，家里焕然一新。四同他亲妈洗了洗手，看时间还早，对前夫说："我回去了，这里丢给你们了，快过年了，我要回去购置点年货。"

四同他后妈看见四同他亲妈要走，立即喜笑颜开："你要走啊，不留下吃晚饭啦? 慕容晚上还要回来呢，你也不看看孙子再走? 既然这样的话，我和他爸就不送了。"

四同他后妈一边说，一边朝四同他亲爸使眼色，叫他去开门。四同他亲爸赶紧走过去，拉开防盗门，放前妻出门。

四同他亲妈走后，四同他后妈哈哈大笑："他爸，我胡汉三又回来了!"

四同他亲爸听着就感觉怪怪的:“什么胡汉三不胡汉三的,我儿子的家,我爱来就来,爱走就走,咋了?”

四同他后妈像孩子一样 ,在每个房间走了一遍,突然,她似乎想起了什么:“老花,孙子究竟跟谁姓?”

四同他亲爸在客厅高声答道:“当然跟我老花姓了,她姓易的是外姓,我儿子跟她姓,是离婚前她做的手脚,现在孙子的姓,就由不得她做主了。”

四同他后妈突然停下脚步:“那户口簿在你手里吗?”

四同他亲爸大脑短路:“什么户口簿?”

四同他后妈眼睛四处扫荡:“四同的户口簿啊! 没有户口簿,你拿什么东西上孙子的户口? 就你这样粗心还和那老妖精争夺孙子的姓,笑话!”

四同他亲爸恍然大悟:“哦,幸亏你提醒,我去四同屋子看看。”

四同他亲爸走到四同的屋子,打开大衣柜,柜子门刚刚打开,一大堆乱衣服掉了下来:“四同这龟儿子,慕容不在家,连衣服也不知道理一理,你看乱得。”

四同他后妈跟过来,看了一眼:“真够乱的,像给人翻过了。”

两个人面面相觑,一时摸不着头脑。四同他亲爸翻了一会儿,什么也没有,索性把乱衣服一件件叠起来。

时间指向下午 3 点,今天是年前市妇幼约定孕检的最后一天,我中午吃过饭不久,就离开了家,做年前最后一次孕检。

因为快要过年了,我后妈要外出购买年货,一家人在家里过团圆年,所以今天就没有跟随我去医院孕检,我们一起出的门,她去超市购物,我去市妇幼孕检。

在超市门口分手的时候,我后妈一遍遍对我说:“慕容,孕检完早点回来。”

我连连点头:“妈,我知道了,你买完东西也早点回去,辛苦你了。”

从夫子庙到市妇幼,打车只不过二十分钟时间。到了市妇幼,满眼尽是大肚子。我是市妇幼的 VIP 会员,可以不排队,直接享受会员待遇。不过,今天的会员特别多,还是得排队。

一直到下午 4 点,终于完成了所有的检查项目。今天的各项指标很健康,肚子里的孩子已经 3 斤多了。

出了医院大门,我慢悠悠地走着,一路晃荡着,没有急着打车。我一边走,一边看着路边饭店,我的肚子饿了,这小子现在特别能吃,我老是感觉饿,他在逗我玩呢。

正走着,后面的汽车喇叭声一个劲儿地按过来,我连忙避让开,喇叭声还是跟着过来了。我回头看了看,奶奶的,彻底傻眼了。

那是一双桃花眼，正从打开的车窗里望着我："上车。"

面对突如其来的刘立恒，我一点思想准备也没有，根本无法拒绝。我下意识地走过去，拉开门，上了车。我的大脑一片眩晕，一时不知道说什么好。

刘立恒用足足十秒钟的时间，定定地看着我，什么话也没有说，然后踩动油门，从慢车道打了个侧弯，开到了快车道上。

说实在话，看见刘立恒后，我的第一个反应是想哭。我恨不得找个无人的地方，立即趴在他的肩膀上哭泣。

狗日的四同，已经把我的心折磨得憔悴不堪，我虚弱得真想借一借刘立恒厚实的肩膀靠一靠，发泄一下自己无奈的情绪。

·第二十一章·

那年十八岁

小车沿着闹市区的华丽街道一直朝前开，大约一刻钟后，停靠在南京嘉实利大酒店门前。这家酒店很气派，也很豪华，是一家五星级酒店，十八岁那年和刘立恒来过。

刘立恒停好小车后，走过来为我打开了车门："饿了吧，随便吃点。"

我点了点头，走出副驾驶座。时间仿佛又回到了十八岁那年，刘立恒拥着青春年少的我，一脸稚气地推开酒店的门，目中无人地向里走去。

没有人愿意重复从前，也没有人愿意回忆过去，再看眼前的刘立恒，和当年相比已是面目全非了。

我没有想到，在我最孤独、最无望、最寂寞的时候，是刘立恒最先出现在我的身边，给我一种无言的安慰。

在包间坐定后，刘立恒吩咐服务生给我倒了一杯白开水，他知道我不喜欢喝茶。我的双手捧着瓷杯，看着上面冒出的腾腾雾气，有一种空灵的感觉。

人生如梦，梦里梦外，真假难分。这就是我的生活吗？这就是我要的生活吗？我靠他祖宗千万代，我绕来绕去绕了快十年，又绕回了原点。

我抿了一口热水，一股暖流顿时滑过咽喉，一路下到胃部。我的眼睛一直望着窗外，和辞职前相比，我对刘立恒的态度发生了明显的变化，他的预言真的在我的身上发生了作用。

刘立恒在点菜："想吃点什么？甜的还是咸的？辣的还是酸的？"

我看了看他："酸的。"

刘立恒眼睛亮了一下，随即又暗淡了下去："是小子！"

我没有说话，继续把头扭向窗外。窗外的行人很多，来去匆匆。数九寒天的下午，太阳暖洋洋的，街对面有商家女穿着冬衣出来晒太阳。

菜点好后，刘立恒望着我，那眼神里有一种说不出来的味道："预产期是哪天?”

我“嗯”了一声,把头从窗外转了过来,面向刘立恒:“7 月 18 日。”

刘立恒点了点头:“不错,好日子,真会掐。”

我不置可否,端起瓷杯抿了一口热水。我的心酸酸的,四同像一顶屎帽子,一直扣在我的头顶上,让我感觉全身没有一个地方是正常的。

总以为婚姻是铜墙铁壁、牢不可破的;总以为老公爱的人永远是老婆,而不是其他的女人;总以为自己会是一个幸福的准妈妈,在怀孕期间尽享天伦之乐。

我如此看好四同,四同却以冤相报。如果刘立恒知道了四同对我的不忠,我真的难以预料刘立恒会不会把四同的脑袋劈成两半。

菜上来了,一道道的,全部是十八岁那年我喜欢吃的菜,就连酸豇豆的做法也一模一样。

这样的场景,不仅让我心酸,而且让我难过。做了四同的女人后,我就没有想过会和其他男人有瓜葛了,至于和谁再有千丝万缕的联系,那更是白日做梦了。

婚姻的沙漏,往往是从内部开始瓦解的。比如我的亲爸后妈,如果当年我亲妈规矩点,妇道点,不背着我亲爸红杏出墙,那么,我就不会多个后妈,也不会多个后爸出来,弄得我两岁就和拖油瓶一样,在学校里尽看人的白眼。

刘立恒本来最有希望做我的男人,他是第一个出现在我生命里的男人,是他让我从少女变成为一个真正的女人。

然而,缘分不是因为你来得早,而是因为你来得巧。和刘立恒的早恋加上前男友的四年马拉松似的爱情,也比不上后来居上的四同那个半年时间。这就是缘分,懂吗?

看见酸豇豆,我的口水终于憋不住了:“哈,我先吃了,小东西在肚子里踢我,我饿死了。”

刘立恒“嗯”了一声,夹了一大筷酸豇豆,丢进我面前的小碗里:“看那小子把你饿的,四同是怎么照顾你的?”

四同?吃饭时间谈什么四同?扫兴!我告诉你刘立恒,今天我的心情才爽那么一点点,一时思维短路才上了你的贼船,不要给你点颜色就开起染坊来了。

我瞪了刘立恒一眼,不再说话,闷头吃菜。话说回来,自己的婚姻有漏洞,也怪不得别人,还是打碎牙齿往自己肚子里咽吧。

刘立恒只顾朝我碗里夹菜,自己一口也不吃。我吃得有点急,吃着吃着,包里的手机铃声就响起来了。

打开手机，看看来电显示，是四同的。他奶奶的四同，你还认识我啊，快过年了，你还知道家里有个被遗忘的大肚婆啊？

我想关机，手指一按，按到了接听键上："喂，什么事儿，我在饭店吃饭呢？"

四同的声音，还是老腔老调："这时候在饭店吃饭？才几点钟就吃晚饭了？你妈陪你去的吗？"

我的嘴里含着菜，吐字不清："我和一个朋友。"

靠，我什么时间吃饭关你四同屁事儿！我现在一个人，好得很，安静得很，舒服得很，没有你四同，我日子过得甭提多香！

四同的声音降低了两度："你几点钟回家？我马上开车过来，接你回家过年。我才从公司出来，半个钟头后到你家。"

接我回家？过年？八成是你家那帮子爷爷奶奶的想孙子了吧！我亲爸说过了，如果你亲妈不上门亲自道歉，我就永远不回家！

我故意拉长了音调："我回家还早着呢……"

说完，我挂断了电话。什么婆婆妈妈的，我现在肚子正闹饥荒呢，老娘没有时间和你四同磨叽。我干吗要听你的话，你四同半个钟头后到我家，我就必须赶在你之前回家等你？做你奶奶的黄粱美梦去！

我现在是一个逍遥自在的大肚婆，老娘彻底看透了，算我这块金砖含金量不够，配不上你四同，行吗？我一个人很好，请不要来打扰我，OK？

我现在真有点佩服前男友他妈的眼力了，她没有看错，如果是他那病儿子娶了我，没准儿弄回家的也是一块废材。

废就废了，这年头女人嫁个好男人比登月还要难，有时间和男人磨叽，还不如先把自己的肚子填饱。想到这里，我继续埋头吃菜。

刘立恒听着不对劲儿，喝了一口老白干，扬起桃花眼问："你是不是回娘家住了？四同是不是对你很不好？"

又提四同，刘立恒你为什么眼里除了自己就是四同！我家四同关你屁事儿？你吃你的饭，喝你的酒，看你的蓝天白云，你爱干吗就干吗，四同和你绝对没有一点关系！

连老娘都操不好的心事，你刘立恒也想操？四同是男人，你也是男人，你那时怎么对我的，四同现在就怎么对我。这样的答案你该满意了吧，彻底开心了吧？

哪个女人一生没有错，不过，如果一个女人始终重复过去的错误，那就是你们男人的错了！

我瞟了刘立恒一眼："四同和我很好，我们很恩爱！"

刘立恒手里提着酒杯，猛灌了一口："恩爱就好，恩爱就好……"

我放下筷子,哈哈大笑:“怎么了,说得那么勉强,是不是醋瓶子翻了?”

刘立恒的桃花眼眯成一条缝:“醋瓶子翻了?桌上有醋瓶吗?”

靠,桌上没有醋瓶你不吃醋用那眼神看着我干吗?我是你的前女友,又不是你的前妻,不要以为今天上了你的小车吃了你的饭,就是你的老婆了。

刘立恒看见我大笑,有点不自然:“你笑什么?”

我不置可否,其实心里在哭,眼泪是无声的,划破鼻腔后直穿喉咙壁,苦而酸涩。我放下筷子,不做声了。

空气有点沉闷,刘立恒喝着闷酒,喝着喝着,就说起了没头没脑的话:“慕容,听单位同事说,你结婚那天在婚礼上搞出了八个爸爸妈妈,我说你这肚子里的孩子要是出世的话,他到底跟谁姓了?”

我撇了撇嘴:“跟谁姓?这还不简单,跟老祖宗姓呗。”

刘立恒“哦”了一声:“貌似你家四同跟老祖宗不是一个姓吧?”

刘立恒是人力资源部部长,全公司几百号人的档案资料全部归他管。他对四同家的老黄历记得比我还清楚,真是烂笔头不如好记性。

我点了点头:“嗯,不错,四同跟他亲妈姓,不跟老祖宗姓。”

刘立恒用筷子夹了一粒毛豆,放进嘴里,很流氓地来回咬着豆壳:“子从父姓,在中国有几千年历史了,你家四同随母姓,你儿子将来随老祖宗姓,一个字,乱!”

乱?乱就给它乱了!上辈人乱了姓,下辈人拨乱反正。等我儿子出世了,一定要叫他认祖归宗,才不让他像个野孩子一样,跟着外姓人到处跑。

四同跟谁姓,我不管,那是上辈人遗留的历史问题,连四同他亲爸都纠正不了的事儿,我瞎操心个大鸟!

至于我儿子跟谁姓,我就不得不管了。这个不是跟谁姓的问题,而是认不认老祖宗的问题,两个问题性质不一样。

我大口大口地吃着,肚子已经有点饱了。我不想和任何人研究儿子的姓名权,包括刘立恒。吃得差不多了,我开始看着窗外发呆。

窗外的那棵桂花树,还在老地方,十八岁那年,刘立恒第一次带我来这里,开了一间房,拿去了我的处女身,临走的时候,在树身上刻了他和我的名字。

当时,刘立恒用迷死人的桃花眼望着我说:“慕容,这棵树见证我们的开始,若干年后,我们再来这里,希望多了我们的子子孙孙。”

我看着桂花树,想着刘立恒当年的话,恍若梦中。子子孙孙,多么具有嘲讽意义的子子孙孙!

刘立恒看着我,半晌说了一句:“等你儿子出世了,给我做干儿子。”

干儿子?刘立恒你想儿子想疯了?趁自己年轻,赶紧结婚,去造一个人。

难道你没有听说过,老婆是别人的好,孩子是自己的亲。你莫名其妙认个干儿子回家,以后怎么和老婆交代?

我捋了捋刘海,嘿嘿一笑:“不要开玩笑了,四同的儿子怎么会做你刘立恒的干儿子?这是八竿子打不到一块儿的事儿,省省心吧,如果你没有女朋友,我明儿给介绍一个,好不好?”

刘立恒听说介绍女朋友,眼睛亮了一下,顺水推舟:“好啊,这事儿就拜托你了,不过,记住一点,要按照你的模子去找,不要百分百相似,只要千分之一神似。”

我的姑奶奶,你刘立恒找对象还拿我花慕容去做模子?上帝造人没有模子,这个难道你不知道?罗密欧和朱丽叶是举世无双、独一无二的,这个你该知道吧?

你找对象,关我鸟事儿?我就是随口说说而已,如果真的有那么一位千金小姐适合你刘立恒的口味儿,这个大媒人我还是会做的,问题是我现在这里没有半个备份儿的。

我看了看手机,时间不早了,天也快黑了,我怕后妈担心,准备打道回府:“刘立恒,谢谢你,我该回去了。”

刘立恒手一挥,立即过来一位服务生,结完账,开车把我送到了夫子庙的家门口,然后掉转车头离去。

·第二十二章·

婚姻的沙漏

回到家,后妈大惊小怪,一惊一乍地打量着我:"慕容,怎么到天黑才回来,妈担心死了,是不是今天到医院孕检的大肚子很多?"

我对着后妈点了点头,一眼看见四同坐在客厅的真皮沙发上,神情呆滞。我亲爸在旁边看报纸,没有人搭理他。

四同看见我回来了,立即起身迎了上来:"慕容,你回来了?"

我"嗯"了一声,把装有病历的小包丢在餐桌上,到饮水机上放了一杯温开水,咕嘟咕嘟喝了起来。

四同一直跟着我,想帮我拿水杯,我不理他,喝完水,我直接去了自己的屋子,四同想跟去,我一把带上了门。

四同站在屋子外面,扭动了一下门锁:"慕容,快过年了,我爸我妈叫我过来接你回家过年。"

接我回家过年?四同你过了我亲爸那关了吗?你亲妈过来向我亲爸道歉了吗?如果没有的话,你还是先回去,把你亲妈的思想工作做通后,再上我们家来,OK?

我心里正想着,我亲爸在客厅猛地吼了一声:"慕容,你今天敢回去,老子敲断你的腿!"

我打开屋子的门,看着站在屋子外面的四同:"我爸说的话,你听见了吗?"

四同转身面向我亲爸,露出为难的表情:"爸,你就开个恩,今天让我把慕容带回家,改天我再让我妈来给你道歉。"

我亲爸眉毛竖着:"狗屁不通,我告诉你四同,你亲妈什么时候上门道歉,我什么时候放我女儿回家!"

四同面露难色:"爸,你就不能通融一次吗?我爸今天发话了,如果不把慕容带回家的话,他就不给我进门。快过年了,服装厂员工全部放假了,今天下午已经封门了,我不回家,去哪里呢?"

我亲爸得理不饶人:"你现在就给我回去,问问你亲妈,我家女儿究竟做了什么见不得人的事情?不说清楚就想接我女儿回家,做梦!"

四同一脸为难,不知道如何是好。爷爷奶奶尿的屎裤子,抹他身上了,他真的没有办法了。

如果是他四同自己的错,哪怕让他跪下,他也认了。问题是他亲妈惹的祸,事情本来就复杂,牵涉到上层建筑,不是经济基础就可以解决得了的。

这时,我后妈走了过来,她看着我亲爸说:"慕容她爸,你就不要难为四同了,他是孩子,他亲妈做的事情,是我们上辈人之间的事情,不要让孩子为上辈人的错误受过。让慕容跟四同回去吧,快过年了,有什么事情,等过完年再说吧。"

我亲爸不依不饶,用手指着我:"慕容,你今天走走看,你出了这个门,以后就不要进这个家。"

我从来也没有看过亲爸发这么大的脾气,而且如此固执。我倒不是怕失去这个亲爸,和四同结婚前,我亲爸就告诫我:"慕容,我们家的成员已经够复杂的了,你现在嫁到四同家,以后的家庭成员关系会越来越复杂的。"

婚前,我亲爸和我苦口婆心:"现在的 80 后小夫妻,承担的是四个老人两对老夫妻,而你们,要承担的是八个老人四对老夫妻,你们有那么多精力去顾及你们的八个爸爸妈妈吗?"

直到现在,我才知道亲爸是为我的未来考虑,他早就预料到了今天。俗话说:种瓜得瓜种豆得豆,自己播下的种子,只能自己去收获了。

时间慢慢地过去了,我亲爸和四同僵持着,眼看到九点了,四同坐立不安,大冬天的,额头上竟然冒出了冷汗。

四同仙林的家,此刻安静得令人诚惶诚恐。四同他亲爸把电视调过来调过去,最后终于忍不住了,把遥控器朝客厅沙发上一扔,对四同他后妈说:"我说他妈,这个龟儿子怎么还不回来,都九点多了,叫他去接媳妇,不是叫他住在媳妇她娘家不回来!"

四同他后妈也不着急,毕竟不是自己的亲儿子,也不是自己身上掉下来的肉:"他爸,小夫妻一个月没有见面了,估计在屋子里亲热吧。"

四同他亲爸嗤之以鼻:"都像你这么没出息,整天就知道亲热亲热的,我估摸着四同怕是接不回来了,我给他打个电话,问问情况。"

四同他亲爸走到座机前,拨拉出一串数字,手机接通了:"喂,四同,媳妇儿接回来了吗?怎么到现在还不见人?"

四同沮丧的声音:"爸,接不回来了。"

四同他亲爸惊得不轻:“小夫妻吵架不记仇,老公接老婆回家过年天经地义,你怎么就接不回来呢?”

四同的声音越来越低:“爸,现在不是我和慕容之间的事情,我岳父说了,如果我亲妈不亲自上门道歉,慕容别想跟我回家。”

四同他亲爸声音提高了八度:“上门道歉?你亲妈道什么歉?她虐待儿媳妇了,还是虐待孙子了?”

四同迟疑了一下:“不是的,爸,那天慕容回家前,我亲妈说话有点不好听,所以……”

四同他亲爸听四同这么一说,肺都气炸了:“这老婆子是吃饱了撑的,还是怎么的,我去找她算账!”

说完,四同他亲爸挂断了电话,直接打到前妻家去了。

四同他后爸已经睡着了,打着鼾声。四同他亲妈也上床了,正一边看电视,一边弄一小碟食品在床边,嗑瓜子儿。听见床头的电话铃声响,欠起身子,接了起来:“喂……”

四同他亲爸怒气冲冲的声音:“喂你个老婆娘的喂!你给老子现在就到我儿媳妇家去,给四同他老丈人赔礼道歉,今天如果四同接不回我儿媳妇,今年这个年你就别想过了!”

四同他亲妈给前夫几句话轰得莫名其妙:“我去给四同他老丈人赔礼道歉?你脑袋坏了,还是给门缝压扁了?”

四同他亲爸用拳头擂了一把台板,电话机随即跳了起来:“你这个臭婆娘还嘴硬,我问你,慕容那天夜里回家前,你说了什么?”

四同他亲妈回忆了一下:“我说什么了?我什么也没有说,那天夜里慕容他爸自己拉着女儿的手出门的,我也没有赶他们走。真是笑话,关我什么事儿了?”

四同他亲爸哼哼冷笑一声:“你还嘴硬,四同刚才在电话里说,你那天说了什么不好听的话,你究竟说了什么?”

四同他亲妈在电话里叫了起来:“我说什么了?我就说了一句:好好的女人怀孕五个多月了,打什么胎啊!”

四同他亲爸叫得比对方声音还要高:“这不结了,这话是你说的吗?你,你,你给我马上出来,去慕容她娘家,亲自道歉去,我今天就是等到天亮,也要把孙子等回来!”

四同他亲妈鼻子哼了一声,一把扔掉了话筒。四同他后爸给争吵声惊醒了,睁开眼睛问:“你又和谁吵架了?”

四同他亲妈心里一团火,没有地方发泄,她没有搭理四同他后爸,直接下了床,穿好衣服,来回走了大约五分钟,最后,拿起电话拨通了四同的手机:“四同,你马上开车过来接我!”

四同他后爸坐了起来:“深更半夜的,你要出去?”

四同他亲妈情绪很坏,又不好发作,只能克制着,她冲四同他后爸点了点头。都怪自己那天夜里嘴快,把慕容和她亲爸一起得罪了,这不,自己的屎裤子还得自己擦干净,大过年的真他娘的晦气。

10分钟后,四同的长安杰勋停靠在小区门口,他没有上楼,而是坐在驾驶室里按了三声喇叭。

不一会儿,四同他亲妈打着手电筒到了楼下,她一把拉开车门,坐了上去,一个劲儿地发着牢骚:“真让人丈二和尚摸不着头脑,你的媳妇接不回家关我什么事儿,还要我去赔什么礼道什么歉?”

四同今天很累,现在已经没有脾气了:“妈,你什么也不要说了,跟我去一趟慕容家,把该说的话说清楚,让我把她们母子接回来就行了,行吧?”

四同说完,脚踏油门,长安杰勋飞速冲出了小区大门。经过路边便利超市的时候,四同停车进去买了一条中华,买了两瓶好酒,扔在车后座上,继续开车。

四同他亲妈在车上唠叨个没完:“四同,哪有男方家这样迁就女方家的?以后你在家吃不住慕容的。今天要不是看在孙子的面上,打死我也不会跟你出来道什么鬼歉的。”

四同心里有数,他知道慕容的引产根源在他的身上,只是自己没有勇气在家里公开承认而已。现在,亲妈做了冤大头,他也顾不上了,谁让她说话口无遮挡呢。

四同只顾开车,也不争辩,几分钟后,长安杰勋到了我娘家的楼下。四同拿起烟和酒,和他亲妈一起上了楼。

“咚咚咚”三下敲门声后,四同和他亲妈两个人被我后妈迎进了屋。四同他亲妈既来之则安之,满脸堆笑,和刚才判若两人:“亲家公、亲家母,我给你们拜早年来了。”

我后妈脾气好,接过四同他亲妈递上来的烟和酒,立即招呼让座,然后,又去厨房沏了两杯糖开水,端了过来:“亲家母,请喝水。”

四同他亲妈坐下后,也不兜圈子,看着我亲爸,直话直说:“亲家公,要过年了,这慕容回娘家也将近一个月了,中国人过年讲究团团圆圆、和和气气。早先我如果说话有不周的地方,你就多担待点。新年了,我们也不计较旧年的事儿了,你大人大量,今天就让四同把慕容接回家,你看行吗?”

到底是知识分子出身,不打腹稿说出来的话也那么缜密,真叫他奶奶的无懈可击。我看着亲爸，亲爸本来一直紧绷的脸，也有点松弛了。

我亲爸用柔和的目光看了看我，接过四同他亲妈的话：“亲家母，你这样说，我也没有什么意见。小夫妻在一起过日子，免不了闹矛盾，我们也是过来人。婚姻有时看起来是两个人的战争，其实，是一群人的战争。以后慕容在家里，如果做错了什么事情，或者对你们上辈人有什么不敬，你尽管说，尽管打，我绝对支持，就是不允许你们侮辱我女儿的人格。”

我亲爸说话不软不硬，四同他亲妈脸上红一阵白一阵：“亲家公，你说的倒是，慕容回家后，他们小辈儿在一起过自己的日子，我们上辈人绝不瞎掺和。”

我后妈坐在一边，看大功告成了，顺水推舟：“就是就是，小夫妻两人过日子，只要没有原则性的问题，我们上辈人最多只是帮帮手，给他们带带孩子，做做家务，其他的事情就看他们自己处理了。”

四同他亲妈坐直了身体，看了看身边的四同：“其实，我家四同从小就聪明机灵，人也没有坏心，很会体贴人，慕容在我家，是不会受到任何人欺负的。”

得得得，桌子上有牙签，四同他亲妈你把眼睛撑开说话。你家四同聪明机灵我承认，可是，要说他心眼好，就有点太不厚道了。

你奶奶的胳膊肘往里弯，我也没有意见，你的灵魂你主宰。不过，你得先回去把新华字典重新阅读一遍，最好翻到坏和心两个字的那一页。

如果你没有时间翻字典，你儿媳妇儿我现在就告诉你。坏，是品质恶劣。心，就不用我说了，是心脏，是灵魂，是一个人的中心。

如果说你家四同没有坏心，那我为什么要去医院引产？天底下怀孕的女人都自私到连自己的亲身骨肉也不在乎了吗？你还是回去问问你家四同吧，人，可以做过头事儿，但是，千万不能说过头话。

我后妈人好心好脾气好，不喜欢和人斤斤计较：“是啊是啊，你家四同是好孩子，我家慕容嫁给他，也是我们的福气。”

我的后妈，你还能长点脑瓜子啊？你这是严重的是非不分，你活了一大把岁数，不是我说你，你除了嫁给我亲爸、看准我亲爸之外，你基本上就没有看对过任何人。你一直说我亲妈好，我亲妈抓你头发拉掉一层皮的时候你忘记了？

四同这样的白眼狼，你难道也看不出来？他是好孩子？我嫁给他是你们的福气？如果哪天四同把我卖了，第一个数钱的人说不定就是你。

算了，尊老爱幼是中华民族的传统美德，看在你辛辛苦苦拖大我、没有功劳也有苦劳的份儿上，我就不揭穿四同的老底了，免得让你伤心。

大家的话都说到这份儿上了，时间也不早了，大冬天的，外面的风凉飕飕的。四同看沟通得差不多了，站了起来：“爸、妈，我和慕容先回去了，你们早点休息，大年初二我和慕容回来拜年。”

我亲爸和后妈也不挽留，将我们三个人送出家门。长安杰勋冲出小区后，第一站停靠在四同他亲妈家的门口，然后朝仙林我们的家驶去。

一路上我一句话也没有说，一个月没有见到四同，他明显瘦了。四同一手开车，一手抓住我的左手："慕容，我和那女大学生断绝关系了。"

我有点吃惊和意外，难道张筠土大师给我布置的煞桃花显效了？她的破解之术真的有那么灵？她就简单说了几句，我按葫芦画瓢地做了，就达到如此神奇的效力？

我简直不敢相信自己的耳朵："断了？"

四同肯定地点了点头，看来，这得归功于张大师了。如果不是偶然遇到张大师，四同的桃花运还不知道要旺到哪年哪月了。

话说回来，四同八字里带桃花。按照张大师说的，眼前这个断了，眼后说不定又弄出一个新人来。要是这样的话，我的心里该有多纠结呢？

四同和女大学生断绝关系的消息，并没有让我开心起来。在我看来，四同只是表明了自己目前的一种生活态度，至少他还没有放弃我。

次日，四同放假在家，我们起床后，他亲爸端上了热气腾腾的早饭，让我们吃。他亲爸看着我，一个劲儿地说："慕容，多吃点，把孙子养得肥肥的，以后出来好养。"

我默默地笑，大口地吃。四同他亲爸做的早饭还可以，因为大部分都是自己在小区门口买的，所以，吃起来感觉味道还不错。

·第二十三章·

徐小跚生了

吃完早饭,四同拿起小包,带上车钥匙,拉住我的手:“走,带你出去转转,兜风。”

我嘴上拒绝,心里还是挺高兴的:“快过年了,马路上到处是买年货的人,还出去兜风?”

四同“嗯”了一声,和他亲爸、后妈分别打了招呼,和我一起下了楼。进了小区的地下车库,上了长安杰勋。

半个钟头后,四同开车把我带到了市中心新街口,进了南京市区的大型家电卖场苏宁电器公司,直奔手机柜台。

我和四同都有手机,而且都是去年夏天才买的原装机,价格不菲。我拉了拉四同的手:“我们有手机,你还奔手机卖场来?”

四同坏坏地笑:“原来买的手机不算,今天我要买一对情侣手机,象征我们三口之家的重新开始。”

四同什么时候大脑彻底清醒了,想起婚姻的好来了?

我的心里甜甜的,女人就是这样一种超感性动物,男人对她有一点点的好,她的心里就会感动得不得了,恨不得把自己的整个生命都倒贴给男人。

我抱着四同的一只膀子,撒娇地说:“你不准备和我离婚了?”

四同鬼鬼地笑:“谁和你离婚?要离你自己一个人去民政局离。”

我跪你四同祖宗二十八代,婚姻法规定结婚和离婚自由,可是也没有说一个人可以离婚,你四同缩紧脖子不离婚,我一个人和鬼离婚啊!

我掐了一下四同的手心,四同一把抓住我的手,把我拉到一个手机展台,指着一款新潮情侣手机问我:“这款怎么样,才上市的,功能比较齐全,式样轻巧,超薄机型,粉红色的。”

我看了看,外形还不错:“可以,你自己看,我随便你。”

四同看我没有意见,对营业员指了指:“请把这两款手机拿出来,我看下。”

四同拿着两款手机模型看了看:“喜欢吗?如果喜欢的话,我就拿下来了。”

我点了点头,四同一手交钱,一手拿货。原来,有钱的感觉真好,想一样东西,就可以花钱去买,买到手,就可以享受了。

拿着情侣手机,把移动卡插入新手机,很快,一条信息蹦了出来:“慕容,我生了!”

我生了?谁生了?这么快就生了?我的大脑里立即跳出几个相识的大肚婆,似乎没有一个到预产期。我看了看信息发送人的姓名,是徐小蹦。

我自言自语:“徐小蹦生了!富二代制造的富三代出生了!”

四同跟过来一句:“徐小蹦?她的预产期早你三个月,现在才怀孕七个月,怎么就生了?早产?”

我也觉得奇怪:“我再看看,是不是徐小蹦来的信息,不错啊,是她来的。”

四同建议我打个电话,问问情况:“慕容,你打个电话过去问问情况。”

我迅速拨通徐小蹦的手机号码:“喂,徐小蹦。”

铃声响了几下,徐小蹦开始接听,声音有点疲惫:“是我,花慕容。”

我关心地问:“你生了?真的生了?”

徐小蹦有气无力的声音:“嗯,昨天下午剖腹产生的,我上午开车出去买年货的,路上追尾,给后面的车撞了一下,送到医院后,医生说羊水已经破了,要赶紧剖腹,不然大人和孩子有生命危险。”

好惊险,一个大肚婆独自开着车,在路上遇到车祸,紧急送医院……我的天:“是带把儿的吗?只要大人、孩子平安就好。”

徐小蹦在电话那头轻声笑了起来:“带把儿的。”

我哈哈大笑:“你的肚皮真争气,恭喜你,徐小蹦,百家湖花园的私人别墅搞定了吗?”

徐小蹦闷声笑着:“早搞定了,拿的精装修现房,我再住几天医院就回别墅去住了。”

我嘴巴张得像个鹅蛋:“徐小蹦不带这样的,你幸福得让人妒忌。等过完年我去别墅看你和宝宝,你先休息。”

徐小蹦连声应道:“嗯嗯,好的,再见。”

挂断电话,我笑翻了。这个徐小蹦还真是女中豪杰,一般女人不敢想象的事情,她想了,一般女人做不到的事情,她做了。

现在,徐小蹦应该是天底下最幸福的妈妈了。生了个带把儿的,就把他老公的一半财产划到自己的名下了,还免费得到了一个联排的私人别墅。

原来,上帝造人是最公平的,给你一些缺点,再给你搭配一些优点,让你在优点和缺点之间取得一种生态的平衡。

美中不足的是那带把儿的小子来得也太快了点儿，预产期还没到，就急吼吼地杀到人间来了，敢情是想换地儿住大别墅了，这个小人精，胎毛还没有长齐就算计开了。

中午，四同带我在新街口明瓦廊小吃一条街吃的鸭德宝，还没有进店门，我的口水就挂了。

鸭德宝人山人海，连座位都没有一个空的，食客面前一人一个大红碗，一个大红勺，一双大红筷，他们吃得很自在，很忘我，也很贪婪。

食客们用筷子、勺子在大碗里搅动着，将鸭肝鸭肠鸭血和粉丝狼吞虎咽地拖到嘴巴里，再一口下肚，那种吃法，真的要把在旁边等位子的人馋死了。

民以食为天，四同排队埋单，我排队等座位。也许看我是大肚子，被我等的一对小情侣吃得很快，吃完连嘴也没抹就让座了。

我心存感激，看着对方笑了笑，用微笑送他们离开。坐下后，儿子在肚子里动了几下，小东西一定是闻到香味儿，口水和我一样挂了。

怀孕的女人，在任何时候都带着一种母性的本能，我也是。我摸着儿子，对他轻轻说："别急啊，你爸去排队买鸭德宝了，一会儿就让你吃。"

儿子似乎很听话，动了几下，便安静了。十分钟后，四同端着两个盛满鸭德宝的托盘朝座位靠拢来了。

四同一边走，一边打招呼："请让下，开水来了。"

嘿嘿，这个破四同还蛮幽默的，明明端着鸭德宝，却说开水。四同坐下后，我拿起手里的武器就扫荡起来。

四同一口粉丝也没有吃，吃的全部是鸭内脏。童年的记忆是深刻的，看来他后妈对他造成的影响力是一辈子的。今天四同陪我吃鸭德宝，真有点难为他了。

在婚姻的战场上，女人是最感性的，男人给他一点温暖，她就会放弃所有恩怨，和当初爱你的时候一样，和你一起去战斗。

吃完鸭德宝，我心满意足了，四同开着车带我回家。一路上，四同看见红红火火的大鞭炮，一下子买了好多，他看着我说："今年是儿子的第一个新年，从大年三十开始，我就要天天放炮，一直放到元宵节。"

你是借口我儿子想放炮？还是自己想放炮？男人，很多时候就像顽皮的孩子，喜欢编点谎言，骗自己，也骗别人。

谎言，在婚姻里很多时候是善意的，四同想放炮，是男人的天性。今年是我和四同婚后的第一个新年，我们结婚后发生了这么多的事情，现在，有个新的开端，未尝不是一件好事儿。

·第二十四章·

曼尼的桃花运

转眼就是年三十了,团圆饭是四同他亲爸、后妈和我们一起在仙林过的。年三十晚上,四同放了三挂大鞭和三挂小鞭,接着放了许多烟花。

四同是在楼下放炮的,我要跟着去,给四同他亲爸挡住了:“慕容,不要去,会吓着孩子,让四同一个人下楼。”

我停止脚步:“爸,我就跟到一楼,站在楼梯口看看。”

四同他后妈跟了过来:“慕容,你爸是为你和孩子好,鞭炮是不长眼睛的,万一来个穿天猴落到你肚子上,倒霉的可是我孙子。”

我看看四同她后妈,她说的似乎不无道理:“好吧,我在家听声音,不下楼了。”

等四同下楼后,四同他亲爸打开阳台的窗户,让我和孙子听鞭炮声:“来,慕容,站到这里来,可以看见四同放炮。”

我走进阳台,看着四同,一直等到鞭炮放完。当天晚上,四同他亲爸和后妈吃完年夜饭,就回去了。家里只剩下我和四同两个人。

婚姻原来是这样的,是两个人的世界。将来再加上孩子,就是三人世界了。原来我不是一个人在战斗,还有四同和孩子与我并驾齐驱在婚姻里。

我和四同两个人坐在沙发上,看春节联欢晚会,小别胜新婚。四同拥着我,我们一起嗑瓜子,吃零食。

临近新年的钟声越来越近了,我的手机信息提示音一个劲地响着,仿佛要打爆我的手机。

“大肚婆,恭喜你又长一岁,恭喜你新年正式进入拖儿带女行列!”这个是任何时候都不忘记自己是一个丁克人的死丁克安京宁。

“开过年,赶紧生个儿子,给我家女儿做女婿,我把女儿送你们家去,给他爷爷奶奶带。”这个是去年年底生了女儿没有奶奶带自己带,一直叫唤没有奶奶的孩子是个草的老同学黄梦瑶。

“新年好，万事如意。怀孕七个月的时候一定要小心，你老公开车带你出去溜达的时候，千万要注意安全，剖腹产伤元气的。”这个是刚刚做了妈妈没几天、新年也不忘记风险的富婆徐小breadcrumbs。

只有万涵敏的信息，一直没有看见，这厮自从得知我怀孕后，就消失得无影无踪了。给她打过几次电话，发过几次信息，这厮始终就是死猪一个，也不知道给你一句话，或者给你半个字，简直和吝啬鬼一样，惜字如金。

我最担心的就是万涵敏，你可以不理我，但是，不能连个消息也没有。我们是好同事，也是好朋友，太平洋不是一天形成的，你的肚子不起爆不是你的错。

看完信息，我开始一个个回复，最后，还是没有忘记给万涵敏发了一条新年问候短信。

在这个世界上，朋友多好走路，朋友不一定是给你帮助的那个人，但是，一定是牵挂你的那个人。

信息刚回完，家里的座机响了。四同走过去，一把拿起听筒：“喂，曼尼啊，新年好！”

张曼尼嗲气的声音：“哥，新年好，一祝你在新年里抱上儿子；二祝你的服装厂生意兴隆，越来越火；三祝你和嫂子恩恩爱爱，和和美美。”

四同笑嘻嘻的：“嗯嗯，曼尼，收到！哥祝你今年交上桃花运，开过年带个男朋友来家，给我们一家子看看。”

张曼尼一听见“男朋友”三个字，声音顿时低了下来：“没劲儿，哥又拿男朋友刺激我。”

四同连忙解释：“我没有刺激你，是真心话。开过年，你又长一岁了，找男朋友又不是什么坏事儿。”

我在一边听着，一边闷头笑。这同父异母的兄妹死能嗑，竟然嗑到对象上去了。小姑子没有男朋友，嫂子是不是应该给点意见，做个参谋？

想到这里，我从四同手里接过电话：“曼尼，新年好，嫂子问你，新年想找个什么样的对象，我给你听着。”

张曼尼一听介绍对象，立即来了精神：“还是嫂子懂我，我也没有什么要求，第一要有房，第二人品要好，第三感情要专一。”

一二三四五，上山打老虎，这要求不高，我继续问：“嗯，身高和学历有要求吗，年薪多少合适？大三岁、小三岁的谈不谈？”

张曼尼在电话里哈哈大笑：“嫂子，你问得太细了，谈对象还是看感觉的，现在说什么都太早了。”

我的大脑里迅速闪过那双迷死人的桃花眼，这个刘立恒和十八岁相比，现在成熟了许多，人品也好了不少，感情也比较专一，目前经济条件也不错，有房有车，如果把曼尼介绍给他……

想到这里，我对电话那头的曼尼说："曼尼，如果你相信缘分的话，开过年嫂子给你介绍一个！"

张曼尼感觉有点意外，在电话里叫了起来："真的？嫂子真好，对方哪里的，什么职业，家庭关系怎样，有我们家关系复杂吗？"

傻丫头，女孩子要矜持，知道吗？这样谈对象要吃亏的，八字还没有一撇，你就激动成这样！

我手里只有一个备份儿的，还不知道你们之间有没有缘分呢。剩女怕什么，自古剩男不剩女，曼尼，留得青山在，不怕没柴烧，你怕它个鸟啊！

我尽量放慢说话的速度，提示曼尼不要高兴得太早，最大的希望就是不抱希望："等开过年再说，嫂子还要给你具体打听一下，合适的话，再约定见面的时间。"

张曼尼很听话，不再刨根问底："嗯，嫂子，谢谢你了，时间不早了，你早点休息，晚安拜拜。"

电话挂断后，四同用手捅了捅我的膀子："慕容，你准备给曼尼介绍对象？曼尼眼光比较挑剔，你还是少管她的事儿。"

什么话？做哥的有你这么说话的？你奶奶的狗咬吕洞宾，不识好人心。我管你家曼尼的闲事儿？如果不是刚才你提起男朋友的事儿，我会做这个顺水人情？

我看着四同，白了他一眼："我去洗洗，睡了。"

四同看我不大高兴，连忙走到卫生间，给我打洗脸水。零点的钟声敲响了，四同打好水，拿起三挂小鞭，又下了楼。

窗外，鞭炮声齐鸣，火光冲天，新的一年终于来到了。四同放炮回来后，我已经上床了，四同走了过来，开始和我磨叽明天拜年的事儿。

八个爸爸妈妈，四个家，先去哪家，后去哪家，都是需要考虑的事情。四同掰开手指头，对我说："我算算日子，一共要跑几家。初一，去我亲爸后妈家，初二，去你亲爸后妈家，初三，去我亲妈后爸家，初四，去你亲妈后爸家，初五……"

亲爸后妈，后爸亲妈，奶奶的，我都听糊涂了，四同说了半天，我就听清楚初二去我亲爸后妈家，其他的一个也没有记住。

得，我也不和你四同磨叽了，我一切行动听指挥，全部听你的："好，明天大年初一，我们上午在家吃点水饺，然后就出门，你到哪儿我就带着儿子跟到哪儿。”

四同一边点着头，一边继续说：“初五，我们一起去融资合作人家拜年，这次服装厂进货的一百万，就是他做担保人贷到的，对我帮助不小。初六，现在暂时没有安排，到时间再说。”

我连连应声：“好的，知道了，快上床休息，已经一点钟了，明天还要早起。”

四同不再和我磨叽了，去卫生间洗脸洗脚上床睡觉。次日，我和四同一直睡到上午十一点才起来，匆忙吃了点早饭，就上路了。

上路后，四同顺便在超市买了四件礼品，然后，直接驱车去了四同的亲爸后妈家。张曼尼出来给我们开门的时候，第一句话就是：“哥哥、嫂子、侄子新年好，恭喜发财！”

这妞嘴巴真甜，说完，就拿出一个红包，塞在我的手里，我莫名其妙，把红包推回曼尼的手里：“哪有小姑子给嫂子红包的，都是嫂子给小姑子红包。”

张曼尼把红包硬塞给我：“给我侄子的见面礼，嫂子，快拿着。”

我涨红了脸，不知道是接受好，还是拒绝好。四同他亲爸走过来，把我们迎进了客厅：“慕容，曼尼给侄子的，你就拿着，来，这里还有爷爷奶奶的一份大红包，你也拿着，开过年给孩子买点衣服、小床和小车什么的。”

靠，做人要厚道，我儿子还没有出世，就伸手要红包，不要太无耻哦。我脸红心跳，想接没有道理，想拒绝又没有理由，正在为难之际，四同拉了我一下：“慕容，他们给孩子的，你先拿着，日后回报的机会多了。”

四同说完，将两个大红包全部塞我手里了。四同她后妈去厨房倒了两杯糖开水，给我和四同一人一杯。我不大喜欢甜味儿，只用嘴唇沾了沾，以示礼貌。

中午，四同他亲爸弄了一桌子菜，鳝鱼炒蒜苗、酸菜鱼、叉烧、烤鸡翅、羊肉火锅煲等，一共八菜一汤。

曼尼坐在我的身边，吃得很少。也许是饿了，我今天吃得很多，把肚子撑得像个鼓鼓的皮球。曼尼一边吃，一边和我咬耳朵：“嫂子，他多大？”

这个曼尼真是鬼得不轻，我看了看她说：“和你哥一样大，属鼠。”

曼尼继续问：“帅吗？”

我点了点头：“不是一般的帅。”

四同看见我和曼尼咬耳朵，很知趣，转脸和他亲爸聊天，他们父子在一起喜欢侃大山，谈历史说三国，有时边说边争论，语言很激烈。

曼尼好奇心重，凡事想问个明白：“他多高的个儿，有我哥四同的个子高吗？抽烟喝酒吗？有没有不良嗜好？比如，打麻将、吸毒什么的。”

我的姑奶奶，你是查户口的女户籍警？你问得也太仔细了吧。我在心里苦笑了一下，继续作答："比你哥高，抽烟喝酒，但是不赌博不吸毒。"

曼尼点了点头："男人抽烟喝酒也正常，必需的应酬。"

这顿饭吃了两个钟头，快吃完的时候，张曼尼的手机响了。大家全部安静下来，让曼尼接电话。

曼尼的普通话很标准，这个和她的职业导游有关："喂，黄经理，新年好。"

叫黄经理的回话："张曼尼，新年好。今天团里值班总机有新情况，目前已经有 20 多位散客报名参加春节北京长城五日游，我们几个领导今天电话沟通了一下，准备明天组团出发，领队决定由你担任。"

曼尼嘴巴张成一个大大的鹅蛋："明天我带团去北京？"

对方快速答道："你是北京团的领队，你又是单身，没有什么家庭负担。团里的员工很多都成家了，春节是团圆的日子，让他们去不大好，你那边有困难吗？加班费我们按照国家规定支付给你。"

曼尼来不及思考，机械地点了点头："好吧，我带团，明天上午按照正常上班时间，我准时到旅行社，请黄经理放心。"

叫黄经理的快人快语："好，这事儿就这么说定了，春节期间估计国内去京方向的旅游团不会少，一定要保证散客的安全，明天上午八点我在社里等你，再见。"

曼尼回道："黄经理，拜拜，明天见。"

曼尼说完后，挂断手机，整个人像泄了气的皮球，蔫儿了。四同他后妈看着女儿，心疼地说："大过年的，怎么也不让人好好休息，这是什么领导？"

四同他亲爸转过脸："要我说，这是好领导。曼尼没有男朋友，没有结婚，她是北京团的领队，她不出团谁出团？"

四同她后妈满脸不高兴："没有男朋友、没有结婚的人就该倒霉了？曼尼一年忙到头，好不容易过个年休息几天，还要带团旅游。这些散客也是的，一年四季什么时候不能游山玩水，偏偏要等到春节出去？南方不去，偏偏去北方！"

曼尼扔掉筷子，离开饭桌，独自去自己的房间整理行李去了。我吃饱了，与四同他亲爸和后妈打了一个招呼，跟到曼尼的屋子里去。

我拍了拍曼尼的肩膀："春节带团，注意安全。"

曼尼看着我，眼泪忍不住流了下来："嫂子，我想结婚。我已经三个春节没有好好在家过了，我成了团里的加班大王了。"

我同情地看着曼尼："等你出团回来，嫂子就给你介绍对象，好吗？"

曼尼一把抱住了我："谢谢嫂子，我怎么莫名其妙就被剩下了？"

初二清晨七点，天气干冷，最低气温两度。张曼尼拿着自己的简单行李，打车去了自己所在的旅行社。

到了旅行社，张曼尼直接去了黄经理的办公室，黄经理正在翻阅此行北京团的散客资料。看见张曼尼进来，示意她坐下："坐，今天的团员名单，给你一份带着，北京团今天上午九点钟准时从南京出发，一路上需要你多操心，我给你 28 个人出团，你回来也要还我 28 个，一个不能丢。"

张曼尼心里明白，春节出游责任心最大，很多单位和部门全部放假了，如果遇到旅行途中出现紧急情况，协助的单位很少，一切需要自己心细了。

张曼尼接过团员名单，点了点头："黄经理，请放心，你给我多少人，我一定带回来多少人。"

黄经理看着张曼尼："好吧，你先去做点准备工作，团员估计一会儿就陆陆续续到社里了，出团注意清点团员名单，你是老领队，其他的我就不多说了，一路平安！"

张曼尼"嗯"了一声，拿着团员名单离开了黄经理办公室，然后去自己的办公室拿了一面队旗，走了出去。

初二的阳光很温暖，地面上的冰已经开始融化了，张曼尼穿着一件粉红色羽绒服，站在旅行社大巴面前，手里拿着团员名单，一一核对。

随着时间的推移，团员渐渐到了，张曼尼开始清点团员名单，核对无误的团员一个个上了大巴。

上午九点十分，大巴缓慢开出了旅行社，张曼尼的脖子上挂着互动式讲解器，开始导播："各位旅客新年好，今天是我们北京团五日游散客的第一天，现在，我们有 28 位旅客，请大家先把我们的团号记住：830，同时，请大家把我的手机号码记下来，139138……大家记住了，现在我们就是一个大家庭的成员了，大家今天在一起不认识，明天也许就是朋友了。所以，大家在游玩的过程中，互相照顾，如果哪位团员不小心掉队了，在旁边看见的及时提醒一下。这样，我先给大家编号，大家记住自己的号码，不要记错了。"

张曼尼说完，拿起笔在名单上开始编号："一号家庭武齐鸣，三个人，听到没有，听到的请举手。"

武齐鸣举了举手："到。"

张曼尼接着报号："二号家庭苏怡宁，两个人。三号……七号……二十一号家庭刘立恒，一个人。二十二号……"

编号报完了，张曼尼休息了一会儿。刘立恒坐在最后一排，眼睛看着窗外。

这个春节对刘立恒来说，有点寂寞。自己心爱的女人花慕容，不仅为人妻，还即将为人母。他疼痛的心实在无处安放，只能趁着长假，自己出来散散心。

刘立恒后悔自己青春年少的时候，不知道珍惜自己唾手可得的爱情，把花慕容从一大把美女中抓丢了。

人生如果可以用“悔不当初”四个字来形容的话，刘立恒现在的感觉就是悔得肠子发青。人生如正在奔跑的列车，准点发车，根本不等人。

南京，是刘立恒的故乡，从他十八岁那年开始，这个城市就充满了花慕容的味道。

现在，花慕容的味道在这个城市的上空越来越浓了，刘立恒想逃避，想忘却，想重新开始，然而，却无处藏身。

与其在这个城市憋死，不如换个城市透透气，刘立恒一直想去北京，看看长城，看看长安街，看看毛主席纪念堂。

带着这样的心理，刘立恒报团参加了北京长城五日游的旅游团队。冬天不是旅游的季节，但是，可以让自己不安的心尽快冷静下来。

刘立恒出门不喜欢带东西，只随身带了一个肩包，里面放了一个相机和一个记事本，另外还有一个光盘。

大巴里开着空调，暖洋洋的，刘立恒此行没有什么目的，就是走走看看散散心，他希望回来的时候，自己可以正确面对过去，开始新的人生。

刘立恒穿了一件米色休闲装，配了一条黑色全棉裤子，蹬着一双白色旅游鞋，看起来很随意。他把外套脱了下来，放在自己的身边。

大巴开出南京城后，刘立恒舒了一口长气。一路上，他无心欣赏风景。大巴向南京禄口机场的方向开去，刘立恒闭起眼睛，开始养神。

这时，车厢里的讲解器重新发出了张曼尼清秀的声音："旅客们好，现在大巴正往禄口机场行驶，今天我们将乘坐中国东方航空 2811 客机，前往首都机场。到达首都机场的时间是下午一点零五分，大家拿好自己的机票和身份证，注意路上不要掉队。"

张曼尼的声音很好听，带着一种女性特有的磁性。刘立恒抬起头，睁开眼睛看了看张曼尼。

张曼尼一头乌发长长的，披在肩头。这是一个自然过度的美女，没有经过任何化妆和装饰，就像一帘瀑布，单纯得惊人。

刘立恒熟视无睹，他重新闭上眼睛，继续养神。现在的他已经进入审美疲劳状态，看什么都没有感觉。

大巴在高速公路上行驶着，平稳而快速，很多人在睡觉，张曼尼取下讲解器，坐在驾驶员旁边。

此次北京带团，张曼尼的心里装着一个美好的愿望。嫂子答应她，出团回来后给她介绍一个男朋友。现在,除了游客,她的脑袋里装的全部是那个虚拟的、还未见面的男朋友的影像。

张曼尼眼睛看着前方,精神特别好。她把羽绒服脱了,放在胸前。大巴在高速公路上行驶了大约四十分钟,最后停靠在禄口机场大厅门前。

张曼尼穿上衣服,举起队旗,第一个跳下了车:“好了,机场到了,现在大家下车,盯紧队旗,跟我来。注意了,后面二十五号家庭,照顾好你们的孩子和老妈妈,不要掉队了。”

散客一个个下车,很多是拖家带口的。刘立恒最轻松,挎上背包就走。一行人下车后,鱼贯而入,进入到机场大厅。

张曼尼走在最前头,领着大家去服务区换登机牌。登机牌换完后,接着排队拍照验身份证,折腾了大约二十分钟,团员全部进入到候机室。

张曼尼一个人坐着,身边的团员围坐在她的旁边,离登机时间还有三十五分钟,她抓紧时间给黄经理打了一个汇报电话:“喂,黄经理,我们到机场了,到京后我再给你电话汇报工作情况。”

黄经理“嗯”了一声:“落地后,和接团方多沟通,安排好散客的旅店住宿工作,让散客住得舒服,玩得满意。”

张曼尼点了点头:“放心,黄经理,再联系,拜拜。”

张曼尼挂断电话后,闭起眼睛开始休息。刘立恒一个人站在大型透明玻璃幕墙边,看着幕墙外起起落落的飞机,不免又想起了曾经和花慕容说过的一句话:“慕容,等我们结婚了,第一站就去北京,坐飞机爬长城。”

现在,坐飞机的愿望实现了,可是,爬长城的人却只有自己。刘立恒觉得自己真他妈的悲剧,连自己喜欢的女人都搞不定。

人生,有时就和这起起落落的飞机一样。当爱情来临的时候,你是被置入高空的,处于一种真空状态,伴随着飞机一起腾云驾雾,感受着生命的喜悦和快乐。

当你失恋的时候,你从高空坠落到地面,一切还原了生命的本质,你开始变得消极、沮丧、无助和无力,再也没有了那种被抛入空中的虚幻感觉。

刘立恒看着飞机,心里七上八下的。这时,广播喇叭里女高音提示:“乘坐中国东方航空 2811 客机的旅客请注意,飞机 11 点 15 分就要起飞了,请旅客们前往检票口检票。”

张曼尼听见广播,立即招呼所有团员排队进入检票口:“来来来,830 的团员注意了,现在跟我过来,准备检票登机。”

刘立恒远远地看着队旗,站在队伍的最后面。登机后,刘立恒坐下不久,打开手机看了两眼,然后,把手机关了。

刘立恒的座位在窗口，位于飞机的前半舱，可以清楚地看见窗外的风景。坐飞机，对刘立恒来说，已经不是第一次了，不过，能够坐在窗口看蓝天白云，总是一件令人赏心悦目的事情。

这次北京长城之旅，刘立恒只有一个愿望，就是把花慕容从记忆里删除掉。他想考验一下自己的EQ，看看自己是不是有定力遗忘。

不久，飞机开始在跑道上滑行，很快一跃而起，冲上了蓝天。刘立恒感觉心脏震动了一下，接着就有一种舒心的感觉。

人在空中的感觉真他妈的爽，头顶蓝天，脚踩白云，大脑空空如也。所谓佛的境界，也不过如此了。

刘立恒眼睛看着机舱外，用心感受着飞机又上了一个云层。高空的云层很亮丽，非常洁净，云朵千姿百态，有的像婴儿的脸，有的像蘑菇云，有的像海市蜃楼。

午餐是在飞机上吃的，免费的快餐盒饭加水果、饮料。下午一点零五分，飞机到达首都机场。从高空落地后，刘立恒有点失真感。下了飞机后，他跟随队旗来到了速八旅店。休息了半个钟头后，在门口集合，跟团去雍和宫。

张曼尼扯起队旗，开始清点团员。28个，加自己29个人，一个不多，一个不少，恰恰好。五分钟后，接地大巴来了，司机打开车门，团员一个接一个上车。

张曼尼站在车头，在脖子上挂起互动式讲解器："今天，我们在北京团的第一站是雍和宫，雍和宫创建于清康熙年间，距今已有300年的历史，是北京市内最大的藏传佛教寺院，雍正驾崩后，乾隆将雍和宫改建为藏传喇嘛寺。"

张曼尼清了清嗓子："雍和宫位于北京的东北角，是清康熙三十三年，也就是1694年，康熙帝在这里建造的府邸，赐予四子雍亲王的，也称雍亲王府。雍正三年，即1725年，改王府为行宫，称雍和宫。雍正十三年呢，即1735年，雍正驾崩，曾在这里停放灵柩，因此，雍和宫主要殿堂由绿色琉璃瓦改为黄色琉璃瓦。"

大巴车一边行驶，张曼尼一边解说："雍和宫一共出了两位皇帝，乾隆皇帝也诞生在这里，这里成了'龙潜福地'，所以殿宇为黄瓦红墙，与紫禁城皇宫如出一辙。乾隆九年，即1744年，雍和宫改为喇嘛庙，成为全国规格最高的一座佛教寺院。"

张曼尼的解说惊倒一片，到了雍和宫，门外富丽堂皇，那些青砖汉瓦，让刘立恒感觉自己到了南京的明孝陵。

在雍和宫里，进香的香客很多。刘立恒很少进香，在南京的时候，最多就去个栖霞寺，而且也不是每年都去。

今天，刘立恒突然有了一个心愿，他随即请了一炷香，在香炉边点燃后，面对西方，口中念念有词："阿弥陀佛，佛祖保佑……"

刘立恒一连许了三个愿，第一个是关于婚姻的，保佑他尽快找到意中人，顺利完婚；第二个是关于父母的，保佑他们健康长寿，平平安安；最后一个是关于花慕容的，希望她早生贵子，婚姻美满。

许完愿，刘立恒回头看了看队旗，似乎偃旗息鼓了。张曼尼一手拿着队旗，一手正在点香，准备许愿。

张曼尼将队旗横插在腋窝下，举起燃烧的香火，面对西方，嘴唇一张一合："西方三圣保佑我张曼尼，今年找到心中的白马王子，保佑我嫂子花慕容生个儿子，保佑我爸我妈和我哥平安健康。"

张曼尼许完愿后，跪地拜佛，磕了三个响头。接着，从腋窝下抽出队旗，竖了起来。

张曼尼举着队旗，开始招呼团员："830 北京团的团员过来了，那个五号家庭，带孩子的跟过来，大家不要掉队了，马上我们去天坛公园，完了再去万寿寺。"

张曼尼一边说，一边朝回走。团员们紧紧跟着，眼睛时时盯着队旗。刘立恒进香后，感觉人有点轻飘飘的，有一种说不出的舒逸。

当天，去天坛公园和万寿寺有点像走马观花，也许是时间安排得比较紧，张曼尼解说的时候，像连珠炮似的，一句接一句，连嘴唇都说干了。

大年初三、初四，团员去了北京故宫博物院、天安门广场、中南海、圆明园、北海公园等历史景点。

初五，是北京团在京游玩的最后一天。上午，大巴进军八达岭长城。张曼尼一路上保持着良好的情绪，不断介绍着过路景点和北京的风土人情。

大巴到达长城脚下后，张曼尼和团员一起下了车，一只叫不出名字的小鸟在她头顶飞了过去，唧唧喳喳的，声音很是好听。

张曼尼举着队旗，开始召集团员："830 团注意了，大家跟上了。俗话说：不到长城非好汉，今天是考验大家是不是好汉的时候了。现在是 9 点 30 分，大家上了长城后，11 点半准时在对面的停车场集合，然后我们去吃饭，接下来去颐和园、北京民俗博物馆。"

张曼尼说完，自己去一边休息了。她带北京团经常爬长城，见多了也就没有什么感觉了。

张曼尼在山下闲着无聊，拿出手机，给家里打了一个电话。电话打了半天，家里没有人接听。她自言自语道："大过年的，爸爸妈妈都出去拜年了？一个都不在家？"

这时，短信提示音响了一下，张曼尼摸了一下手机屏幕，打开一看，是四同的："曼尼，初几回来？"

张曼尼想了想，回复："大概初六吧。"

四同接着飞来一条："初六就是明天了，你嫂子说，等你回来带你去相亲。"

张曼尼脸上露出喜悦的神情："嫂子和人家说好见面时间了吗？我回去就等嫂子的消息。"

四同继续飞着短信："你嫂子问你，回来休息几天，她好安排见面时间。"

张曼尼简短回复："我们社领导放了我八天假，小年后去上班。"

四同又飞来一条："那你回来要歇呆了，你嫂子说，她和男方约定时间后，再联系你见面。北京冷吧，照顾好自己。我和你嫂子马上要去一个朋友家了，等你回来再聊，一路平安。"

张曼尼简单回复一句："好的，代我谢谢嫂子。"

张曼尼合上手机，放进包里，心里乐滋滋的。今年是虎年，传说中的寡妇年，她不想结婚，只想找一个男朋友，把关系确定下来，为明年兔年做个备份儿，来年条件一成熟就结婚。

太阳暖洋洋的，照在张曼尼的脸上。她看了看时间，还早呢，上了大巴，闭着眼睛养神了。

张曼尼一觉醒来，大巴里坐满了人，刘立恒是最后一个上车的，他总是漫不经心的，一点情绪也没有。

刘立恒上了大巴，朝最后一排走去，把相机扔在座位上。此行最大的收获是照相，相机里已经有几百张照片了，全部是风景照，只有几张单人照，请游客帮忙照的。

刘立恒靠在座位上，喝了一口矿泉水，感觉有点累了，闭上眼睛休息。这时，下衣袋里的手机响了几声，估计是短信来了。

刘立恒已经几天没有和南京的亲朋好友联系了，这次北京之旅，他谁也没有告诉，有一种恍若隔世的感觉。

刘立恒拿出手机，打开信息库："你好，首都机场欢迎你……"

靠，机场广告，还是过时的。刘立恒继续翻，又翻了几条，不是本地担保贷款的广告，就是春节商场服装类打折售卖广告。

刘立恒将无聊信息一条条删除后，合上手机丢进下衣袋里，开始装死睡觉。今天是北京游的最后一天，明天上午九点的回程飞机，再过一夜，就要和北京拜拜了。

大巴一路奔驰着，刘立恒睡得贼沉贼沉的。最近几天跑累了，每天像赶集一样，冲了这里冲那里，把一年积聚的身体能量全部挥发完了。

大巴到达颐和园的时候，所有团员在公园门口的大食堂吃了便饭。这个饭，是刘立恒感觉一生中最难吃的饭。

一条水煮鲢子鱼，没有生姜没有葱；一碟凉拌黄瓜，没有大蒜没有醋；一盘老根水芹菜，没有盐没有油。还有一份烂茄子、一份见底青菜汤。

妈的，把人的好胃口都吓成胃溃疡了。刘立恒一口也没有吃，自己在大食堂买了一盒快餐面，就着开水冲了一下，吃了个大半饱。

肚子问题解决了，张曼尼扯起队旗又开始吆喝了："830 团的团员注意了，大家跟上队旗，全部过来了。现在，我们要去颐和园，准备出发了。带孩子的家庭走在前面，快过来了。"

张曼尼一喊，团员全部跟过来了。到了颐和园公园门口，人山人海，黑压压的一片，其他旅行团的以及公园门口的零星游人，有票无票的全部朝里面挤。

门口一男一女两位检票员把住进口处，开始验票。男检票员接过张曼尼手里的一叠门票："你们团一共多少人，票给我。"

张曼尼看见公园门口人很多，有点紧张："我们团 28 个人，连我 29 个，你们慢点数人，不要把外面的人算进去了。"

女检票员打开进口，开始点人，越喊速度越快："1、2、3、4……快，后面的跟上，16、17……28、29……34……"

张曼尼听见报到 34 了，吓了一大跳："快停，快停，后面的不是我们团的，我们团只有 29 人。"

女检票员挡住继续想进去的人，对张曼尼说："刚才进去 34 个人，全部是你们团的，24 个大人，10 个儿童。"

张曼尼头都大了："不对，不对，我们团只有 5 个儿童，你们把外面的人放进去了，他们不是我们团的。你问男检票员，我是不是说了我们团 29 个人？"

女检票员不理会张曼尼，对男检票员说："你手里几张票？给我点一下。"

男检票员把手里的票递给女检票员，女检票员清点了一下，对张曼尼说："34 个人，只有 29 张票，你现在去补 5 张儿童票。"

张曼尼急得满脸通红："我们团只有 5 个儿童，你不相信跟我进园看，他们全部在园门里等着，我带你们去看。"

张曼尼手里拿着队旗，激动得摇来摇去。她拉着女检票员，朝园里走去。到了 830 团员身边，张曼尼把团里 5 个儿童召集过来，对女检票员说："你看，我们 830 团的，只有 5 个孩子，哪里来的 10 个孩子？你们放了外面的 5 个孩子进园，不能算我们团的。"

女检票员手里拿着 29 张门票："你们团实际进园 34 人，现在只有 29 张票，你去售票处补票，不补票你不要进去。”

张曼尼和女检票员一直在争执，声音惊动了办公室人员，一个管理模样的中年男人从办公室里走了出来：“什么事情，嚷嚷个什么？”

女检票员对中年男人说：“王主任，这个团刚才进了 34 个人，现在只有 29 张门票，缺 5 张儿童票，她不肯补票。”

张曼尼满脸通红：“你们自己放错人了，我们团就 5 个孩子，全部在这里，为什么说我们有 10 个孩子？我们不补票。”

叫王主任的男人看了看张曼尼，犹豫了两分钟，一把夺过她手里的队旗，看了看单位名称：“南京家春秋旅行社，是你们单位吧，好，你把队旗留下，你可以走了。”

张曼尼脸色刷的一下变了，队旗就是自己的生命，对方不分青红皂白扣下队旗，就意味着自己以后不能在家春秋旅行社干下去了，王主任一个投诉电话过去，就会让她死得很难看。

刘立恒一直站在旁边看着，看到这里，有点看不下去了，他走了过去，从王主任手里一把夺过队旗：“多大事儿啊，你颐和园一天的门票收入几十万，就差 5 个孩子的门票吗？走，我给你补票去！”

刘立恒说完，把队旗还给张曼尼，掏出钱包，抽出两张百元钞票递到她的手里：“快去补票，不要再和这个人啰唆了。”

张曼尼犹豫地接过钱，把头抬了起来，一眼看见那双迷死人的桃花眼，说了声“谢谢”，转身朝售票处跑去。

门票风波平息后，张曼尼重新举起队旗，830 团队浩浩荡荡地又出发了。张曼尼经过刚才的一阵争辩后，情绪还没有完全平复下来。

其实，张曼尼也不是买不起 5 张儿童票，她就是心里不服气，明明是你们的错，为什么强加在我的头上？他奶奶的你们北京人宰人也要看清楚对象，我是南方大都市长大的，又不是边远山区里没有见过世面的小雏鸡，任你们宰割。

话说回来，张曼尼觉得自己今天也够丢脸的，如果不是关键时刻自己的团员解了围，后面还不知道会发生什么事情。

张曼尼心存感激，在人群中寻找着那双桃花眼，找了半天，最后在队尾看见了刘立恒。刘立恒像什么事情也没有发生一样，只顾看着湖边景色。

到了乐寿堂院内，刘立恒被败家石吸引，拿出相机，咔嚓咔嚓照了起来。这块巨石，相传清乾隆皇帝去河北易县西陵为父亲雍正扫墓，路过良乡时，太监禀报米万钟觅石获罪的细节，乾隆大感兴趣，御驾亲往，见石姿不凡，大喜过望，即降旨将其移进清漪园内，并下令拆墙破门，移进乐寿堂。

因为时间关系，在颐和园停留的时间不长，张曼尼带着团员，走马观花似的从头到尾走了一遍，然后出了颐和园。

离开颐和园的时候，已经是下午两点半了。北京团的最后一站是北京民俗博物馆，团员到齐后，29 人上了大巴，朝北京民俗博物馆奔去。

到了北京民俗博物馆，张曼尼将团员交给馆内讲解员，自己返身回到大巴休息。下午五点半，天渐渐黑了，大巴驾驶员看团员差不多到齐了，开车返程回速八旅店。

此刻，刘立恒正在馆里拍照，他一边拍，一边往回走，走到出口处的时候，已经是五点四十了。他站在停车场看了看，似乎没有看见 830 团的大巴车，也没有看见一个熟面孔。

刘立恒脑子里轰的一下空了，他立即感觉到自己被团甩了。他掏出手机，翻到临时储存号码，找到张曼尼的手机号码，一个按键拨了出去。

拨了半天，张曼尼的手机关机，打不进去。刘立恒看着越来越黑的天色，一筹莫展。操他奶奶的大巴驾驶员，怎么不等几分钟就开车呢？在北京城这个鸟不拉屎的地方，被团甩了，后果不是一般的严重。

这个张曼尼也是，怎么就那么粗心，也不告诉团员几点钟在停车场集合，让团员好掌握上车时间。发车前，也不清点一下人数，连自己的团员丢了，也不知道。关键时刻他奶奶的还把手机关了，留个团员下来夜里喂狼啊。

刘立恒从来没有遇到过这样的情况，第一次跟团出来旅游，他图的是省心，跟着导游走不费心。现在，莫名其妙被甩了，还真让他抓狂。

刘立恒站在民俗博物馆门外，试图找到一个、两个同类，这样起码有一个陪伴的人。看了半天，一个也没有。他打开手机，不断地给张曼尼打电话。

刘立恒连续打了十分钟，额头上的汗都冒出来了，终于打通了："喂，830 团的导游吗？我给你们团丢了，我在民俗博物馆门口，你们赶紧回头来接我。"

张曼尼惊讶的声音："你给团丢了？你是几号家庭？"

刘立恒没好气地说："二十一号家庭。"

张曼尼喊了一声："刘立恒是吗？"

刘立恒心急如焚："是的，我叫刘立恒，你赶紧叫大巴驾驶员掉头，我的肩包还在车上，赶紧回来接我，北京人生地不熟的，我一个人在这么远的地方，夜里给狼叼走了都没人知道。"

张曼尼安慰道："大巴已经开出二十多分钟了，不能掉头了，我马上和馆里的人联系，你站在售票处不要动，我找人联系你。"

刘立恒听到这句话，有点宽心了："好的，我的包在大巴上怎么办？"

张曼尼没有回话，直接挂断了电话。两分钟后，一个上了岁数的中年男人走了过来,对刘立恒说:“你是830团的吗?”

刘立恒点了点头:“是的,830团员,你们得想办法把我带到速八旅店。”

中年男人立即招呼刘立恒过来:“跟我来,840团的大巴马上回程,路过速八旅店的时候,你记得下车就行了。”

中年男人说完,把刘立恒带到一辆大巴前,交给840团的导游。刘立恒上了车,一颗悬着的心终于安定了。

现在,刘立恒唯一担心的就是他的肩包,包不值钱,包里的光盘可是无价之宝,如果丢了,他一生都不得安宁。

这个光盘,刘立恒一直随身携带着,里面刻录着他的青春年少成长经历。每年生日,每个记忆,每段情感,都刻成光盘,记录在里面。

坐上大巴后,刘立恒很快接到了张曼尼的电话:“刘立恒,你好,你的包里有什么东西,可以提示一下吗?”

刘立恒应声答道:“就是一个男式肩包,里面有一个相机外壳和一个记事本,另外还有一个光盘。”

张曼尼接着说:“嗯,我看见了,在后排座位上。这样吧,我先拿着,一会儿你到速八旅店后,我再送到你房间。”

刘立恒连忙答应:“好的好的,多谢了,一会儿见。”

终于搞定了。刘立恒像吃了一颗定心丸,全身的肌肉都开始松弛了。今天的经历真是有惊无险,颇富传奇。

当天晚上七点,张曼尼敲了敲刘立恒的房间:“刘立恒,在吗?”

刘立恒应了一声,立即过来开门:“你好,导游。”

张曼尼站在门口,把包递上去:“你清点一下物品,看是否少东西。今天实在抱歉,把你丢了都不知道。”

刘立恒看了看包里的东西,摇了摇头:“东西没少,全部在这里。这不,回来了就好,要不要进来坐?”

张曼尼心口“怦怦”乱跳,她没有抬头看他,那双迷死人的桃花眼有触电般的感觉,看了心里发酥:“不了,我回去了,你休息吧,不打扰了。”

刘立恒也不勉强,君子坦荡荡,他目送着张曼尼的身影离开。张曼尼走后,刘立恒洗了一个热水澡,然后走出旅馆,在外面的大排档喝了点啤酒,吃了点烧烤和海鲜,直到晚上10点钟,才回到旅馆。

到了旅馆,刘立恒上了床,北京之旅就要结束了。他躺在床上,打开相机,开始看照片。

才看几张,手机信息提示音响了,刘立恒摸了摸屏幕,一条短信蹦了出来:“立恒,新年好,年前答应给你介绍对象的,现在有点眉目了。如果方便的话,请回复信息，告知你哪天有时间，我安排你们见面，先看看双方的感觉，你意如何？”

信息是我发的，我从来没有主动给刘立恒发过信息，发信息的时候，四同正在睡觉，我发完后，就将信息音调为静音。

短信发出去不久，回复信息过来了：“你还真的做起大媒人了，你急着给我找下家，是不是有其他用意？”

其他用意？你他奶奶的深更半夜地找抽啊！看你曾经和我有那么点关系，我不和你磨叽了。

我换了一种口气：“人生是一个个机会搭成的梯子，我借给你一个梯子，你登上去了，这个梯子才属于你的。说正经的，你定个时间，我和女方说一下，我负责安排你们的见面。”

大约五分钟后，刘立恒来了信息：“既然你花慕容借梯子给我，我就照单全收了。明天下午我有空，晚上就免了，你大肚子出来不方便。”

我想了想，张曼尼明天从北京带团回来，乘坐上午的飞机，下午应该回南京了，约会还是有时间的：“这样吧，明天下午三点怎样？地点就在市区，你们都住在市区，我叫四同开车带我进城。”

刘立恒回信速度很快：“我谈对象，把你家那口子弄进来干吗？不要他来，我开车接你，回去的时候打车费我报销。”

奶奶的熊，大男人谈对象忌讳倒不少：“算了，我自己坐地铁去，地铁站口就在我家门口，我们在新街口金鹰大厦地铁口见面，我给你们双方介绍下，你们自己活动，成不成是缘分，我就借你一个梯子。”

刘立恒发了个“OK”过来，就没有消息了。刘立恒这头定下来后，我开始联系张曼尼。四同买的这个情侣手机不错，发信息不是按键的，用个棒子直接在屏幕上画画就行，速度快，省劲儿。

现代科技发达，动个脑筋连猪都能飞上天。我继续用棒子画着：“曼尼，明天下午有空吗？我和男方说好了，明天下午三点在新街口金鹰大厦地铁口见面，你能从北京赶回来吗？”

短信发出后，我傻傻地等着，四同睡得和猪一样。从大年初一到初四，四同和我跑了八个爸爸妈妈的家，他告诉我，长这么大，从来没有这样累过，四对老爸老妈太难伺候了。

第一天，我们去的四同他亲爸和后妈家，因为张曼尼和我关系比较好，四同他亲爸一心想着孙子，对我也算客气，四同他后妈和我若即若离，大家相处得还不错，玩了一天回来，很满足。

第二天，我们去的我亲爸后妈家，也没有什么问题，我亲爸对四同还像从前一样,喜欢得不行。一个女婿半个儿,老丈人和女婿关系好,我后妈自然笑口常开了。

第三天,我们去的四同他亲妈和后爸家,吃饭的时候,四同他亲妈七绕八绕又绕到了孙子的姓名上了,每个人吃得都不开心,回来的时候,我的心里憋了一肚子气。

第四天,我们去的我亲妈后爸家,因为我和亲妈平时一直不大走动,只是出于孝顺和礼节,大家吃饭的时候有点尴尬。

第五天,就是今天,四同和我去见了他的服装厂的融资合作人家,拜了年,送了礼,一直到晚上才回来,四同回来倒头就睡。

这时,手机屏幕闪了一下,张曼尼来信息了:"嫂子,这么快啊?我听见你在家里磨刀霍霍响的声音了。我明天中午回南京,估计一点左右到家,我休息一会儿,就去约定地点见面。"

看见回复,我的心定了下来:"嗯,明天不见不散,祝你一路顺风。"

奶奶的,做媒人原来还能做出高潮来?我是针儿,刘立恒和张曼尼是线,我轻轻撮合一下,俩家伙就穿一块儿去了。

次日下午2点,四同在看电视,我对他说:"我今天下午给曼尼介绍对象,一会儿就回来。"

四同眼睛瞪得和龙眼似的:"怎么,定下来了?给曼尼找到下家了?"

他奶奶的什么话,什么叫找到下家?你老婆又不是贩毒拐卖人口,怎么叫找下家呢?当初媒人把我介绍给你,敢情也是找下家啊?

算了,好老婆不和坏老公斗:"我去去就来。"

四同站了起来,不放心地看着我:"你一个人怎么去?曼尼没有车,你们在什么地方见面,我开车送你去吧。"

四同说完,起来关电视,我用手压了压他的膀子:"不用,我自己坐地铁去,在新街口站下,在新街口金鹰大厦地铁口见面。开车太耗油了,现在油价一个劲儿地往上涨,比穿天猴蹦得还要高,留点油钱以后给儿子买玩具。"

女人介绍对象,你男人去凑什么热闹?你四同又不是张曼尼他亲爸,屁颠屁颠地跟着去,也不怕扫你妹妹的兴。

再说,刘立恒已经说了,他谈对象,把你家那口子弄进来干吗?所以,四同我告诉你,你很不受待见,还是在家歇着吧。

四同听我说完,想想似乎有道理,仙林坐地铁到新街口,也就20分钟的时间,两头都不用跑路,比在自己家楼下散步还要惬意:"那好,你一个人去,路上注意安全,给他们拉上线就回来。"

我拿起小包,点了点头:"嗯,知道了。"

出了门,我吧嗒吧嗒地朝仙林地铁站走去。怀孕的女人走路像企鹅,头竖着,两只手像飞机的机翼一样晃荡着,屁股摇摇的,两条腿吧唧吧唧的,脚底像拉风似的,总担心鞋子什么时候被自己一脚不注意甩出去。

五分钟时间,到了地铁口,刷卡进站等地铁,做媒人看起来难,其实就这么简单。一来一去,一个钟头搞定。

仙林靠近栖霞农村,坐地铁的人很少,上去都有座位。加上大过年的,家家户户的人,都泡在家里的牌桌上,基本上看不到什么人。2 点 40 分,出了新街口地铁站,我在金鹰大厦门口找了一个避风的地方,站着晒太阳。

晒了 10 分钟,张曼尼从我背后轻轻抱了我一下:"嫂子。"

我的姑奶奶,你来了?初次见面女孩子要矜持点,不是叫你迟到,摆点臭架子正点来也好啊!男方还没有到,女方先到了,以后你准备等他一辈子啊!

我看了一眼张曼尼,她今天很拉风:穿着一件黄色超短羽绒服,里面是一件白色紧身内衣,下面是一条超短黑色西裤,配着一双肉色连裤袜,脚上是一对黑色长筒靴。

我拍了拍张曼尼的肩膀:"曼尼,你今天打扮得好臭屁啊!"

说完,我们搂在一起哈哈大笑。笑容还没有收敛,我一眼看见了那双桃花眼,在远处盯着我们,慢慢地朝我们的位置靠近。

我松开张曼尼,说了一声:"他来了。"

张曼尼回头看了看,挺直了腰身:"在哪儿啊?"

直到刘立恒站在我的面前,张曼尼才反应过来,随即把手捂住自己的嘴巴,本能地"哦"了一声。与此同时,刘立恒也跟着"哦"了一声。

大媒人我还没有发话,你们倒先"哦"过来,"哦"过去的,对起接头暗号来了?靠,搞什么情况?

我来回看着两个人,听着"哦"来"哦"去的声音,百思不得其解。刘立恒的反应比较快,他看了看我,立即说:"你们好,抱歉,我来晚了点,刚才路上堵车。"

我点了点头,立即接过话:"来,我给你们两位介绍一下,这位是刘立恒,人力资源部部长。这位是张曼尼,南京家春秋旅行社导游。"

张曼尼捂着嘴,一直在鬼鬼地笑。我的姑奶奶,你姐今天是给你介绍男朋友,是传说中的终身大事,你丫的严肃点好不好?如果你喜欢他,也要努力做出无所谓的样子,才见面就给对方吃倒了,这样你丫的以后在婚姻里就被动了,真他奶奶的找抽!

刘立恒到底是男人,沉得住气,他礼貌地伸出手,直接递给了张曼尼:"你好,北京之行终身难忘!"

北京之行？我怎么越来越脑残，越来越听不懂了？他们眼里似乎只有对方，根本就没有我这个大媒人，奶奶的熊，我赶紧闪了。

我看了张曼尼一眼，你丫的现在叫你笑，以后哭的日子在后面了，到时候不要找我做电灯泡就好，你姐今天的任务圆满完成了，我该回去了。

我看了看刘立恒说："你们慢慢聊，我回去了，四同还在家等我。刘立恒，一会儿记得把张曼尼送回家，把她丢在小区楼下就行。"

刘立恒点了点头："放心，我一定把她送到家门口。"

刘立恒说完，对我挥了挥手，张曼尼一脸诡秘，朝我笑着。我看着两个人的背影消失在人流里，这才朝地铁口走去。

·第二十五章·
媒人难当

回到家,四同在沙发上睡着了,电视还开着。他爷爷的四同倒会享清福,大白天睡觉开电视,不是和瞎子点灯一样吗?

我走过去,一把将电视机关了。“啪嗒”的声音刚落地,四同醒了:“老婆,你回来了?”

我“嗯”了一声,脱去羽绒服,挂在大橱里,换了一件花棉袄穿上。四同眼睛一直跟着我:“怎么样?俩人对眼了吗?”

我又“嗯”了一声:“对眼了,我还没有开口介绍,俩人就对上眼了。”

四同哈哈大笑:“是吗,说明他们有缘啊!那男的是哪里的?什么工作?在南京有房吗?是骑自行车上班,还是开宝马上班?”

奶奶的,你四同也是查户口的户籍警?你亲爸弄俩老婆,生出来的一儿一女都一个嗜好,喜欢刨根问底,恨不得把人的天灵盖掀翻了看个究竟。

张曼尼刨根问底还上点路子,她的未来老公她当然要知根知底。你四同刨根问底,算哪门子呢?

得得得,老娘今天就是不想告诉你,要问你自己问你妹妹去。

年的气氛,在年味的淡化中越走越远。四同初八上班,初七这天,四同他亲爸和后妈提着一个大挎包,又住回来了。

生活仿佛又回到了从前,唯一变化的是我的肚子,越来越大了。我现在贼能吃,一天要吃五顿饭,而且水果一直不断。

四同他亲爸带来了好多吃的,一进门就说:“慕容,昨天你给曼尼介绍对象了?那年轻人昨天买了几百块钱零食,给曼尼带回来,她一个人吃不了,全部让我带回来,说给侄子吃。哈哈,我孙子还在肚子里,就有这么多人惦记了。”

四同他后妈有点不高兴:“你一天到晚就知道惦记,孙子出来还不知道跟谁姓呢,整天忙得屁颠屁颠的,也不怕人笑话你。”

四同他亲爸一边从包里拿吃的东西，一边说："废话！我孙子还不跟我姓吗？你这个乌鸦嘴，大过年的尽不说好话，让外姓人赚我的便宜。慕容，那年轻人长得怎么样？在哪儿做事儿？"

我跪你祖宗八万代，敢情你一家子全部是户籍警出生？怎么又来查户口了？曼尼回家难道没有和你们说？做媒人原来这么闹心啊，问来问去烦死人了。

我看了看四同他亲爸："长得还不错，配曼尼应该绰绰有余了，是我原来单位的同事。"

四同听见是原来单位的同事，眼睛直勾勾地扫了过来："谁？"

我看瞒不下去了，直接应招："刘立恒。"

四同立即叫了起来："就是人力资源部的部长，那个桃花眼？"

我点了点头，没有说话。

四同继续问："这样的人，你也敢介绍给我妹妹？"

我一听火气就来了："这样的人怎么了，不配你妹妹？"

四同声音越来越大："看他那双桃花眼，就不是什么好东西。"

四同他亲爸接过话："四同你话不能这么说，慕容她是好心，昨天曼尼晚上回来脸上一直笑眯眯的，说那年轻人一直把她送到我们小区的楼下，看着她上楼的。从她上次流产后，她就一直没有这么开心过。好歹那年轻人还是个部长什么的，总不会坏到哪里去的。"

四同他后妈看着我，犹豫地说："慕容，那年轻人可靠吗？会不会像曼尼的前男友一样，弄出好多风流韵事来？"

我操你奶奶四同三万代，媒人难当。我好心做媒人，倒做出罪人来了？你觉得刘立恒配不上你妹妹，你不用当着你亲爸和后妈的面说吧？你对刘立恒有偏见，我没有意见，我誓死捍卫你不拿正眼看人的权利，但是，你不应该把话说得这么赤裸裸的，让我里外不是人。

我看着四同他后妈："妈，这样吧，如果你们觉得刘立恒不好，配不上曼尼，我马上给曼尼打电话，让他们以后不要再联系了。"

四同他亲爸听完我的话，立即吼了起来："不行，你们谁也不准打电话给曼尼，老天给的缘分，该捏住的时候就要捏住，一切随缘。"

四同他亲爸说得没错，一切随缘。婚姻是老祖宗八辈子前就配好的事情，只是费点周折让红尘男女去寻找，去磨合，去怨恨，最后该牵手的还是牵手，该离别的还是离别。

我们是凡人，无法预知老祖宗八辈子前就安排好的事情，所以，我们很多时候就像一只无头的苍蝇，见腥就沾。这是人性的弱点，也是上帝造人的失败。

四同他亲爸说完，家里没声音了。四同去了里屋，我在客厅，四同他后妈坐在沙发上，和我面面相觑。

我仿佛做了亏心事，心里很不舒服。我转身回屋拿了自己的小包，打开门走了出去，门刚带上，四同他亲爸追了出来："慕容，外面很冷，你去哪里？"

我回头说了句："爸，家里闷，我出去透透气。"

四同他亲爸很不放心，回头冲里屋叫了一声："四同，陪陪你媳妇儿。"

我说了声："不用。"

我带上门后，四同冲了出来，跟在我后面。他知道我脸色不好看，识相地沉默着，也不和我磨叽了。

我和四同出门后，家里闹翻天了。四同她后妈指责四同他亲爸："我问慕容话，你在旁边唧唧歪歪什么？我嫁女儿，不问清楚男方情况怎么放心？曼尼过年后就26岁了，已经给剩下来了，如果再不找个好的，对不起自己的后半辈子。"

四同他亲爸嘴巴也不饶人："你女儿难道不是我女儿？曼尼难道是你跟前夫生的？她还不是我身上掉下来的肉。你说人家慕容是自己家里人，如果男方不优秀，她会操那份心吗？"

四同她后妈争辩着："我不就是问问情况，看你猴急的，生怕曼尼嫁不出去啊？男人再有钱没有用，吃喝嫖赌样样来，女人嫁过去还是受罪。人品好，比什么都好！"

四同他亲爸把手里的空包朝沙发上一砸："你说那年轻人不好？他吃喝嫖赌？"

四同他后妈叫得脸红脖子粗的："我可没有这样说。"

四同他亲爸掏出香烟和打火机，点燃一支烟："那不结了，小辈人谈对象，你跟在后面急什么急的？谈对象也不是叫你马上就跟他结婚，谈得好拿证，谈得不好拉倒，这么简单的事情，弄那么复杂，真他妈的头发长见识短！"

四同他后妈给四同他亲爸说得一愣一愣的，最后干脆不做声了。两个人，一个沉默，一个抽烟，把家里弄得死气沉沉的。

这时，座机响了，四同他后妈走过去接电话："喂……"

对方是曼尼："妈，我打电话家里没人接，你和我爸又去我哥家了？今天中午我不回来吃饭了，晚上也在外面吃。"

四同他后妈"嗯嗯"直点头："知道了，晚上早点回家，你现在和谁在一起？"

曼尼简单说了三个字："刘立恒。"

四同他后妈刚想再问点情况，曼尼挂了。嘿，这曼尼和刘立恒看起来挺有缘的，昨天带团刚回来就见面，见完了今天继续见？曼尼难道真的动心了？

四同他亲爸转过脸来问："曼尼的电话？"

四同他后妈点了点头："曼尼来的。"

四同他亲爸抖了抖烟灰："曼尼怎么说的？"

四同他后妈淡淡地说："没有说什么，就说不回家吃饭了。"

四同他亲爸没话找话："曼尼是和那年轻人在一起吗？"

四同他后妈"嗯"了一声，走到阳台把窗户全部打开了，一阵风吹进来，把家里的烟全部带走了。四同他亲爸想知道更多的情况，四同他后妈就是闭嘴不说。

两个人，一个在阳台，一个在客厅，家里暂时安静下来了。四同他亲爸有点无聊，嘴巴里哼唧哼唧着，也不知道唱的什么曲子，像《洪湖水浪打浪》里的词儿，含含糊糊的听不清楚。

四同他后妈坐在阳台的躺椅上，开始晒太阳。曼尼刚才电话里说，她和刘立恒在一起，她还是很开心的。曼尼最近见的男人也不少，一个也没有看中，不知不觉就被剩下来了，让她这个做妈的也很纠结。

现在，曼尼的情况发生了变化，只要曼尼高兴，还是随她去了，就像四同他亲爸说的，一切随缘吧。

一个钟头后，四同和我一前一后地回来了。一进门，四同他亲爸就喊："开饭了，乖孙子赶紧坐下来吃饭。"

我忍不住"扑哧"一笑，他爷爷的四同他亲爸你天天这样喊，也不怕你孙子在我肚子里尿你一头一脸的？

我坐下后，四同去厨房打饭。一家人围在一起，开始吃饭。吃到一半，门铃响了，四同丢下筷子就去开门，开门前，先望了望门上的猫眼，一看是社区的户籍警和保安，赶紧打开门。

社区户籍警和保安是两个男的，户籍警手里拿着一张通缉令，保安拿着一个登记本。户籍警开口说话："你好，打扰下，我们是社区的户籍警，请配合下，来认一认这张照片，看看你们认不认识，或者最近见到过没有。另外，请核对下你们的户口。"

四同拿着通缉令，给我们看了看，我们全部摇头。听见要核查户口簿，我站了起来，去屋里拿户口簿。

我从地垫下取出户口簿后，四同拿过去，递给了社区的户籍警。四同他亲爸一直站在我的屋子门口，眼睛直愣愣地盯着我的手。

户籍警核对完户口簿后，看了看屋子里的人，打了个招呼，回头继续上楼，敲邻居的门去了。

四同把户口簿递给我，我重新放到地垫下，四同他亲爸仍然站在我的屋子门口，直到我起身后，才离开。

四同回到客厅，嘀咕了一句："前天报纸上就看见通缉令了，街对面的小区一家子三口全部给砍了，很惨，灭门惨案。"

我惊讶地张大嘴巴，不知道说什么好。四同他亲爸接过四同的话："我说好好的怎么查户口呢，又杀人了。"

四同他后妈伸了伸舌头："大过年的，也杀人，人和人有仇啊，真恐怖。"

四同"嗯"了一声："报纸上说，杀人的人是赌鬼，欠了人一屁股赌债，估计是狗急跳墙了。"

四同他亲爸连连点头："是啊，赌博害人。慕容，那年轻人赌不赌博啊？"

我跪他爷爷的，四同他亲爸你怎么又来了？早知道这样，我就不给曼尼介绍对象了，这三天两头的跟查户口似的，搞刑讯逼供啊！

虽然心里堵得慌，我还是诚恳地说："爸，他不赌博，连抽烟都很少。"

四同他亲爸立即眉开眼笑："那就好，男人抽点烟没关系，赌博千万不能要，吃喝嫖赌连一起的。"

四同他后妈显然也很满意这个答案，现在，只有这个曼尼让她不放心，曼尼是她和四同他亲爸的独生女，从小就没有让她吃过苦，长大后，就是在恋爱上跌了不少跟头，让她心疼不已。

如果不是四同他亲爸一天到晚牵挂孙子，四同他后妈才不会来仙林住呢，她照顾曼尼还来不及。她现在就巴望我快点生产，让她早点回去住，照顾自己的女儿。四同又不是她身上掉下来的肉，我也不是她真正的儿媳妇，至于孙子，也不是自己的真传，做点表面文章说得过去就可以了。

四同他后妈附和着说："还是不赌好，结婚嫁汉，过日子吃饭，弄个赌鬼来家还要不要过日子了？"

四同对刘立恒的印象不是很好，尤其不喜欢他的那双桃花眼。原来在单位的时候，他就多多少少听到关于刘立恒的负面消息，不过，还好没有私生活方面的，所以，他也说不出对刘立恒究竟反感在哪里。

哑巴不说话，不会憋死人。既然没有好感，就不多磨叽了。假如曼尼喜欢刘立恒，一心一意要嫁给他，他现在猛地横插一竿子进去，日后这个大舅子就难做人了。只要刘立恒和曼尼对眼了，自己选择睁只眼闭只眼还是比较符合人之常情的。

·第二十六章·

家庭会

生活，又恢复了年前的那种平静。初八一大早，四同就去上班了。现在全球经济危机，外贸行业不大景气，服装业经历了前所未有的冲击，四同的压力越来越大。

看着越来越大的肚子，我的母性越来越强。俗话说，不养儿不知报母恩，只有自己做了母亲，才知道生儿育女的不易。

初八上午十一点刚过，四同他亲妈一个电话摇了过来，直接找四同他亲爸："喂，老花，年已经过得差不多了，是不是该开家庭会了？"

四同他亲爸丈二和尚摸不着头脑："开什么家庭会？"

四同他亲妈音调提高了八度："嘿，你这人真是，年前的事情年后就忘？"

四同他亲爸搜肠刮肚，回忆了一下，终于想起来了："你不会是说我孙子起名带姓的事儿吧？"

四同他亲妈阴阳怪气地笑了笑："你说的一点不错，你一不搓麻，二不锻炼，定个时间开个家庭会的时间总有吧？尽快把孙子的姓名定下来，儿媳妇再过几个月就要生了，免得到时间大家闹得不痛快。"

我在一边竖着耳朵，听着电话里的内容。四同他亲妈这个乌鸦嘴疯了，现在孩子还没有出生，连八字都没有，起个鸟名啊。起名字讲究个八字、五行和用神，现在起个名字合了你们的心意，可是害死了我的儿子了。

我越听心里越气，但是，也不能直接反对。我现在倒是比较倾向开个家庭会，把孙子的姓名权定下来，我是孩子他妈，我也有发言的权利。

四同他亲爸对着话筒哈哈大笑："这年才过几天，你就急着开家庭会了，真正的年过完了你知道是哪天吗？是元宵节过后，今天四同上班去了，服装厂有一大批年前的货要出厂，还是等四同忙完这阵子再说吧。"

四同他亲妈有点无奈："我告诉你老花，你不要和我搞障眼法，如果过了元宵节再不开家庭会，不要怪我搬条被子到儿子家打地铺去。”

四同他亲妈说完，狠狠地挂了电话。四同他亲爸回过头，看着四同她后妈，笑了笑：“想和我抢孙子的姓名权，没门儿。”

我心里憋得慌，试着想和四同他亲爸沟通：“爸，我请教过起名大师了，孩子的姓名要等孩子出生后才能起，现在起好的话，如果姓名和孩子的八字、五行不平衡，再和用神什么的不相合，将来害的还是孩子。”

四同他亲爸想了想：“起个名字哪有那么多麻烦，老祖宗给我们起的名字，我们还不是一直用着，而且用得好好的，也没有看见有什么不好！”

我拿自己家的爸爸妈妈打比方，语言很谨慎，怕得罪了四同他亲爸：“爸，你看我亲爸和我后妈的名字，还有我亲妈和后爸的名字，按照命理解析，姓名里都带了离婚数理，所以，他们的婚姻都遇到了问题，我想，你们的姓名也是。”

四同他亲爸听到这里，突然不做声了，四同她后妈也跟了过来，眼睛瞪得老大，惊诧地看着我。在事实面前，他们不得不承认自己老祖宗起名的失败。

我趁热打铁：“爸，你们老人开个家庭会，决定一下孙子跟谁姓，这个没有错，不过，一旦决定了姓之后，名字还是交给起名大师起，职业命名师在配置数理和平衡八字、五行方面，毕竟比我们来得专业，你们看呢？”

四同她后妈看着四同他亲爸：“哎，慕容说得似乎有点道理。”

四同他亲爸将信将疑：“你怎么确定是老祖宗起的名字不好，就不能肯定是八字的原因？”

我笑了笑：“我咨询过专业起名大师。”

四同他亲爸搓了搓手：“这么说的话，我得考虑一下了。”

四同她后妈在旁边撮合：“老花，我看这样吧，过了元宵节，你把四同他亲妈召集来，开个家庭会，确定一下孙子的姓，至于姓名的问题，就等孙子出生有了八字再说。”

四同他亲爸点了点头：“也好，我这一辈子就这一个孙子，我可不希望他将来和我们一样，结婚了离婚，离婚了再去争夺孙子的姓名权。慕容，这事儿等元宵节过了，开个家庭会就定下来。”

我“嗯”了一声，突然间想起了一件大事儿。今天大年初八，是老同学黄梦瑶的女儿百日大宴，说好了中午就过去的，竟然给忘记了。

我赶紧收拾自己的小包，在抽屉里找了个大红包，装了两百块钱进去，然后对四同他亲爸和后妈说：“爸、妈，我今天老同学的女儿百日宴，差点忘记了，我得赶过去，你们就不要等我了，晚上吃完饭我再回来。”

四同他亲爸“哦”了一声：“要不要四同晚上开车去接你？”

我简单回答了一句：“不用了，我打车回来。”

说完，我打开门走了出去。

家里，只剩下四同他亲爸和后妈，两个人坐在客厅，一个抽烟，一个嗑瓜子儿。电视打开了，出来一段京剧，四同他亲爸“得儿得儿”地跟着哼了起来。

看起来，今天四同他亲爸的心情不错。两口子坐着，也没有特别的事儿，昨天晚上曼尼约会回来，到现在还在家里睡着，四同他后妈有点不放心：“老花，曼尼这孩子不知道睡醒了没有，昨天晚上也不知道玩到几点才回来，连个电话也没有。”

四同他亲爸摇头晃脑，继续得儿得儿地唱着：“老不管少事儿，让她睡，睡到自然醒，饿了，她自然会过来找饭吃。”

四同他后妈瞥了四同他亲爸一眼：“等她饿了，醒了，再赶过来吃，那人不是饿慌神了？我还是给她打个电话吧，这孩子睡起懒觉来没个数。”

四同他亲爸摆了摆手：“叫你不要管，就不要管，睡眠是一种艺术，你不要挡住曼尼追求艺术的脚步。她睡觉你也不是不知道，叫醒了来个下床气，会让你三天受不了。”

四同他后妈伸向电话机的手，不自觉地缩了回来：“睡眠也是一种艺术？那好，我就不干涉曼尼追求艺术了，让她继续睡。”

张曼尼昨天和刘立恒玩了一天，晚上回来得很迟，回家洗洗就睡了，这会儿睡得像头死猪。

时间已经是中午了，张曼尼在床上翻了一个身，突然被枕边的手机短信铃声闹醒了。她闭着眼睛摸到手机，睁开一只眼睛看了看。

信息是刘立恒来的：“小猪猪，太阳晒屁股了，起来了吗？”

张曼尼心里一阵温暖，甜甜地笑着，抽出手写棒，在屏幕上画了起来：“你才小猪猪呢，我还在睡，饿死了。”

刘立恒很快回复：“还在睡？赶紧起来吃饭。我今天上班了，不能给你送饭来了，怎么就那么能睡呢？”

张曼尼拿着手写棒继续画：“不用了，我马上去我哥家蹭饭去，我爸和我妈在我哥家。”

刘立恒简单回复了一个“哦”字，不做声了。张曼尼丢下手机，开始起床穿衣服，刷牙洗脸完毕后，直接锁上门去仙林了。

张曼尼元宵节后才上班，黄经理放了她长假，她要利用这段时间，好好在家谈恋爱。很长时间没有被人恋被人爱的感觉了，刘立恒的出现，是一种缘分，更像是一种命中注定。

北京之行，像一个诡秘的神话，触动了张曼尼沉睡已久的心。而花慕容更是一个穿针引线的媒子，用一根细针，就把他们两个毫不相干的人串在一起了。

仙林像是张曼尼的第二个家,自从嫂子怀孕后,她就在自己的家和仙林的家之间来回跑。赶上带团在外还好,走到哪里吃到哪里,一人饱全家饱。

真正的麻烦是回家后,总是冷锅盖伺候。开始,张曼尼还埋怨嫂子娇气,怀孕了还要老人照顾。现在,花慕容成了她的大媒人,她心里感激还来不及,哪里敢磨叽啊!

张曼尼真的没有想到,会和刘立恒之间牵扯上千丝万缕的联系。北京之行,在颐和园非常无助的时候,刘立恒过来帮助她,她甚至不敢正眼看他一下。

后来,在北京民俗博物馆无意间丢下了刘立恒,他竟然好脾气地没有发火,换了其他团员,早就拨打投诉电话了。

张曼尼回头细想,越想越觉得她和刘立恒之间是一种上天注定了的缘分,纵然前世逃脱了,今生还是要相遇的。

昨天,是刘立恒春节假期的最后一天,一大早,他就把张曼尼约了出去,和几个哥们儿在一起疯玩了一天。

张曼尼很久没有这么疯过了,直到夜里12点后,刘立恒开车把她送回家,她才感觉自己已经累得不行了。

原来,爱情就是给你一颗糖,你含在嘴里,不是感觉嘴里甜,而且感觉心里甜。张曼尼昨天睡得很踏实,一觉睡到自然醒,看来爱情还具有超大催眠作用呢。

到了仙林,张曼尼一步跨进哥哥家。看见曼尼来,老两口突然来了精神,尤其是四同他后妈,毕竟是自己的亲生女儿,那个记挂劲儿就不用说了。

张曼尼坐下后,直接叫唤:“爸,我饿死了,赶紧上菜。”

四同他亲爸像接到皇上圣旨一样,立即去热菜热饭,几分钟后就端上来了:“来了来了,曼尼多吃点。”

张曼尼顾不上说话,开始猛吃。四同他后妈看着女儿,怎么看怎么喜欢:“曼尼,昨天怎么样?”

张曼尼一口饭刚咽下去,反问:“什么怎么样?”

四同他亲爸坐下来,接过四同他后妈的话:“你妈问你,和那年轻人怎么样?”

张曼尼用筷子夹起一根大黄鳝,丢进嘴里:“好啊。”

四同他亲爸想问个明白:“什么好啊?”

张曼尼嘴巴搅动着:“好,就是感觉不错。”

四同他亲爸摇了摇头:“什么感觉不感觉的,我问你那年轻人和你谈得怎么样了?”

张曼尼嘿嘿偷笑:“爸,现在年轻人谈对象都在乎感觉两个字,没有感觉谈个屁恋爱。”

四同他亲爸喝了一口水,一下子喷了出来:“感觉能当饭吃吗?人好才是真好,你到现在还不成熟。”

张曼尼只顾埋头吃饭,也不接话,把四同他亲爸和后妈晾在一边儿。两口子面面相觑,问不出个子丑寅卯来,只能干看着曼尼吃。

张曼尼吃到一半,突然诡秘地笑了起来,把嘴巴凑近四同他后妈的耳边:“妈,和你说个秘密。”

四同他后妈点了点头,耳朵立即竖了起来:“什么秘密?”

张曼尼低声说:“春节还记得吧,我在北京带团的时候,刘立恒是北京团的团员。”

四同他后妈嘴巴张成一个大大的〇字:“这么说,你们在北京就认识了?”

张曼尼点了点头:“还记得我和你说的颐和园门票的事情吗?那天帮我补票的人就是刘立恒。”

四同他后妈的嘴巴越张越大,最后像个鹅卵石了:“哦,原来是他啊?”

四同他亲爸在旁边看着母女两人咬耳朵,心里很不是滋味:“你们在一起搞什么鬼,要说话就大声说,这里没有别人。”

张曼尼继续咬耳朵:“还有最后一个秘密,那天在北京跟团跟丢的人,也是刘立恒。”

四同他后妈哈哈大笑:“这么说,缘分是天注定的了?”

张曼尼点了点头:“不过,我还是得感谢我嫂子,如果不是她,我和刘立恒最多只是擦肩而过。和一个人擦肩而过,如果连衣服都磨破了,还没有擦出火花,那真的是一种悲剧了。”

四同他后妈想了想:“也是,慕容是大媒人,假如你们结婚了,她要坐上上席的。”

四同他亲爸在一边竖着耳朵听,只听见“上上席”三个字,连忙插话:“谁坐上上席?”

张曼尼恢复正常音调:“我嫂子呗。”

四同他亲爸听了上句不知道下句:“慕容坐什么上上席?”

张曼尼把菜咽下去:“爸,我和妈说话,你不要打岔,好不好?”

四同他亲爸闭嘴不做声了,张曼尼话也说完了,只有四同他后妈嘴巴没有闲着:“这次真得感谢慕容了,帮了曼尼大忙。曼尼,这次一定要看准人了,再不要和从前一样,弄得自己遍体鳞伤的。”

张曼尼只顾吃,不说话。现在,她满脑子摇曳的都是刘立恒的身影。她想念着他的微笑，他那迷死人的桃花眼和他性感的身材。

刘立恒像上天派生的一个精品，突然降临在张曼尼的生活里，激活了她的生命。眼下，刘立恒成了她的一切。

张曼尼不相信命，但是，她相信缘分。无缘的人，只会相遇，而不会交集。有缘的人，不仅会相遇，还会交织在一起。

吃完饭，张曼尼无所事事，四同他亲爸提议下楼转转。三个人简单收拾了一下，一起下楼，在仙林小区外的商店和超市转了两圈。

张曼尼突然暴动的情事，让老两口特别开心。年后的天气比较干冷，虽然是早春了，寒风还是刺骨的。

张曼尼拉了拉羽绒服的帽子，把自己的头裹得严严实实的。三个人一边走，一边看，偶尔说几句无关痛痒的俏皮话，引得彼此一阵哈哈大笑。

原来，生活可以这样美丽，你完全可以因为一个人一件事，而改变自己原本糟糕的心情。在张曼尼的眼里，世界不是缺少美，而是缺少爱。

世界，是因为有了爱才美丽的。现在，有了刘立恒，她的心满满的，像蓄水的池子，再也看不见干涸了。

·第二十七章·

人比人，气死人

当天晚上，黄梦瑶为女儿在都市放牛饭庄摆了10桌百天酒宴。黄梦瑶的爸爸心疼女儿，一直抱着外孙女。

黄梦瑶只有一个老公公和一个老爸，老婆婆和自己的妈去世比较早，一个也没有等到孙女和外孙女的出世。

黄梦瑶的身体变化不是很大，除了肚子与婚前区别比较大之外，人也不是很胖。黄梦瑶坐在我的身边，一个劲儿地和我套近乎："花慕容，你预产期几月份？快到了吧？"

我"嗯"了一声："预产期七月。"

黄梦瑶接着说："还有三个多月才生，你有福气，有八个爸爸妈妈给你带孩子，我家就是老公公和我爸，他们是男人，也不会带，下手重了怕我女儿小胳膊小腿的吃不消，只能让他们抱抱她。"

我嘿嘿笑了笑："各有各的好处吧。"

黄梦瑶继续说："这人为什么差别就这么大呢，你要是借一个奶奶或一个妈给我多好。因为没有老人照顾，我连大月子都没有坐好，无论白天还是黑夜，女儿每隔一个多钟头就要醒一次，不是吃奶就是尿尿，弄得我筋疲力尽，腰酸背痛。"

黄梦瑶你没有老婆婆没有妈不是你的错，你生孩子吃了那么大的苦，你老公呢？难道他就知道抱着枕头打呼睡觉？

我看了看黄梦瑶："你不是威胁过我吗，你生儿子，我生女儿，把你家儿子给我家女儿做女婿。然后，你把儿子送我们家来，给我女儿他爷爷奶奶带？"

黄梦瑶无可奈何地摇了摇头："那是说笑的，还当真了。人比人气死人，我现在最后悔的就是自己没有妈就算了，还找了个没有妈的老公。"

这时，黄梦瑶的老公站了起来，和大家简短说了几句欢迎捧场之类的话，酒宴正式开始了。看着黄梦瑶疲惫的样子,我都不忍心说了。

才吃几口,包里的手机短信提示音响了起来,我打开手机看了看,是刘立恒来的:“我爱上曼尼了,以后在这个家,我叫你嫂子,还是……”

我心里紧了一下,他奶奶的,我这个大媒人当初说大媒的时候,怎么就没有想过这个问题?我的前前男友,成了我的未来妹婿,我是他嫂子,他是我的……

牙疼啊,这个辈分彻底乱了。我犹豫了两分钟,摸出手写棒,开始鬼画符了:“该叫什么叫什么,不要乱了辈分就好。”

过了一会儿,刘立恒的信息又来了:“辈分乱不了,就怕不小心走错了门。”

他奶奶的,刘立恒你疯了,我借你一个梯子,你竟然爬到老娘我的头上来了:“进你该进的门。”

刘立恒过了半天才回复:“慕容,谢谢你的梯子,给了我认识曼尼的机会,北京之行之后,我就预感到,一切都结束了,我要有新的开始了。”

北京之行?又是北京之行?简直是莫名其妙!你刘立恒和张曼尼那天下午弄得我一头雾水,现在又来蒙我了。

我合上手机,扔进包里,不理睬刘立恒的信息。北京之行,是我无法知道的秘密,旧的不去,新的不来。既然刘立恒将北京之行作为他生命的新起点,我举手举脚支持,OK!

黄梦瑶女儿的百日宴一直闹到晚上九点才散,其间,四同给我来过一个电话,问我在什么地方,我告诉他在喝老同学女儿的满月酒。

四同叫我早点回来,其他话也没有多说。晚上九点,我和黄梦瑶告别后,独自打车回家。坐在出租车上,我把刘立恒发来的信息全部删除了。

我倒不是怕四同看见什么东西产生误会,四同从来不翻我的手机,不存在看见和不看见。四同的事情我现在已经不大管了,也管不了,自从他奶奶的给我穿上二奶鞋后,我的心就死了。

回到家,已经十点了,四同他亲爸和后妈已经睡了。四同一个人躺在屋里的床上,看电视。

我回到屋里,脱去了羽绒服,四同看了看我:“回来了?”

我点点头,去卫生间洗脸洗脚,回来爬上床。四同继续看电视,看着看着突然冒出来一句:“你要坐上上席了。”

奶奶的,什么上上席下下席的?我今天他娘的尽给男人蒙。一个刘立恒蒙我还不够,又来个四同继续蒙我。

我靠在床头:“什么上上席?”

四同阴阳怪气地说:“曼尼今天来了。”

我“哦”了一声:“曼尼来了,关我什么事儿?”

四同又来一句:“你做的好事儿!”

他奶奶的四同,你把话说清楚好不好?老娘给你彻底蒙晕菜了:“我做的什么好事儿?”

四同阴郁地说:“你给曼尼介绍的对象啊。”

是的,我给曼尼介绍的对象,怎么了?难道有错?这和上上席有什么关系?你心里想什么就说什么,不要和老娘我打哑谜好不好?我的 IQ 不高,不喜欢和人周旋。

四同笑了笑,不说话,使劲儿换台,弄得电视“啪啪”直响。我心里也没有什么好气,脱了衣服倒下就睡。

夜里,我做了一个梦,我梦见刘立恒和张曼尼结婚了,我坐在上上席。四同他亲爸和后妈一个劲儿向我敬酒,我告诉他们:我怀孕了,不能喝酒,他们也不听,继续灌我,最后把我灌倒在地。

婚礼上,黑压压的一片,全部是参加婚礼的人。我和四同的八个爸爸妈妈都来了,他们一个个举着酒杯,冲到我面前,向我敬酒。

我在梦里叫着喊着,哭着闹着,最后,给四同猛地摇醒了。醒来后,还是黑夜,我睁开眼睛看了看手机,才夜里十二点。

四同一边摇我,一边高声喊:“你在干吗,哭什么?”

我莫名其妙:“我没有哭。”

四同又问:“那你叫什么?”

我说:“我没有叫。”

四同不理我,把电视关了,脱了衣服睡觉。黑暗中,我终于想起来了,我刚才在做梦,梦见刘立恒和张曼尼结婚了,我给一群人灌醉了。

他奶奶的,这梦怎么和真的一样,太逼真了。我的大脑里忽然闪过刘立恒的面影,这厮如果真的和张曼尼结婚了,我和他在一个大家庭里,是不是有点人间“杯具”啊!

·第二十八章·

元宵节

转眼间,元宵节到了。元宵节这天,四同中午吃完饭就回来了,他放了员工半天大年假,自己也早早溜回来了。

元宵节是年的尾巴,过完大年就要开始忙碌了。明天,四同要去外地出差,服装厂有一大批年前的货要出厂,全部送外贸出清。刚过年,要全部下新的订单了。

今天,轮到我亲爸和后妈过来照顾我,正好一家人碰到一起过个小团圆年。上午,我后妈独自一人买了一大堆菜过来了,我亲爸去单位上班了,晚上下班再过来。

我后妈已经有一周没有看见我了,见到我格外亲热。她一边忙,一边问长问短,说着聊着,话题就转到外孙子的姓名上来了。

我后妈像平时说话一样,很随便地问我:“慕容,孩子的名字定下来了没有?”

我和后妈说话比较随便:“妈,还没有。”

我后妈关心地问:“四同家什么意见?”

牙疼,后妈的话刺到我的痛处了:“妈,四同家现在天天在争夺孙子的姓名权,从年前就开始闹了。”

我后妈惊讶地看着我:“谁和谁争?”

我一五一十地说给我后妈听:“四同不是姓易吗,和他亲妈一个姓。他亲爸姓花,跟老祖宗一个姓。四同他亲爸和他亲妈离婚的时候,四同判给了他亲爸,他亲妈偷偷去派出所把四同的姓改了。现在,四同他亲爸要孙子跟他姓花,他亲妈死活不答应,非要孙子跟儿子姓。”

我后妈在低头择菜,听我说完猛地抬起了头:“四同他亲妈不讲道理,儿子跟她姓就算了,还要孙子跟她姓。这样的话,他们一大家子不是闹得鸡犬不宁了?”

我连连点头:“是的,元宵节过后,四同家还要开家庭会。”

我后妈“啊”了一声:“还要开家庭会?”

我点了点头:“妈,四同他亲妈是不是太过分了?她早就改嫁了,还管前夫家的事儿干吗?真是吃饱了撑得慌!”

我后妈担心地说:“四同他亲妈很凶,也很霸道,你看她那张脸,像刀削面一样,腮边都不带肉的,这样的女人很尖刻,很难缠。”

我想了想也是:“妈,说实话,我现在都怕住在家里了,四同他亲爸和他亲妈一碰面就像火药一样爆炸。四同平时也不在家,什么也看不见,我看见他们就心烦。”

我后妈劝慰我:“慕容,不要这么说,毕竟他们是你的上辈人,你和他们好好沟通,如果不行的话,我来出面说说看。”

你来出面?我的后妈啊,这个家够乱的了,你省省心吧,不要再给这个家添乱了。你按班入轨的,轮到你来,你就来,轮到你休息,你就回家好好休息,这里真的没有你的事儿。

我摆了摆手:“妈,你的身体不大好,就不要管那么多了。等我生了孩子,请个月子保姆,让你好好休息。我怀孕到现在,真的把你累坏了。”

我后妈一副无所谓的样子:“慕容,妈没有关系,外孙子如果四同家不带,我来带。”

我让后妈说得很感动,也不知道怎么回答好。中午的时候,四同回来了,一进门叫了一声我后妈:“妈。”

我后妈“哎”了一声:“四同回来了?我和慕容刚吃过,你吃了没有,我给你热菜去。”

四同把背包放下:“妈,我吃过回来的。”

四同说完,进了卫生间,用热水洗了一把脸。等四同回到屋里,我跟了进去。随着我的预产期越来越近,四同的父性越来越强。

四同看了看我的肚子:“老婆,过来,给我听听儿子的声音。”

我走过去,把腹部对着四同的脸,四同轻轻拉下我的裤腰,用耳朵贴着我的肚皮,用心地听着。听了半天,似乎没有反应。

我哈哈大笑:“听见什么没有?”

四同一边听,一边说:“儿子是不是在打太极,怎么一点动静也没有?”

我挺了挺肚子:“仔细听,刚才儿子还在踢我呢。”

四同换了一边脸,继续听,突然,他高声叫了起来:“儿子动了,他在踢我的脸。”

我抱着四同的头："四同，和你商量个事儿。"

四同点了点头："你说。"

我犹豫了一下："四同，我想请起名大师给我们的孩子起名。"

四同摸了摸我的肚子："好啊。"

我有点不敢相信："真的，你答应了？"

四同抬头望着我说："真的。"

我还是不敢相信："那我们拉勾，好不好？"

四同站起来，把我的裤腰提了起来，接着把小指递给我："来，拉勾上吊，一百年不变。"

四同和我拉完勾，径直走到客厅，打开笔记本电脑，开始和外商在 MSN 上面说话。我不知道四同今天怎么这么爽快，连想都没有想就答应了。

引产计划失败后，儿子的姓名一直是我的心病，从主观上来讲，我倾向四同他亲爸，孙子跟爷爷姓花。

我儿子姓花，倒不是因为我姓花，而是因为儿子从老祖宗姓，从情理上能说得过去。何况，四同判给了他亲爸，一直生活在一起，更有理由让孙子跟爷爷姓了。

我的心里最纠结的是四同他亲妈，这个女人个性泼辣，向来不认输，难怪她和四同他亲爸水火不容了。

四同在客厅上网，我在阳台上对着窗外发憷。今天的天气不大好，西北风，天色阴沉沉的，没有一点颜色，我也懒得下楼去散步了。

我后妈在外屋午睡，她有午觉的习惯，我没有打扰她。我一直坐在里屋的板凳上，用手抚摸着肚子，和儿子悄悄说话。

这时，床头柜上的手机响了一下，我走过去，拿起自己的手机，看了一眼，是死丁克安京宁："要想负，多生孩子多购物，元宵节快乐。"

这丫的尽找抽，专门拣字典里不好听的话说，也不怕半夜鬼敲门。安京宁你丫的想富，不生孩子照样负。

我在心里笑了笑，抽出写字棒画了起来："怎么了，寂寞了？又和我肚子里的儿子杠上了？"

安京宁快速回复："呵呵，一个人在家，这不，正无聊着。"

我继续画："怀一个！"

安京宁回的速度比我还要快："造人？"

我照葫芦画瓢："造人！"

安京宁短信直飞："我有病？"

我把写字棒倒过来画："难道我有病？"

安京宁半天没有回复，突然，手机响了起来，吓了我一大跳。我立即接听："奶奶的，死丁克安京宁。"

安京宁在电话里哈哈大笑："在家？出来和我喝茶？"

我跟着安京宁笑："去胎毒？"

安京宁停止嬉笑："去你的头，过来陪我。"

陪你？你丫的大脑坏了，今天大年，传统的元宵节，是阖家团圆的日子。你丫的是丁克太久的缘故么，竟然忘记了这么重要的节日。

我一本正经："今天大年，我在家陪儿子陪老公陪爸爸妈妈呢。"

安京宁惊叫了一声："今天是大年？今天是元宵节？我怎么就忘记了呢？"

死丁克安京宁，看看你这个鬼日子是怎么过的？两人世界应该很"杯具"吧？老公一出差，你就在家傻眼了，冷锅盖冷板凳冷炕头，连个磨叽的人都没有，是不是？

我继续笑："安京宁，你好日子过多了，连大年也记不得了？造人是物种延续，你经常一个人，就不怕提前进入更年期？"

安京宁半天没反应，我以为她挂了。我对着手机叫了几声，安京宁闷声闷气地"嗯"了一声。

安京宁一向快人快语，情绪乐观，整天像个开心果。你丫的今天不对头，怎么学会沉默了？

我停止逗乐："安京宁，你有心事？"

安京宁突然大声笑了起来："我有心事？你看我有心事吗？"

我给安京宁的笑声震蒙了："你丫的今天肯定有心事！"

老娘我是瞎蒙的。我一直认为，一个正常的女人应该顺应自然法则，出生、结婚、生子。除了特殊原因，没有一个女人会主动放弃做母亲的权利。

安京宁笑完后，突然不做声了，一片可怕的沉默后，她重新开腔了："我想造人！"

竟然给老娘蒙对了！造人还不容易？你们夫妻成双，早已拜堂成亲，床头床尾的事情不用我再磨叽了吧？

我"嗯、嗯"了两声："造人要趁早……"

我的话还没有说完，安京宁的手机突然挂了。奶奶的，活见鬼！我关了手机，走到客厅，四同一边和外商聊天，一边问我："谁来的电话，真能嗑。"

我自言自语："死丁克安京宁，这厮结婚几年了，今天良心发现，突然想造人了。"

四同头也没抬："哦？丁克族？就是我们结婚那阵给你发短信的那个？"

我点了点头："就是她，电话还没打完，怎么突然就挂了？"

四同嘿嘿笑了一声:“估计是去造人了。”

嘿嘿你个头！安京宁她老公不在家,她一个人造你个头啊！我用手点了点四同的头:“安京宁老公出差了,她一个人在家,心急吃不了热豆腐,想造人哪有那么容易的。”

·第二十九章·

四同他亲妈

四同说完,不再和我磨叽了。我等了一会儿,还是没有安京宁的电话,便去做其他事情了。

四同这次出差的时间比较长,要一周时间,次日一大早,我还在梦中,他就出门了。

四同回来前的那天下午,他亲妈终于忍不住了,一个人冲到仙林来了。四同他亲爸和后妈在家。四同他亲妈没有我们的房门钥匙,站在门口,把房门擂得"咚咚"响。

四同他亲爸在屋里一边喊,一边跑过来开门:"地震了啊?用那么大劲儿敲门,门坏了不要钱买吗?"

四同他亲妈继续擂门,门开了,露出她那张趾高气扬的脸:"门砸坏了,我买。我买得起这里的十个平方米,就买得起这个门。"

四同他亲爸看见四同他亲妈,满脸的惊诧:"你怎么又来了,不是告诉你四同出差了吗?"

四同他亲妈提着背包径直走了进来:"四同出差和我有什么关系,我是为我孙子来的。"

四同他后妈给四同他亲妈说得一愣一愣的,眼睛跟着她转。四同他亲妈在客厅转了一圈,目中无人地在沙发上坐了下来。

四同他亲爸眉毛竖得高高的:"嘿,你讲不讲理?四同出差不在家,你要开家庭会,还是得等四同出差回来了再说。"

四同他亲妈从冰箱里拿出一瓶果汁,给自己倒了一杯,自顾自地喝了起来:"如果我不愿意等呢?"

四同他亲爸的声音又开始拉风了:"愿意等得等,不愿意等也得等。"

四同他亲妈鼻子哼了一声:"我告诉你姓花的,现在不是孙子跟你姓还是跟我姓的问题,四同他老丈人姓花,慕容也姓花,如果孙子跟你姓了,这不是便宜了外姓人吗?你以后在街坊邻居面前怎么做人?在老祖宗面前怎么抬头?"

我在屋里午睡,给客厅的说话声吵醒了,一直在床上躺着装死。爷爷奶奶的事情我管不了,你们就慢慢磨叽吧。

四同他后妈发话了:"我说四同他亲妈,你那会儿离婚,擅作主张给儿子改了姓,四同的监护人又不是你。他爸忍了你一辈子,现在孙子要出生了,你的眼睛又瞄上孙子了,你是不是太过分了?"

四同他亲妈悠然自得地喝着果汁:"这就是报应,俗话说:不是不报,时候未到。这个老家伙如果当初把四同的监护权给我,也没有今天的事儿了。"

四同他亲爸气得七窍生烟:"你放屁,离婚那阵子不是你自己要放弃四同监护权的?我也没有逼你,你说将来要改嫁,带个拖油瓶不好找男人的!"

他奶奶的,陈芝麻烂谷子的事情又搬出来了,你们一个个还要不要脸啊?现在都是爷爷奶奶辈儿的人了,还谈离婚那阵的光荣往事?太古董了,老娘强烈建议你们去长江口站站,洗洗脑,回来重新做人。

我躺在床上,忍不住闷头发笑。四同他亲妈现在矛头剑指我亲爸和我,谁叫我家老祖宗和四同家的老祖宗一个姓,都姓"花"呢?

眼看客厅的战争要升级了,我已经闻到浓浓的火药味从门缝里钻进来了。我打开屋门,走了出来,四同不在家,如果他们打起来了,我还真没有办法拉架。

我走进客厅,看了看三个爷爷奶奶:"爸、妈,你们都在?"

四同他亲妈看也没看我一眼,四同他后妈倒是很客气,对我点了点头:"慕容,午睡起来了?"

自从给曼尼介绍对象后,四同他后妈对我越来越客气,有时都让我感觉不好意思。

四同他亲妈舒了口气,又开始发话了:"人到齐了,可以开会了。我今天来,也没有别的意思,就是想把孙子的姓名尽快定下来,免得孙子出生了,连个名字也没有。"

四同他亲爸终于火山爆发了:"四同不在家,这是其一;孙子跟老祖宗姓,这是其二;我的后代我做主,这是其三。你还有什么要说的,说完赶紧走人!"

四同他亲妈看见四同他亲爸这个态度,脸上一阵红一阵白:"你、你、你……"

四同他亲爸乜斜了一眼:"你什么你,我早就告诉你了,不要和我抢孙子的姓名权,这里没有你说话的地方。你该上哪儿就上哪儿去,我没时间和你废话。"

四同他亲妈指着四同他亲爸,叫了一声:"你不是人!"

说完,四同他亲妈两眼一抹黑,倒在了沙发上,不省人事。四同他亲爸也没有当一回事儿,独自走到阳台抽烟去了。

四同他后妈看看似乎不对劲儿,连忙招呼我:“慕容,快过来看看,你妈她晕过去了。”

我跪他奶奶的,四同他亲妈还真晕过去了。我吓得心脏直打颤,手足无措,不知道怎么是好。

四同他后妈也慌了,叫我赶紧打120急救电话。我不敢怠慢,拿起座机就打:“喂,120吗,仙林小区一个病人晕倒了,急待送院。”

对方是120接线员:“你好,请稍等,我马上给你联系用车,请留下你的联系号码。”

我报了一串数字,丢下电话,立即走到阳台:“爸,妈昏过去了,我喊了救护车,要不要叫四同回来?”

四同他亲爸有点不相信:“怎么可能?老太婆挺会装的,不要理她!”

四同他亲爸爱理不理,面向阳台。我回转身,拨通了四同的手机,手机通了,响了半天,没有人接听。

客厅里,四同他后妈忙得满头大汗,一会儿掐四同他亲妈的人中,一会儿拍打她的脸,想尽快叫醒她。

四同他亲爸在阳台听得真切,觉得事情不会是假的,赶紧奔回客厅:“老婆子还真的晕过去了?慕容,赶紧打120。”

我抓着四同他亲妈的另外一只手,说:“120我已经打了,在等对方派车电话。”

四同他亲爸“哦”了一声,继续说:“慕容,你给四同他后爸打个电话,叫他赶紧过来。”

我“嗯”了一声,拿起座机,给四同他后爸拨了过去:“嘟嘟嘟……”

电话嘟嘟了半天,没有人接。这时,门铃响了,接着传来急促的敲门声:“病人住这里吗?”

四同他亲爸立即去开门,两个身穿白大褂的医生抬着一副担架,得到准确答复后,走了进来。一个男医生拿出听诊器,听了听四同他亲妈的心跳,说了声:“快,抬上车。”

两个人,一前一后,不敢耽误时间,抬着担架就走。四同他亲爸叫四同他后妈带上钱包,转过来吩咐我:“慕容,我和你妈去医院了,家里你自己照顾好自己,等会儿给四同他后爸打个电话,叫他直接去省人民医院急诊室。四同那里就不要惊动他了,让他安心工作。”

我点了点头,看着他们的身影消失在楼道里。我关上门,一个人坐在客厅牙疼。这人上了年纪,就是这么固执,发起脾气来连命都不要了。

天气阴沉沉的,一点阳光也没有,阴郁得可怕。今天,一定又是一个没有月亮的夜晚了。

突然,手机铃声响了,四同打来的:“慕容,家里有事吗?你刚才打我电话的?”

我想起了四同他亲爸刚才的话,叫我不要打扰他:“嗯,家里没事儿,我就是想你了,打个电话听听你的声音。”

四同责备地说:“以后不要和我开玩笑了,吓死我了,我还以为家里出事儿了。没事儿你发发短信就行了,不要打电话,知道吗?”

我“嗯”了一声,四同接着说:“如果没事儿我就挂了,我在和外商谈生意,今天要签合同,下新单。明天我回来,照顾好自己。”

我继续点头,直到四同挂断电话。这时,沙发上的背包动了一下,紧接着包里的手机响了。

我拽了拽包,拖到自己面前,包是四同他亲妈的,来的时候带来的。我从包里拿出手机,点了点屏幕,一条信息蹦了出来:“老婆,晚上我有饭局,不回来吃了。”

落款:老公。我琢磨着这个老公,一定就是四同他后爸了。我像哥伦布发现新大陆一样,转脸就把这个号码拨了出去。

电话立即接通了,对方还没有听见我声音,就说开了:“喂,看见我发的信息了吗?晚上我在外面吃,不要等我。”

我礼貌地叫了声:“叔叔,我是慕容,四同他亲妈现在在医院。”

立刻传来四同他后爸惊叫的声音:“什么,在医院?什么病?我今天早上出门还见她好好的。”

我耐心解释:“她今天下午来仙林了,不知道怎么就突然晕倒了,救护车把她带到医院去了,四同他亲爸叫你立即去医院。”

四同他后爸急切的声音:“在哪个医院?危险不?我马上和单位领导请假,一个小时后就赶到。”

我实话实说:“在省人民医院。具体情况我也不清楚,你去了医院就知道了。叔叔,我挂了。”

四同他后爸连声“好的、好的”,就没声了。我挂断电话后,心里很不踏实,像猫抓心似的。四同他亲妈也够可怜的,和四同他亲爸离婚后,一直未育。现在,人突然倒下了,身边连个孩子也没有。

省人民医院急诊室,四同他亲妈躺在急救床上,眼睛一直闭着。急救医生拖来一个氧气瓶,给她快速接上氧气。

这时,主治医生拿着病历走了过来:“谁是病人家属?”

四同他亲爸立即叫道:“我。”

主治医生开始介绍病情:“这个病人是急性心脏病,要立即实施心脏搭桥手术,不然有生命危险。如果你们家属没有意见的话,请在手术单上签字。”

四同他亲爸犹豫了一下:“这个……”

四同他后妈拉了拉四同他亲爸:“老花,这个字不能随便签,万一她人在手术台上走了,他男人找来了,不和你拼命才怪。”

四同他亲爸转过脸对主治医生说:“医生,我们先商量下。”

主治医生点了点头:“病人的时间不多了,耽误一分钟,随时都有死亡的可能。”

四同他亲爸拉住四同他后妈的手:“这个慕容怎么回事儿,叫她打个电话给四同他后爸,他后爸怎么到现在还不来?你手机带了没有?我给慕容打个电话问问情况。”

四同他后妈掏了掏左右两边衣服的口袋,全部是空的:“忘记带了,丢家里了。”

这时,主治医生又过来了:“家属商量好没有?病人不能等了。”

四同他亲爸想了想,一把接过主治医生的笔,在手术意见书上签上了自己的大名。

五分钟后,四同他亲妈被推进手术室。四同他亲爸和四同他后妈一直守在手术室门口。四同他后妈有点焦虑,她在挂念曼尼,曼尼上周带团去九寨沟,今天要回来,她怕女儿回来没有饭吃。

四同他后妈不安地走来走去,最后在四同他亲爸面前停了下来:“我想先回去看看,今天曼尼要回来,这里你留下看着,两个人都吊死在这里,曼尼回来连饭也没得吃了。”

四同他亲爸想了想:“好吧,你先回去,冰箱里的菜是中午才做的,你拿出来热热,晚上和曼尼、慕容一起吃。我等四同他后爸来了就走。”

四同他后妈走后,四同他亲爸一个人待在手术室门口,一支接一支地抽着烟。他满肚子委屈,想不通四同他亲妈为什么要一直和他过不去。

我的孙子跟我花家老祖宗姓,这个事情很正常,也很在理。四同他亲妈已经改嫁了,如果我们复婚了,你说孙子跟你姓,如果我高兴的话,还会低个头成全你的心意。问题是,我们现在是两家人,让我的孙子跟前妻一个姓,那不让人笑掉老牙了?

手术室里,刀光血影。四同他亲妈躺在手术台上,不省人事。无影灯下,主刀医生熟练地做着心脏搭桥手术。

时间在一分一秒地过去，一个钟头后，四同他后爸急匆匆地赶了过来，走到手术室门口，一眼看见四同他亲爸坐在椅子上，冲过去，一把拧住他的衣领就是一拳："我老婆怎么了？是不是你们激怒她的？你这个混账东西，老子今天就废了你。"

四同他亲爸闭着眼睛，正在椅子上打瞌睡，给突如其来的一拳头打蒙了，反手就是一拳。这一拳打在四同他后爸的眼睛上，对方立即成了熊猫眼。

四同他亲爸一拳扔出去后，睁开眼睛看了看对方，发现是四同他后爸："你和老子有仇还是有怨？上来不分青红皂白就是一顿打，老子要是今天不在手术单上签字，等你现在赶来，她早就没命了。"

四同他后爸揉了揉眼睛，朝后退了两步，接着冲上去，又是一拳："他妈的，她上午在家还好好的，怎么到了你家，就犯病了？"

四同他亲爸这次有思想准备，一个闪身让了过去。四同他后爸一拳打在墙上，捏着手直甩："看你跑，老子再来。"

两个人在手术室门外的走廊里大打出手，引来一些病人家属观看。这时，从办公室急速走来几个女护士，她们走过去，直接把两个酣战的男人拉开。

一个护士长模样的人大声说："成什么样了？这里是医院，不是拳击场，都停手。"

两个男人被拉开后，面面相觑，一个看一个不顺眼。四同他亲爸一肚子气没有地方出，好心把前妻送到医院，却落得个里外不是人了。

四同他亲爸擦了擦嘴角的血，哼了一声："老子走人。"

四同他亲爸走后，走廊里顿时安静下来，四同他后爸迷糊着眼睛，找个凳子坐了下来。

护士全部散去了，病人家属也离开了，四同他后爸望着紧闭的手术室门，呆呆地坐着。

四同他后爸刚才出了一口恶气，心里舒服多了。他早就看四同他亲爸不顺眼了，就是一直找不到借口揍他。虽然自己也受了伤，不过心里痛快就行。

四同他后爸一个人孤零零地等在手术室门口，有点孤孤单单的味道。他在脑袋里搜肠刮肚着，想找几个亲戚来医院陪护，最后想到了四同。他亲妈住院开刀，亲儿子怎么能不在？

四同他后爸心里越想越不平衡，拿出手机直接拨通了四同的号码："喂……"

四同的右眼皮一直在跳，跳了一个下午，他的心里很烦躁，似乎预感到要发生什么事情。手机一响，他看也没看就接了起来："你好，请问哪位？"

四同他后爸没好气地说："什么哪位？我是你爸，你妈住院了，赶紧回来。"

四同反问一句:“哪个妈住院了?”

四同他后爸不耐烦地说:“你有几个妈啊?你亲妈开刀了,晚上要陪夜,我一个人忙不过来。”

四同“哦”了一声:“好的,我今天下午刚和外商签了合同,晚上约好了请外商吃饭,吃完饭我就赶回来。”

四同他后爸听到这里,也不好说什么了。现在,他才觉得自己和前妻离婚后,放弃女儿的监护权是个错误。再婚后,他和后妻无儿无女,四同他亲妈一直想再生一个,他却喜欢二人世界,执意没有再生。

现在,后悔也来不及了,养儿防老,其实就是养儿防病防灾,家里多个照应的人,累了有个帮手。

·第三十章·

百善孝为先

当天晚上八点钟，四同他亲妈终于被推下了手术台，进入重症监护病房。主刀医生在重症病房观察了大约半个小时，才放心地离开。

四同他后爸一直站在重症监护病房的门口，透过玻璃窗口看着自己的老婆。四同他亲妈身上插满了管子，一直处于麻醉昏迷状态，还没有醒过来。

走廊上黑漆漆的，四同他后爸每过十分钟，都要站在重症监护病房窗口朝里望几眼。他实在不放心，四同他亲妈的身体一直很好，怎么说不行就不行了呢。

时间，从来也没有感觉这么漫长过。四同他后爸想打电话叫女儿过来，想了想又觉得不太合适，当初和前妻离婚的时候，女儿把他恨得半死。

四同这小子，每天似乎都有忙不完的工作，这会儿一定在陪外商吃饭了。四同就是连夜赶回来，也要到天亮了。

四同他后爸很烦躁，加上眼睛越来越肿，生疼得厉害。守到夜里一点，他终于守不住了，在病房里沉沉地睡去。

一觉醒来，天已经大亮了，四同背着肩包，站在他的面前："爸，我妈人呢？她怎么了？"

四同他后爸抬起头，眨了眨熊猫眼："四同，你终于回来了。你妈在重症监护病房，还没有脱离危险期。"

四同看着他后爸："你眼睛怎么了，和谁打架了？你带我去重症监护病房看看我妈。"

四同他后爸摇了摇头："不提了，走，我带你去看看。"

四同他后爸刚下床，病房门外突然一阵骚动，两个护士推着活动病床，一个护士提着吊瓶，推开了门。

一个护士看看两个男人，一边推车一边说："快，你们两个人把病人移下来，抱到病床上去。”

四同他后爸和四同二话不说，两个人一人站一边，把病人移到病床上。两个护士推着活动病床，立即离开了病房。

病房里，手拿吊瓶的护士将吊瓶复位，开始给病人量血压。量完血压后，对四同他后爸和四同说：“今天上午病人一定要醒过来，你们多和病人说说话，让她尽快醒过来。”

护士说完，拿着血压仪离开了病房。四同看着病床上的母亲，不觉一阵心酸：“妈，你怎么了，我这才走几天，怎么就这样了？”

四同他后爸走过去，给四同他亲妈掖好被子，然后握着她的一只手，不断抚摸着。

四同他亲妈一直昏睡着，除了正常呼吸之外，看不出其他生命迹象。四同为了让母亲早点醒过来，一直站在她的身边，不断地喊着：“妈，妈，你醒醒啊，儿子回来看你了。”

一个钟头后，护士过来换吊瓶，看见病人还在呼呼大睡，不由得叫了起来：“病人怎么还没有醒，你们喊她了吗？”

四同接过护士的话：“我喊了一个钟头了，我妈还不醒。”

护士一边换吊瓶，一边说：“喊不醒是吗？来来来，我和她说说话，喂，大妈，吃饭时间到了，再不醒就没饭吃了。”

护士说完，拍了拍四同他亲妈的脸，四同他亲妈眼睛睁了一下，看了看前方：“嗯、嗯……”

护士看见病人醒来了，拿着空吊瓶走了出去。四同和他后爸连呼神奇，心里悬着的石头终于落地了。

上午十点，四同他亲妈终于醒了过来，她睁开眼睛到处看，四同他后爸看见老婆醒了，立即走过去，贴着她的耳朵说：“老婆，你醒了？”

四同他亲妈虚弱地点了点头，一眼看见了四同。四同赶紧把头靠过去，拉着母亲的手：“妈，你现在没事儿了，好好休息，不要说话。”

四同他亲妈“嗯”了一声，眼角的泪水不由自主地流了下来。四同拿了一块干毛巾，给母亲轻轻擦去眼泪。

从母亲的眼睛里，四同读懂了母子连心。他知道母亲需要他，渴望他的亲近。他把嘴唇靠近母亲的耳边：“妈，护士说你现在还不能喝水，你的嘴巴翘皮了，我用棉签沾点热水，给你擦擦嘴。”

四同他亲妈点头后，四同用水杯倒了一些开水，拿了两根棉签，在热水里沾了沾，然后放到母亲的嘴唇上，来回湿润着。

四同他亲妈一直看着四同，心里想说话，可是什么也说不出来。她的身体太虚弱了，麻药渐渐过了，她感觉胸口隐隐作痛。用手轻轻一摸，胸口缠满了纱布。

四同他亲妈对自己是如何躺在病床上的，有点摸不着头脑，她的记忆只停留在昨天下午，她在仙林儿子家准备开家庭会，发生了争执，后来的事情记忆里全部是空白了。

中午十二点，我从仙林坐地铁，到了新街口站后，转了 3 路公交车，到了省人民医院。

一路上，让座的不少。我大肚子，去医院看四同他亲妈买东西也不方便，便空着双手到了医院。

在医院门口，我给四同他后爸打了一个电话："叔，我在医院门口，妈的病床在几病区几号？"

四同他后爸回答："你妈在 11 病区 24 病床。"

我坐着电梯到达 11 病区后，推开 24 病床的房门，一眼就看见了四同。四同回南京后，没有回家，直接来医院了，我都不知道四同是怎么知道他亲妈住院的消息的。

我看了四同一眼，和他后爸打了招呼后，直接去了四同他亲妈身边。我从包里拿出一千块钱，轻轻放到四同他亲妈的手里："妈，你好好休息，尽快恢复身体。"

四同他亲妈没有看我，把手松开了，钱丢了一地儿。四同走过来，把地上的钱拾了起来，塞在他后爸手里，然后，把我拉了出去。

四同一直把我拉到病区的长廊尽头："慕容，我妈住院开刀，这么大的事情你竟然不告诉我？"

我有口难辩："你亲爸不让我告诉你。"

四同继续问话："我亲爸不让你说，你就不说了？你知道他们离过婚，感情不好，这个时候你更应该告诉我实话。"

我哑口无言。

他奶奶的四同，你家的成员真叫复杂，四个爷爷奶奶，似乎都是对的，公有公的理，婆有婆的理，你他妈的叫我听谁的？

我把脸对着窗外，看外面的飞鸟。自从我花慕容嫁到你四同家，我就一直没有安生过，从结婚那天就开始闹，一直闹到现在。在这个家，对的人始终是你们，而错的人，永远是我。

·第三十一章·
爱就爱了

我的心里很不爽，转身就想离开医院。四同一把拉住我："好了，我不说了，其实我没有怪你的意思，这个家实在太复杂了，人家添丁喜气洋洋的，我家添丁闹得天翻地覆，还差点闹出人命来了。"

看到四同把话说到这个份儿上，我也不好说什么了。我回到病房，待了大约半个钟头，然后独自回去了。

四同他亲妈对我成见不小，医院的气氛对我来说，也不是很舒服。我看了看四同他亲妈，和四同他后爸打了个招呼后，就回去了。

四同把我送到医院门外，叫了一辆出租车，看着我离开后，又回病房去了。坐在出租车上，我的心情也不是很好。四同他亲妈出了这样的事情，四同要陪夜，肯定会影响服装厂的生意。

出租车开到半路的时候，张曼尼给我来了一个电话："嫂子，问你个事儿。"

我点了点头："嗯，你说。"

张曼尼小心翼翼地说："刘立恒说了，这个周末要带我去见他的父母，我能去吗？"

我连连点头："可以去啊，为什么不去？可以听听他父母的意见啊。"

张曼尼吞吞吐吐的："我意思是说，这样是不是太快了点？我们才认识还不到一个月。"

我"嘿嘿"笑了起来："丑媳妇迟早要见公婆的，你怕什么？刘立恒让你去见他的父母，说明他的心里承认你这个女朋友。"

奶奶的张曼尼，你比我靠谱，牙疼！那阵子，我在医院已经打胎了，刘立恒的父母都没有出现，流产的钱还是我后妈出的。

当时我是编了一个谎，说同学过生日，我后妈怕我在同学面前丢面子，一下子给了我500块，正好够打胎的钱。

刘立恒你个臭小子，总算长大了，知道要好好对待自己的未来媳妇儿了。好吧，我恭喜你们，真正进入了恋爱的黄金季节。

张曼尼听我这么说，似乎有点放心了："嫂子，那我答应他了。我不知道为什么，现在每天脑子里全部是刘立恒的影子，我是不是爱上他了？"

曼尼，大姐我问你，你不会是第一次谈恋爱吧，装嫩也要找处女说，和我过来人说这样的话，也不怕脸红。

我哈哈大笑："爱就爱了，爱没有错，爱是婚姻的基础，就怕你没有感觉，那才叫不来电呢。"

曼尼挂断手机后，我闭着眼睛养神，最近感觉身体特别累，身心疲惫。本来四同的外遇对我的打击就很大，怀孕的心情大受影响，现在又跳出几个爷爷奶奶轮流折腾，真他奶奶的阴天不见太阳：晦气。

现在，我不想回家，回家看见他们就闹心。四同他亲爸昨天晚上从医院回来后，脸一直拉着，夜里睡觉也唧唧歪歪的，三分钟哼一次，弄得我一夜迷迷糊糊的。

他爷爷的四同他亲爸，你前妻开刀你心疼了，那你就不要回来，直接在医院守着她，不就结了。你在家里哼唧个鸟，她在医院又听不见，搞得我们一家人都睡不好。

我闭着眼睛，一会儿就睡着了。出租车到达仙林的时候，我还在打呼噜。驾驶员连叫了三声，我才醒过来。

下了车，我暂时没有回家，在小区外面溜达。今天中午吃的饭真难下咽，不知道是四同他亲爸昨天夜里没有睡好，还是其他什么原因，那饭竟然是半生不熟的，牙疼。

我在小区外面转来转去，就是不想回家。这周过得贼慢，到今天才周五，我后妈要到下周一才过来，这个夹生饭要吃到猴年马月啊。

现在是正月，气候干冷，怀孕的女人内热重，也不知道冷。儿子是我的暖水袋，只要他在，我就不觉得寒冷了。

我在外面大约溜达了两个钟头，把小区门口的商店全部转了个底朝天。太阳渐渐地朝西边去了，我该回家了，奶奶的，牙疼。

回到家，四同他亲爸正从我的屋子走出来，一眼看见我，神色有点不自然："慕容回来了？"

我点了点头，径直朝自己的屋子走去。屋子里没有什么变化，也看不出有什么翻过的痕迹。

我无所事事，穿上防辐射外衣，打开电脑开始上网。很多天没有上网了，连 QQ 密码都忘记了，连续输了几组数字，总算登录成功了。

上网后，也不知道做什么好，鼠标乱点，不小心就点到了张筠土大师的头像上："大师，在吗？"

张大师憨厚地点了点头："在。"

看见张大师，我的心情莫名其妙地好了点："我想给儿子起名。"

张大师很专业地问："性别确定了？孩子出生了没有？"

我犹豫了一下："现在不知道是男孩还是女孩，预产期在7月。"

张大师发了个尴尬的表情："起名要考虑孩子性别，另外还要考虑八字、五行和用神，水木火金土补足要平衡。以上资料一个都不能缺，资料全了，才能配置三才和五格。"

起个名字还蛮复杂，程序很多，少一个都不行。我突然有点心急，担心四同他亲妈身体康复后，继续纠缠孙子的姓名。

我很想现在就把儿子的姓名定下来，现在看来不可能了。离预产期还有3个多月，我真担心拿不下儿子的姓名权。

四同的承诺我不能相信，现在他亲妈那样了，如果他心一软，被他亲妈说通了，孙子跟他四同姓事小，问题是起个大凶的名字，不是耽误儿子一辈子吗？

想到这里，我继续和张大师磨叽："大师，我想请你帮个忙。"

张大师回复："请说。"

我把心里的想法告诉了张大师："情况是这样的，我的家庭关系比较复杂，现在，夫家爷爷奶奶在争夺孙子的姓名权，我担心名字起不好，影响孩子的一生。我想请你在我生产后，提供上门服务，当面给我儿子起名。"

张大师继续回复："一般情况下，我们希望客户家庭内部先取得一致意见。因为家庭内部意见分歧大，最后为了孩子的姓名，闹得不可开交的客户，还是很多的。你在预产期前，最好和家里的所有成员沟通一下，实在难以沟通，我再上门服务，做一下大家的思想工作。我希望你们意见一致后，等孩子出生报喜了，我配置好姓名后，直接将起名计划书发你邮箱。"

·第三十二章·
妥　协

三天后,四同他亲妈已经能下床自由活动了。她抱着一个方枕,捂在胸口,想咳嗽的时候,就把方枕往里压着,以免震动心脏伤口。

三天来,四同寸步不离,和他后爸一直守在病房。危险期过后,四同他亲妈已经能吃点流质食品了,不知道是心理因素,还是医生的医术高明,她的身体恢复得不错。

四同他亲妈抱着方枕来回走动着,走了半个钟头,有点累了。四同他后爸把枕头和被子铺好,和四同一起扶着她上了床。

等到四同他后爸出去抽烟后,四同他亲妈把四同叫到身边:“四同,妈这次吃的苦太大了,差点就没命了。你亲爸太没有人性了,孙子一定要跟我姓,不然这口气我咽不下去。”

四同安慰母亲:“妈,等你身体好了再说,现在的头等大事是你把身体养好。”

四同他亲妈牛脾气又上来了:“不行,只要我还活着,孙子的姓就得我说了算。四同,如果你心里还有我这个妈的话,你马上就给我回去,把家里的户口簿拿来。”

四同莫名其妙,又不敢激怒母亲,怕她的心脏承受不起:“妈,要户口簿做什么?”

四同他亲妈示意四同把床摇高:“你是真傻还是假傻?户口簿先拿到手,到时候再把出生证拿到手,就可以给孙子报户口了。我就不信,户口簿在我手里,他们谁还敢翻天。”

四同终于听明白了:“妈,等你养好病再说,户口簿在家里放着,什么时候你要,我拿给你就是了。”

四同他亲妈不依不饶:“不行,你现在就开车给我回去拿来,如果你想要看我早点死的话,你就不要去了。”

四同左右为难,看见亲妈下了最后通牒,还是坐不住了:“好,我回去拿,我去叫爸过来陪你,他在走廊抽烟。”

四同他亲妈满意地笑了笑,觉得还是儿子好:“你车开慢点,户口簿拿到手就赶紧过来,我等你。”

四同走后,四同他后爸进来了:“四同去哪儿了?”

四同他亲妈笑眯眯地说:“我叫他回去拿户口簿了。”

四同他后爸叹了口气:“你怎么还惦记着孙子的事儿,你吃的亏还不够大吗?我和你说了多少遍了,儿孙自有儿孙福,你操的哪门子心哪?”

四同他亲妈眼神里充满了期待:“我就是要让那两个老东西不称心。”

四同他后爸反问:“哪两个老东西?”

四同他亲妈奸笑:“那还有谁啊?一个是老不死的东西,四同他亲爸。一个是慕容他亲爸,这个老东西年三十还叫我去道歉,道他奶奶个头的歉。我心里这个气憋的,连个大年也过得不舒心。”

四同他后爸恍然大悟:“我说老婆,你怎么又多个仇人了?你今天恨这个,明天恨那个,你累不累啊?”

四同他亲妈不敢笑,笑了伤口会疼:“不累!这个老东西和老不死的一个姓,媳妇又和老不死的一个姓,以后孙子跟老不死的一个姓,不就是跟了外人姓,成了野种了,不行。”

四同开车回到家后,一脸疲惫。他喘了口气,也没有休息。我和后妈正在午睡,给一阵翻动声搅醒了。

我抬头看了看,是四同。四同趴在床头,正在地垫下翻来翻去,翻了半天,空着手站了起来:“慕容,家里的户口簿呢?”

我坐起来,用手指了指地垫:“在地垫下放着呢。”

四同看着我,一脸疑惑:“没有啊,我摸了半天,地垫下什么东西也没有。”

我说:“不会吧,户籍警早先还来查户口的,就放地垫下面了。”

四同继续说:“你来看看。”

我不相信,从床上爬了下来,我翻了翻地垫,下面真的是空的,什么东西也没有:“一直放这里的,怎么就没了?”

四同很急躁:“你看你,家里的东西怎么放的,要用了就找不到了?”

四同我操你祖宗八万代,老娘我是你四同家的保姆,还是银行的保险箱?家里人那么多,走了又来,来了又走,老娘就是一天二十四小时不睡觉,也看不住那些杂七杂八的眼睛。

何况,我们的屋子又没有上锁,家里七大姑八大姨的,谁都能进出我们的房间。幸亏是户口簿，要是地垫下放的是钱，你还怀疑是老娘偷的了。

四同像着了魔一样，继续在地垫下面翻，一边翻，一边冲我吼："一个大活人，在家连个户口簿都看不好，就知道吃睡、睡吃，猪啊，你……"

我的火气也上来了："你才是猪，屋子也没有上锁，叫我看个屁！"

这时，我后妈也给吵醒了，她从外屋急忙跑了过来："四同，你们怎么了，怎么吵架了？"

我后妈护着我的肚子，把我拉到身后。四同没好气地说："你今天不管怎么说，得把户口簿给我找出来。"

找你个鸟啊，户口簿是我收的，你四同也看见的，我怎么知道放地垫下给人拿走了？这家里值钱的东西多了去了，什么不好拿，偏偏要拿户口簿？

我后妈看着四同："四同，你好好的找户口簿做什么？"

四同随口说："我妈要。"

你妈要？你他奶奶的四同，你妈是你老祖宗啊？她要天上的星星你也上天去摘给她吗？你四同是个大孝子我不管，但是，把家里的户口簿拿给你妈，老娘还真的不能不管了。

我盯着四同的眼睛，大声说："你妈住在医院里，要户口簿干什么？"

四同不耐烦地说："有用。"

有你个屁用，老娘看你是孔子的书读多了，满嘴仁义道德："你说清楚，你妈要户口簿做什么用？"

四同走到客厅，一筹莫展："给孙子起名用。"

好啊，你个破四同，你已经答应我了，找起名大师给孩子起名，还和我拉勾上吊，一百年不变。现在才过去几天，你小子就食言了？

我望着四同，像看天气预报："你说话不算数，和天气一样，说变就变！"

四同抓狂地说："我不能见死不救，那是我亲妈。"

他奶奶的四同，那是你亲妈，你顺从她是应该的。但是，做人讲究原则，我是你老婆，你承诺的事情，难道可以轻易反悔？

我的心拔凉拔凉的，欲哭无泪。四同在客厅沉默了大约两分钟，突然冲我说："户口簿是不是你给藏起来了？你今天得给我找出来！"

我看着四同，觉得他陌生得可怕。我现在真后悔自己当初没有坚持将孩子引产下来，弄得眼前很被动，想离婚都找不到打官司的地方。

我后妈看见四同越来越大声，看不下去了："四同，你声音低点，别吓着肚子里的孩子。户口簿没了，可以慢慢找，也不着急眼下这一时半刻的。"

我一直站着，心里很纠结。这个鸟婚结得真他妈的窝囊，才半年时间，就发生了这么多鸟事儿，再过个半年，还不知道要不要闹到火星上去呢？

今天，看来四同是见不到户口簿不罢休了。我开始回忆，想来想去，觉得四同他亲爸嫌疑最大。

那天下午，我从省人民医院回来后，看见四同他亲爸从我房间走出来，神态很不自然。我当时还进屋看了看，也没有发现什么不对劲儿的地方，是不是四同他亲爸趁我不在家，从地垫下抽走了户口簿？

想到这里，我对四同说："你打个电话给你亲爸，问问他。"

四同疑惑地看着我，抱着试试看的态度，拨通了他亲爸家的电话："喂，是曼尼啊？我爸在家吗？叫他过来接个电话。"

张曼尼纤细的声音："哥，找我爸啊，你等等，我去叫他。"

四同"嗯"了一声，耐心地等。几秒钟后，四同他亲爸来了："什么事儿？"

四同带着商量的口气说："爸，你住我们家的时候，看见户口簿没有？"

四同他亲爸大大咧咧地说："怎么了？户口簿在我这儿！"

四同继续说："爸，我现在开车过来拿，我要用一下。"

四同他亲爸突然吼道："你要户口簿干什么？"

四同看瞒不下去了，实话实说："爸，我妈现在在医院里，身体才刚刚恢复，她想看下户口簿，我给她看看就拿回来。"

四同他亲爸疑虑重重："你妈住院看什么户口簿？她身体不好，惦记你家户口簿干吗？老子今天告诉你，要户口簿没有，要命有一条！"

四同尴尬地对着听筒，不知道说什么好。摊上这样的妈，又摊上这样的爸，他真的左右为难了。

一头是自己的亲爸，一头是自己的亲妈，两头都不让步。四同拿着听筒，耐心地和亲爸商量："爸，说到底我也是你们的儿子，我不希望你们之中的任何一个人受伤。现在妈的身体还在康复期，刀口的线还没有拆，你就念在多年的夫妻情分上，做一个让步。孙子的姓再大，也没有我妈的命大。"

四同说完，忍不住失声痛哭起来。四同他亲爸在电话里足足沉默了一分钟，终于说道："你开车过来吧。"

当天晚上，四同顺利地从他亲爸手里拿到了户口簿。在四同看来，这不是简单的一个本子，而是母亲的救命书。

在四同的世界观里，没有任何东西比人的生命更重要。人的生命是一次性的，等同于一次性餐具，用过作废。

现在，四同他亲妈为了孙子的姓，已经进了一次鬼门关，他不能眼看着她再次陷入死亡的境地。

四同他亲爸的最后让步，让四同很感动。家庭，是社会的细胞，只有细胞正常了，社会才会健康。

四同拿到户口簿后，直接去了医院。四同他亲妈望眼欲穿，终于看见了四同：“拿到户口簿了吗？”

四同点了点头，从包里取出户口簿：“妈，拿到了。”

四同他亲妈露出满意的微笑：“快，拿过来我看看。”

四同把户口簿展开，放在母亲的面前：“妈，看见了吧。”

四同他亲妈连连点头：“看见了，看见了，放我枕头下，这样我每天睡觉心里就踏实了。”

四同按照母亲的要求，把户口簿放在她的枕头下。四同他亲妈看见户口簿后，心里的疙瘩消失了，身体恢复得越来越快，四天后，拆了线。

拆线后，四同恢复了工作，每天又和从前一样，忙得不见人影。上半年，是世界经济危机的多事之秋，也或多或少地影响到四同的服装厂。

由于资金周转时间长，回笼慢，四同的服装厂下完一批订单后，接着又要去签筹下一个订单，再筹备下一个订单的款项。

这样来来回回的，四同越来越忙碌，体力和精神付出也越来越大。我后妈心疼四同，每次看见他回家，都要给他做很多好吃的，就怕工作把他累倒。

·第三十三章·

丑媳妇见公婆

周末很快就到了，张曼尼带团回来后，正好休息。刘立恒上午八点钟，就把车开到了张曼尼家的楼下，然后拨通了她的手机。

张曼尼正在化淡妆，今天第一次去见未来的公婆，不修饰一下太不礼貌。听见手机铃音响，她看了下号码，是刘立恒的。

刘立恒声音极具磁性："曼尼，起来了吗？我在你家楼下。"

张曼尼和刘立恒约好上午八点半来接她的："不是说好八点半吗，你怎么现在就过来了，我在化妆。"

刘立恒笑了笑："我等不及了，你简单化一下就行，不要太复杂了。"

张曼尼"嗯"了一声："你等我十分钟，马上就好，我先挂了。"

张曼尼说完，把手机合上，放在电脑桌上。这时，四同他后妈走了过来，看了看女儿："今天去刘立恒家？"

张曼尼一边在脸上打粉底，一边回答："是的，妈。我有点紧张，要是刘立恒他爸妈不喜欢我怎么办？"

四同他后妈拍了拍张曼尼的肩膀："现在都什么年代了，又不是梁山伯和祝英台的那个社会。只要刘立恒喜欢你，他爸妈基本上不会有什么问题。"

张曼尼点了点头："妈，帮我去柜子里拿一套衣服，就是刘立恒那天给我买的那套，他人在楼下，我一会儿就得走了。"

四同他后妈一听刘立恒在楼下，立即叫唤四同他亲爸："孩儿他爸，曼尼的男朋友在楼下，你打开窗户看看。"

四同他亲爸"哎"了一声，立即走到阳台那儿，打开窗户，朝下面望去。下面停了三辆小车，四同他亲爸也不知道哪辆车是未来女婿的，看了半天也看不出所以然："楼下好几辆车，人在车里，看个毛啊。"

四同他后妈从衣柜里拿出衣服，放在床上，然后跑到阳台上："我看看，哎，是没人，人在车里没出来。”

两个人站在阳台边望了半天，也没有看见刘立恒的影子。曼尼化完妆，开始换衣服，然后拿起自己的小包，走到客厅门口：“爸、妈，我走了。”

两个人看见曼尼下楼了，重新走到阳台边，踮着脚朝楼下看。过了一分钟，刘立恒从车里出来了，他为曼尼打开车门，返身上车，一脚踏上油门，小车飞了出去。

阳台上，四同他后妈惊讶得张开嘴：“这年轻人真帅，看上去一表人才，孩儿他爸，你看呢？”

四同他亲爸点了点头：“嗯，不错，长得蛮有样子。”

四同他后妈继续看着阳台外：“孩儿他爸，要是曼尼和他成了，还真是曼尼的福分。刘立恒的父亲是开公司的，母亲是事业单位会计，他自己也是人力资源部的部长。”

四同他亲爸“嗯”了一声：“家庭情况不错，还是让他们自己慢慢相处吧。”

两个人边说，边回到了屋子里。再说刘立恒和张曼尼出了小区后，直奔刘立恒的家。

张曼尼是第一次去刘立恒家，路上，心情很紧张。她不知道自己是否受欢迎，是否被喜欢，小车经过一家超市的时候，张曼尼叫停车：“我进去买点东西，等我一下。”

刘立恒随手抽出几张百元大钞，递给张曼尼：“拿着，自己看着买。”

张曼尼反手把钱推给刘立恒：“我见你父母，怎么能叫你花钱，我自己有。”

刘立恒硬把钱塞给张曼尼，张曼尼拒绝不了，拿着钱去了超市。五分钟后，张曼尼提着大包小包走了出来，两个人继续上路。

刘立恒今天穿了一套西装，打了一个领结，看起来很成熟，也很阳光。张曼尼坐在副驾驶座上，有点向往，也有点好奇，更是担心：“立恒，你妈凶吗？会不会和我哥他亲妈一样，胡搅蛮缠的？”

刘立恒看着前方：“我妈不凶，很温柔，一会儿你看见就知道了。我们是正常家庭，爸爸妈妈感情很好。”

张曼尼继续说：“嗯，我也是正常家庭，我只有一个爸爸和一个妈妈，将来就是结婚了，也不会和我哥一样，弄出八个爸爸妈妈来。”

刘立恒哈哈大笑：“你哥那样的家庭比较罕见，但是，也不能说没有。上一辈人的恩恩怨怨，转嫁到下一代身上，那就是‘杯具’了。”

张曼尼点了点头：“我也这样认为，你看我哥，现在给他亲妈磨得都不像大男人了，一点阳刚的气质也没有。”

刘立恒拐了一个弯，小车停在一个新建的小区里：“那是你哥没有原则。”

小车停稳后，刘立恒从车上走了下来，为张曼尼打开车门，提着东西，走在前面，两个人一起朝32栋楼走去。

张曼尼穿着高跟鞋，走路有点打漂。鞋子是刘立恒那天给她买的，跟有点高，加上新鞋子不合脚，走路都不走直线了。

到了楼梯门口，刘立恒掏出一张门卡，在感应区插了一下，门自动打开了。接着，一路拐过去，两个人停在电梯门口。

越是接近刘立恒的家，张曼尼的心里就越紧张，以前她也去过其他男朋友家，也没有这样心跳和紧张过，这次怎么了，邪门儿？难道爱情是和心跳联系在一起的？

电梯门打开了，两个人一起走了进去，刘立恒空出一只手，拉着张曼尼："你手心出汗了，是不是紧张了？放松点，我家没有老虎。"

张曼尼点了点头："嗯，有一点怕。"

电梯很快到了五楼，刘立恒拉着张曼尼的手朝508室走去。到了自家门口，刘立恒腾不出手掏钥匙，直接叫门："妈，我回来了。"

刘母听见叫门声，立即走过来，打开了门。张曼尼进去后，礼貌地叫了声："叔叔、阿姨好。"

刘母望着张曼尼，感觉蛮顺眼的："曼尼，进来，快进来坐，外面风大，冻着没有？也不过年，还买什么东西？真是，这孩子！"

张曼尼看着刘父和刘母，人很和气，心里定了定："阿姨，坐立恒的车过来的，一点没有冻到。路上方便，买了一点东西，也不知道你们喜欢吃什么。"

刘父跟过来，在茶几上拿了一串提子，递给了张曼尼："刚洗过的，拿着吃。才过完年，家里全部是吃的东西，以后再来就不要破费了。"

刘立恒把东西放下后，去卫生间放了一盆热水，拧了一把热毛巾，递给张曼尼："把脸和手擦擦干净再吃。"

张曼尼接过热毛巾，擦了擦脸，又擦了擦手，然后接过刘父递过来的提子，吃了起来。

张曼尼一边吃，一边打量着居室。这是一套四室两厅两卫一厨的居室，面积有170多平方米，家里装潢非常气派，地面全部是实木地板，一个客厅和一个卫生间全透明，立体感很强。

刘母给张曼尼倒了一杯糖开水，象征着甜甜蜜蜜。张曼尼接过水杯，喝了一口，一股甜丝丝的感觉立即遍布了全身。

刘母坐在张曼尼的对面："曼尼，我家立恒年轻的时候玩心重，不懂事儿，我和他爸整天忙工作，也顾不到他，是他奶奶把他带大的。现在奶奶走了，他年龄也老大不小了，就是想早点成个家，两口子好好过日子，以后等你们结婚了,我就申请退休,早点下来给你们带孩子。”

张曼尼一边听,一边脸就红了。她没有想到,刘母第一次见面,就把婚姻话题直接摞到桌面上了。

刘立恒看了看妈,有点不好意思:“妈,现在就说这个,太早了。”

刘父在一旁插嘴:“早什么早,男大当婚女大当嫁,你们两人岁数都不小了,我看明年就把婚事办了。再过几年,我和你妈都老了,谁有精力给你们带孩子啊?”

张曼尼低着头,不说话,只是笑。刘父刚才说了一通话,似乎有道理,也不做声了。刘母抓了一把巧克力,递到张曼尼手里:“曼尼,吃巧克力,立恒现在不大喜欢吃零食,我天天吃得发腻了,以后你来了,就可以帮我吃了。”

张曼尼接过巧克力:“阿姨,谢谢你。”

四个人,在客厅闲聊了一个钟头,刘母起身去厨房做午饭了,刘父打开电视开始看京剧。

刘立恒拽了拽张曼尼的衣袖,张曼尼立即会意,跟着他来到了南面的一个屋子。进屋后,刘立恒带上了门,看房间摆设,应该是刘立恒的卧室。

卧室很干净,不像一般男孩子的卧室那样凌乱,床上的被子叠得整整齐齐的,外面看不见一件脏衣服。

张曼尼心怀好奇,看着刘立恒每天生活的小世界。这个世界对她来说,是神秘的,也是令人向往的。

正在张曼尼东张西望的时候,刘立恒趁其不备,从背后一把抱起她:“曼尼,我爸和我妈似乎很喜欢你,你感觉到了吗?”

张曼尼扭过脸,对着镜子里的刘立恒说:“嗯,我感觉到了。”

刘立恒一把将张曼尼的身体扭转过来,两个人面对着面,脸对着脸,彼此感觉着彼此的呼吸。

从初次见面到现在,刘立恒和张曼尼还没有这样近距离接触过,他们最频繁的举动就是拉手,隔着羽绒服我打你一下,你打我一下。像今天这样,只穿着单衣彼此面对,还是第一次。

两个人,四目相对,彼此感受着对方的心跳。刘立恒低下头,轻轻托起张曼尼的下巴,慢慢把自己的嘴唇对准张曼尼的嘴唇,深深地吻了下去。

张曼尼踮着脚,仰着头,闭起眼睛,回应着刘立恒的亲吻。这一吻很深,也很长,一直吻到张曼尼的脖子发酸。

刘立恒一边忘情地吻着张曼尼,一边身体朝床边移,到了床边后,他猛地抱起张曼尼,轻轻地放到了床上。

两个人抱在一起,在床上翻滚着,突然,刘立恒一个翻身,把张曼尼压在身下。他看着曼尼，一字一句地说："曼尼，嫁给我。"

张曼尼闭着眼睛，不说话。刘立恒用舌头慢慢舔开她的眼睛，望着她，等她回答。

张曼尼的眼睛睁开后，故意说："那得问我妈。"

刘立恒坏坏地笑："我要你嫁给我，你要我问你妈，你丫的真鬼。过几天，我就叫我爸我妈上门提亲去。"

上门提亲？嘿嘿，这还差不多，不上门提亲谁嫁给你啊？女孩子再贱，也不能贱到连面子也不要。

张曼尼得意地在心里笑，嘴上就是不说。刘立恒看她不说话，更用力地吻她，直到把张曼尼吻得憋过气去。

·第三十四章·
补办户口

不知不觉几天过去了,很快到了下个周一。四同他亲妈因为拆线缝合的情况比较好,伤口恢复得也比较乐观,今天终于出院了。

上午八点半,医院上班后,四同他后爸去一楼办理了出院手续,九点正,四同驾车赶到医院,准备接亲妈回家。

四同到医院后,他亲妈正在掀枕头拿户口簿,一眼看见四同,好心情地说:"四同,你来了?"

四同走近母亲:"妈,我来接你出院的。"

四同他亲妈把户口簿抱在胸前:"四同,等我孙子出世后,你把出生证第一时间交到我的手上,我先给孙子报户口。"

四同顺从地"嗯"了一声:"妈,我知道了,回去后,你先把身体养好。"

四同他亲妈把户口簿小心翼翼地放进外套的内层口袋里,放好后,拿手拍了拍口袋,户口簿还在,这才放心地坐了下来。

十分钟后,四同他后爸办完出院手续,拿了一大堆药回到病房:"好了,可以出院了,下周我带你来复查一次,没有问题的话,再过三个月来复查一下就可以了。"

四同他亲妈"嗯"了一声,站了起来。四同提着脸盆和生活用品,搀着母亲走在前面,他后爸拿着药品和一些没有吃完的水果,走在后面。

三个人上了电梯直接下到一楼,朝四同的长安杰勋走去。半个钟头后,三个人到了家,四同赶紧把床铺拍拍干净,把被子拉好,让母亲躺下。

临走的时候,四同一再关照母亲:"妈,你好好养病,医生说你不能激动,不能发怒,也不能高声嚷嚷。我下午还要去服装厂,催一下外贸订单的速度,发货时间已经定了,延期要付外商违约金。我忙完这阵子就来看你,好吗?"

四同他亲妈拿到了户口簿,心情比什么都好,看什么都顺眼:"四同你去吧,妈这里有你爸照顾,你要是忙的话,就不要来看我了。”

四同点了点头,和亲妈后爸打完招呼,直接开车回仙林的家了。回到家,我满脸不高兴,他奶奶的四同,你这个大孝子,现在是你妈的专职司机了,我亲爸和我后妈有事想用个车,比登长城都难。

户口簿给四同他亲妈拿走后,我心里堵得慌,嘴上又不能说出来。户口簿都没了,儿子的名字也泡他奶奶的汤了。难道要等报了户口后,再去派出所打申请改名?这人活着怎么那么多事儿?这不是没事儿找事儿做吗?

四同回来后,径直走进屋子,也不说话,就是死抽烟。我看着他,也不好问什么。自从发现四同外遇后,我们之间的话越来越少,尽管四同已经明确表态和那野女人断了,我还是丢不下那块心病。

夫妻之间,可以宽容大度到不计较从前的经历,但是,不能忽视正在发生的一切。现在,我很少去触动自己的感情,只想把儿子生下来,我唯一可以做的,就是在婚姻里继续瞌睡装死。

他奶奶的,我这块金砖,就如此这般地沦落为废砖了。我从结婚到怀孕,还不到三十岁,就整得和豆腐渣工程差不多了。

看着四同郁闷愁苦的样子,我的心里什么感觉也没有。我们的恋爱期本来就不长,加上结婚到现在也不过相处了一年的时间,要说爱,当初心里肯定是有的,但是,四同的出轨让我心里的爱烟消云散了。

最近,我一直在做胎教,经常把音乐开着,给儿子听。儿子似乎很喜欢音乐,听到高兴的时候,往往会赛拳踢腿蹬我肚子。

我在客厅听音乐,也不问四同为什么愁眉苦脸的。我后妈正在厨房做菜,出来一看,家里的香烟味道这么大,急忙把窗户打开了。

说实话,我的心里很不爽,你破四同在外面斗气回来,就拿一张破脸和一屋子的烟灰来给我们看吗?我吸你二手烟没有关系,我后妈吸也没有关系,可是,叫我儿子来吸,老娘我就有意见了。

我听完音乐,站到阳台上换新鲜空气。阳台上还有一盆干花,结婚的时候买的,我朝干花踢了一脚,去他奶奶的干花,招惹烂桃花的东西,改天我就把它给扔了。

四同在屋子里闷了半个钟头,终于背着包出门了。我舒了口气,叫了声:“阿门,万岁!”

操他奶奶的,我现在对四同怎么越来越没感觉了?我知道,我心里的疙瘩一直在,解不开。现在,又多了户口簿这个死疙瘩,我的心里更不是滋味了。

你四同是大孝子,一味顺从你亲妈,我做儿媳妇的,没有意见。不过,你四同做事情也得有一个自己的原则,你做每件事的时候,想过我的感受吗?你基本上是想到什么就做什么了,你还把我花慕容放在眼里吗?

记得和四同谈恋爱的时候,生活妙不可言,结婚后,日子却苦不堪言。恋爱结婚两重天,真是奇了怪了。

吃完午饭后,后妈在午睡,我下楼散步去了。仙林是栖霞一带的小中心区,住宅和商业网点都比较集中。

已经是春天的午后了,太阳还是很温暖的,我走在人行道上,也不进商店,我只看看,不买东西不消费。

一个人在仙林小中心区转了一大圈,回来的时候,我换了一条路。大概走了一千米远,路口的仙林派出所挂牌映入眼帘。在仙林住了这么久,我还不知道派出所在这里,将来儿子报户口,也应该在这里了。

想到报户口,就想到了儿子,想到儿子,就想到了四同他亲妈。户口簿现在在四同他亲妈手里捏着,这个老太婆也太霸道了。

奶奶的,天无绝人之路。四同他亲妈能捏户口簿,我为什么不能来个挂失?户口簿挂失了,她报个鸟户口啊!

想到这里,我一脚迈进派出所,走到服务窗口。因为是下午2点,派出所刚刚上班,窗口还没有什么人。

我挺着大肚子,朝窗口一站:“你好,我家户口簿不小心丢了,请问户口簿挂失手续怎么办理?”

窗口女办事员穿着警服,看了看我:“叫户主带身份证来办理补办手续。”

我随意说道:“是这样的,我爱人最近出差了,我可以代理补办手续吗?”

女办事员继续解答:“如果你是户籍上的人,带好户主及本人身份证到派出所办理就可以了。”

哇塞,补办一个户口簿这么容易?真他奶奶的天无绝人之路!俗话说:虾有虾路,蟹有蟹道。我和你四同家的任何一个人都无怨无仇,但是,如果你们中的任何一个人触犯了我的利益,我花慕容还是有自己的原则的。

从派出所出来后,我仰天长望,舒了一口长气。回到家,后妈已经醒了,看见我回来了,问我:“慕容,怎么又一个人下楼了,你的肚子越来越大了,不要一个人到处乱跑。”

我“嗯”了一声,回到屋子里,开始寻找身份证。后妈看着我,轻轻跟了过来:“又在翻什么?”

我随口应了一声:“找身份证。”

我后妈接着问:“找身份证做什么?”

我闷头继续翻:“有用。”

我后妈站在我身边,越看越不明白:“慕容,你就不能告诉妈准备干什么吗?”

翻出四同和我的身份证后,我看着后妈,神秘地笑着:“补办户口簿。”

我后妈吃了一惊:“好好的补办什么户口簿,家里的户口簿又没有丢,你真是无事老,怀孕也不安分,自找麻烦。”

我俏皮地“呦”了一声:“妈,你不知道,户口簿现在不在家,就和丢了一样,等儿子出世了,我拿什么去报户口?另外,四同他亲妈也太不厚道了,孙子跟谁姓,关她屁事啊?”

我后妈嘴巴张成个鹅蛋:“慕容,你不能这么说,四同他亲妈,再怎么说也是你上辈人,她现在心脏病还没有完全好,你这样做,不是刺激她吗?”

我把头发甩了一下:“妈,你不懂,如果我不这样做的话,以后我儿子出生了,连姓名也保不住了。好了,我补办户口簿的事情,就你一个人知道,千万不能说出去。”

说完,我拿起小包,出了门。我后妈不放心,跟了出来:“慕容,你现在脾气怎么越来越倔了,我陪你去。”

我等了等后妈,两个人一起下了楼。到了派出所,不费周折顺利地补办了一个新户口簿。他奶奶的,这事儿还竟然成了。

四同他亲妈你听着,你手里的户口簿已经挂失了,明天报纸上就会登出作废的户口簿号码,真本在我这里藏着。

回到家,我的心狂跳不已。我把户口簿递给后妈:“妈,户口簿先放你这儿,周末你和爸回家的时候,带回去,等我叫你拿出来的时候,你再拿出来。”

我后妈有点胆小:“慕容,这样做合适吗?”

我胸有成竹:“妈,你放心,你收藏好就行了,其他事情不用你管。”

我后妈将信将疑地把户口簿拿在手里,回到自己的房间,把户口簿包好,收藏起来。

·第三十五章·

曼尼的婚事

南方的春天到来时,已经是三月中旬了,手伸出来还是冷冰冰的。张曼尼这次出团到的是青岛,专门负责在青岛的接地工作。

一周下来,张曼尼劳碌奔波,感觉累得不行,人也瘦了一圈。回到南京的时候,她的整个骨头都要散架了。

回到旅行社,简单汇报完工作,张曼尼就回家休息了。刚到家,刘立恒的电话跟着就来了:“曼尼,回南京了吧?我爸和我妈今天说好了,明天去你家提亲。明天你休息吗?”

张曼尼“呃”了一声,他大爷的,说提亲就提亲了,家里一点准备也没有。何况本周爸爸妈妈正在仙林嫂子家值班,总不能把嫂子家当做提亲的战场吧。

刘立恒听到张曼尼“呃”的一声,心惊了一下:“怎么了,中午吃多了,还在打嗝?”

张曼尼犹豫了一下:“不是,立恒,我爸和我妈明天在我哥家,他们要照顾我嫂子,做饭给她吃。这样吧,我先给嫂子打个电话,看她明天能不能自己解决吃饭问题,我先挂一下,一会儿打电话给你。”

刘立恒爽快地回道:“好,我等你消息。”

张曼尼挂断电话后,立即拨到仙林来了:“喂,妈,我嫂子在家吗?叫她过来接电话。”

四同他后妈在客厅对着我的屋子叫:“慕容,曼尼叫你接电话。”

我急忙走出来,拿起电话:“曼尼,你从青岛回来了?什么事儿?”

张曼尼开门见山:“嫂子,刘立恒他爸和他妈明天要来我家提亲,我想让我爸和我妈明天回来,你看行吗?”

我的心里一惊,接着一喜:“曼尼,你终于修成正果了,嫂子祝福你。我这里没有问题,你尽管放心,我让他们明天就回去。我把电话给妈了,让你和妈说话。”

说完，我把电话递给四同他后妈：“妈，曼尼有话和你说。”

四同他后妈接过电话：“曼尼，是妈。”

张曼尼嗲气的声音：“妈，明天立恒他爸和他妈上门提亲，我刚才和嫂子说好了，你们明天上午就回来，见面看看立恒他父母。”

四同他后妈一听，激动得语无伦次：“嗯……曼尼，好的，你终于叫妈放心了，我和你爸明天上午就回来。”

四同他亲爸在阳台抽完烟，走了过来：“谁的电话，去哪儿？”

四同他后妈乐得合不拢嘴：“曼尼，你晚上过来吃饭吗？你爸过来了，要他接听吗？”

张曼尼继续说：“我不过来了，妈，我马上要给立恒回电话，晚上我和立恒在外面吃，我挂了。”

四同他后妈连说了几声“好、好、好”挂断了电话，回头她看着四同他亲爸说：“哈哈，我家曼尼要出嫁了，明天立恒的爸爸妈妈要来我们家提亲，我们明天上午就回去准备准备，弄点好菜好酒招待亲家。”

四同他亲爸笑得眼睛眯成一条缝：“说定了？明天来我们家提亲？”

我在一旁点了点头：“是的，爸，你们明天上午起来就赶回去，我和四同去外面吃。”

四同他后妈自言自语：“嘿，这北京之行真是邪门了。”

北京之行？怎么他们每个人都知道北京之行，唯独我蒙在鼓里？靠，有这么欺负人的吗？

四同他亲爸跟过去一句：“什么邪门不邪门的？只能说明慕容有功，如果没有慕容，他们在北京就是相遇十次，也不一定能走到一起。”

四同他后妈想想在理：“那倒是，如果不是慕容，曼尼和立恒在北京，最多也是擦肩而过。婚姻讲究的是缘分，这也说明曼尼和立恒本来就有缘分，巧的是慕容牵了线。”

我听得心里一肚子疙瘩，今天想问个明白：“爸，北京之行是什么意思？”

四同他后妈嘴快：“慕容，你还记得春节吗，曼尼带团去北京？”

我点了点头：“记得啊。”

四同他后妈继续说：“那次北京带团，立恒是团员，就坐在曼尼带团的旅行车上。曼尼在颐和园门口因为门票和公园管理员闹了纠纷，是立恒帮了曼尼，给她钱补票的……”

咳，原来是这样？刘立恒和张曼尼早就认识了。我中间横插一杠子，是不是狗咬耗子，多管闲事儿了？缘分他奶奶的真是无孔不入！

我摸着越来越下沉的肚子:“是这样啊?曼尼这个鬼丫头回来都不跟我说,她真能憋得住。不过,缘分到了,谁也挡不住。”

当天,四同他亲爸和后妈一直在商量着,明天应该买点什么好菜,买点什么好酒招待亲家。现在,曼尼的婚事成了夫妻两人的头等大事。这个老姑娘如果再不嫁出去,就要成了他们的心病了。

说实话,我没有想到刘立恒和张曼尼会一见倾心。长这么大,我第一次做媒人,竟然做出高潮来了。

婚姻这个东西,和爱情不一样,你爱得越多,也许死得越快。婚姻讲究的是缘分,缘分到了,连老天爷也挡不住。牙疼,难道这个上上席非我莫属了?

看着四同他亲爸和后妈磨叽的样子,我在心里得意地笑。在这个大家庭里,喜事多,意外事多,想不到的事更多。

现在这个家,我已经习惯了,适者生存,这个原理适合一切生命。次日下午,四同从服装厂下班回来,一进门就习惯性地看了看:“我爸呢?怎么家里就你一个人?”

我对四同说:“他们回去了。”

四同有点奇怪:“好好的怎么都回去了,提前换班?”

我偷偷地笑:“曼尼有事儿,叫他们回去的。”

四同打破沙锅问到底:“曼尼会有什么事儿?”

我终于忍不住了:“刘立恒父母上门提亲来了。”

四同把肩包丢在沙发上:“定了?曼尼和那桃花眼真的搅一起去了?”

操你奶奶的,我跪你四同祖宗八万代,桃花眼怎么了,配你家曼尼差了?人家老爸自己开公司,人家老妈是会计,人家刘立恒自己也是人力资源部部长。人家的家庭干干净净的,夫妻感情和睦,就两个爸爸妈妈,不像你们家,整得和我们家一样乱七八糟的,弄八个爸爸妈妈出来吓人,想想牙就疼。

我没有搭理四同,继续听音乐。四同似乎觉得自己说话有点冲,换了个话题:“晚上怎么吃?”

我没好气地说:“去外面吃。”

四同“哦”了一声,去零食袋里找了一袋饼干出来,拿起来就吃。这个破四同,中午在单位没有吃饱还是怎么的?平时连碰都不碰,现在怎么也拿出来塞牙缝了?

我走过去,看了看四同:“现在才三点多,你吃饱了,一会儿去外面是吃还是不吃?”

四同嘴里塞满了饼干,连连点头。我从冰箱里拿出一盒酸奶,递给他:“慢点吃,不要噎着,快要做爸的人了,还这么孩子气。”

四同接过酸奶，立即喝了下去。男人，很多时候就和孩子一样，不知道照顾自己，东抓一把西抓一把的，真是不能急了，看着就牙疼。

与此同时，四同他亲爸的家热火朝天。刘立恒和父母是下午两点钟到张曼尼家的，带了一大堆高档礼品，被四同他亲爸和后妈迎了进来。

张曼尼泡上三杯热茶，递给未来公婆和刘立恒，接着安静地坐了下来。刘母比较健谈，她开门见山地说："亲家公亲家母，我们今天来，是为儿子提亲的，也就不兜圈子了，直话直说。"

四同他后妈点了点头："都做亲家了，直接说，直接说。"

刘母皮肤保养得很好，看起来比实际年龄要年轻几岁："是这样的，立恒和曼尼是经人介绍认识的，走的算是正规渠道，我们做家长的比较放心。现在，立恒和曼尼年龄都不小了，他们两个人相处得也比较投缘，如果亲家你们没有意见的话，我们就把结婚的日子定下来，适当的时候把婚礼办了，你们看行吗？"

四同他亲爸接过话："亲家既然这样说了，两个孩子也没有什么意见，结婚的日子就由你们男方家定吧。"

刘母继续说："今年是虎年，传说中的寡妇年，我们就不做那个冒险的事情了。我们家立恒是独生子，希望未来家庭和睦幸福，离婚什么的就不要发生了。所以，我们决定把婚期放在明年春节后，你们看呢？"

四同他亲爸点燃一支烟，递给刘父和刘立恒一人一支："我们没有意见，不过，我们女方家只有一个要求。"

刘母接过来说："有什么要求，你们尽管说，我们尽力满足。"

四同他亲爸吸了一口烟："说实话，我们是普通人家，我有一个儿子，去年年底才结的婚，双方父母凑钱买的房子。所以，曼尼出嫁的话，估计我们陪嫁有限，你们要做好思想准备。"

刘父弹了弹烟灰："女方这个陪嫁，我们不是很看重，只要他们两个人投缘，陪嫁不陪嫁无所谓的。另外，到时候这个礼金和酒席方面的问题，你们也请放心，我们会把面子上的事情安排得好好的，毕竟我们也就一个儿子嘛。"

四同他后妈站起来，给三个人的水杯里续水："那是，只要你们觉得面子上说得过去，我们也没有什么要求，小两口以后在一起过日子，也就是图个和气。"

大家七嘴八舌，算是把亲定下来了。正事谈完后，大家坐在一起聊天，说各自孩子的童年往事。

张曼尼和刘立恒在一边插不上话，只能跟着笑，一直笑到脸上的肌肉僵硬。张曼尼拉了拉刘立恒的手，示意跟她来。

张曼尼把刘立恒带到了自己的房间，刘立恒正好找到了机会，轻轻带上门，回转身，突然拉住张曼尼的右手。张曼尼愣了一下，没有反应过来，把手抽了出来。

刘立恒从外套的贴身口袋里，拿出一个精致的首饰盒，取出一个白金戒指，重新抓起张曼尼的手："来，我给你戴上。"

张曼尼不敢相信，伸出手："定情物？什么时候买的，我怎么不知道？"

刘立恒一边戴，一边说："你带团去青岛的时候，我出差在上海买的，喜欢吗？"

张曼尼羞赧地说："喜欢。"

两个人对视着，默默地用眼睛说话，对视了几秒钟后，张曼尼忍不住了，一把抱住刘立恒。

刘立恒返身抱住张曼尼，两个人紧紧地抱在一起。张曼尼没有想到，这份迟来的爱情，让她体验到了一种从未有过的快乐和幸福。

到了晚上，一家人坐下来，开始吃饭。因为要开车，刘立恒没有喝酒，只有四同他亲爸和刘父两个人碰了杯喝了酒。

刘父端起酒杯，对大家说："来，为我们即将成为一个大家庭干杯。"

六个杯子，瞬间碰在一起叮当响。席间，刘母看着曼尼说："以后等你们结婚了，你就把旅行社的工作辞了，把劳动关系转到立恒他爸的公司去，等生完孩子后，什么时间想出去工作了，再去他爸公司找个事儿做。旅行社经常要外出，有一定的危险性。"

张曼尼点了点头，她本来也担心自己的工作，旅行社是吃青春饭的，一旦怀孕生子后，肯定不适应原来的工作。

四同他后妈接过刘母的话："亲家，那太谢谢你了，曼尼到了你们家，有这样的公公和婆婆，我们也就放心了。"

刘母摆了摆手："一家人，说什么谢字。现在，一家就一个孩子，曼尼是你们的宝，也是我们的宝。"

四同他后妈连连点头，这顿饭吃的时间很长，一直到晚上九点钟，刘立恒一家子才意犹未尽地离开。

送走客人后，四同他后妈把曼尼戴戒指的手拿了过来："曼尼，什么时候把戒指戴上了，吃饭的时候，我看了半天，没有敢问。"

四同他亲爸也走过来，把着戒指看了看："白金的，是不是立恒送给你的？"

张曼尼点了点头："吃饭前，立恒在我房间给我戴上的。"

四同他亲爸接过话茬："嗯，不错，看来立恒是真心的。"

四同他后妈乜斜了四同他亲爸一眼："什么真心假心，人家父母一家子都上门提亲了，还有什么真的假的？”

张曼尼哈哈大笑：“爸、妈，以后我和立恒结婚了，你们可不能当着他和他家人的面，说这些容易引起误会的话，天天吵架的日子我可不想过。”

·第三十六章·

飞来横祸

转眼间,三个月过去了,我的预产期也越来越近。时间已经到了六月中旬,南方的六月非常热了,加上怀孕,坐着还没有怎么动,就出了一身汗。

自从四同把户口簿给了他亲妈后,心里像压了一块石头一样,思想压力不是一般的大。

四同知道自己食言,里外都不是人,最对不起的人就是我。人无百样好,花无百日红,而我这个做老婆的,又能说什么?

上半年,四同的服装厂生意还不错。到了六月,服装厂的资金链突然断了,资金周转不灵。

昨天,一个外商打电话过来,把四同招到了上海,说是商量一个外贸合同订单。四同心里想接下来做,但是,他又知道自己没有资金,可能生意要吹。

临去上海前,四同和几个原来的融资关系户分别沟通过了,最后的回复全部是资金吃紧,暂时拿不出多余的资金供他周转。

四同一分钱没有融到手,硬着头皮开车去了上海。如果可能的话,他希望在合同里得到一些照顾,让对方提高支付定金的百分比,让自己得到更多的实惠。

到了上海,四同先去了常驻酒店,休息了大约一个钟头,然后去约定地点与外商见面。

四同到了香格里拉茶社后,外商也刚刚到。四同走上前,和外商握了握手,然后一起坐下。

外商坐下后,四同点了一壶铁观音,两个人开始一边品茶一边交谈。外商说的是英语,四同在大学的时候,英语六级,所以,他直接和外商用英语交流。

两个人叽里咕噜的说了半天,外商从包里取出合同,放在四同的面前。四同看了看,摇了摇头。

这个合同四同不能签，在所有的合同条款里，四同一方都是被动方，包括对方定金的支付和尾款的结算方式，对四同来说，都处于劣势。

两个人继续交流了一个钟头，最后，四同坚持要追加定金，外商说了一句："NO 。"

一句"NO"，很快结束了两个人之间的谈话。送走外商后，四同委靡不振。这次去上海，一个大单没有签成，空手回来，让四同的挫折感很深。

当天晚上，四同一个人在常驻酒店，要了二两酒，点了三个菜，独自在房间里吃。六月份以来，因为资金短缺，四同一笔外贸订单也没有谈成功。

吃完饭，四同把饭碗朝门外一放，一个人躺在床上，翻来覆去睡不着。看了看时间，才夜里 12 点。

四同索性爬起来，拿上房卡，去退了房，连夜赶回南京。长安杰勋出了上海市区后，一直在高速公路上飞。

四同什么也不想，什么也不去考虑，他的大脑一片空白。最近，也不知道为什么，四同就是感觉不顺，做什么都棘手。

也许是酒精的作用，四同的车速不知不觉越来越快，最后，越来越控制不住自己了。

突然，一辆大卡车横在前面，四同眼睛一抹黑，来不及刹车，一个猛子冲了上去。哐啷一声，四同的头狠狠地砸在车窗玻璃上，昏死过去。

高速公路上黑灯瞎火，只有过往车辆的照明。一辆辆过路车，风驰电掣般地飞过去，只有很少的几辆停了下来。

今天，刘立恒刚刚从上海出差回来，因为明天白天约好了带曼尼去婚纱影楼，所以，连夜赶回南京。

车到高速公路的时候，刘立恒透过车灯，一眼看见前面不远处有辆长安杰勋，车头插在大卡车的尾部，心里一惊，打开所有车灯，把车开到一边，下了车。

刘立恒下车后，立即拨通了 122 车祸报警电话，然后，走近出事车辆。因为夜黑，什么也看不见，他只能安静地等待 122 救援民警的到来。

大约半个钟头后，122 警车来了，从车上下来几个警察。接着，手电筒到处乱射，射到了刘立恒的脸上。

一个警察一边朝长安杰勋走去，一边问："谁报的警？"

刘立恒迎着手电筒的强光说："我报的警。"

问话的警察拿出一个小本子和一支笔，继续说："请你把现场的情况介绍一下。"

刘立恒简单地描述了一下："具体情况我也不清楚，我刚才路过这里，就看见出了车祸，立即报警了，就是这样。"

问话的警察一边记录，一边点头："好的，谢谢你，请你在这里签个字。"

刘立恒接过本子和笔，在上面签下自己的姓名。现场比较惨，长安杰勋车头已经被撞得变形了，警察调来了切割机，才把车门锯开。

刘立恒一直没有走，他想如果可能的话，可以提供一点帮助。这时，几个警察把四同从车里搬了出来，一个警察在叫："快，来辆车，赶紧送附近医院。"

四同的脸上血肉模糊，看不见五官。刘立恒二话没说，把车开到四同身边，等待警察将四同搬上车。

警察把四同搬上车后，跟上了一个男警察，小心地托着四同的身体，尽量让他不要遭到颠簸和碰撞。

男警察坐稳后，叫了声："开车。"

刘立恒听见命令，一脚踩上油门，小车迅速飞了出去，二十分钟后，小车停靠在南京郊外的一家县级医院，男警察和刘立恒火速下车，抬起四同就走。

进了医院大门，到了急诊室，急诊外科医生立即进行清创处理，处理完毕，露出了四同清秀的脸庞。

刘立恒站在旁边，惊讶地捂住嘴，本能地"啊"了一声："四同！"

男警察正在打电话，给队领导汇报情况，没有听见刘立恒的惊叫声。急诊外科医生清创处理后，叫他们立即转南京军区总院，县级医院救不了这样的危重车祸病人。

刘立恒和男警察在外科医生的帮助下，将四同重新转移到小车上，驱车直接上了高速公路，朝南京军区总院开去。

刘立恒一边开车，一边感觉自己的大脑已经严重短路了。他的脑子一时转不过弯来，这个破四同好好的日子不过，怎么直接钻到卡车肚子里睡觉去了？

半个钟头后，小车到了南京军区总院，立即有外科值班医生推了小车过来。他们把四同托上车，直接拉到急诊外科手术室去了。

刘立恒锁好车，跟在后面，心里一直在发憷，不知道要不要把这个消息告诉曼尼。如果曼尼知道了，慕容肯定也会知道，下个月是慕容的预产期，她能承受得了这个打击吗？

刘立恒想了想，还是按住不动为好。看着四同奄奄一息的样子，他真的担心他从此不再醒来，这样的话，慕容就要苦死了。

早知道四同会这样，刘立恒之前就不会去相亲了。现在，和曼尼的婚期已经定了，生米已经煮成熟饭了。这个破四同什么时候不出车祸，偏偏这个时候出车祸？

当天夜里，四同被推进了手术室，男警察在家属位签了字。手术一直做到次日清晨,四同被推出来后,进了重症室,一直处于昏迷状态。

上午八点,男警察走过来,对刘立恒说:“谢谢你昨天到今天的义务帮忙,你现在可以回去了。队里已经通知到病人家属了,一会儿他的家属就要过来。”

刘立恒站着没有动:“没关系,我还是多待一会儿,等病人家属来了,我就走。”

男警察没有继续坚持,任刘立恒待着。其间,刘立恒去医院门外买了一些早点,吃完后,立即回到医院。

九点,四同他亲爸和后妈、张曼尼一起赶到医院。到了重症室后,三个人一看见刘立恒,全部愣住了。

张曼尼惊奇地问:“立恒,你怎么在这里?”

刘立恒老实回答:“我前天去上海出差,昨天晚上回南京,想赶回来白天带你去影楼的。经过高速公路的时候,见到前方出了一起车祸,等病人送到医院的时候,才发现是四同。”

这时,四同他亲爸已经泣不成声了,他站在四同身边,看着儿子不省人事的样子,心疼得要死:“四同,你怎么成这样了?你媳妇儿要是知道了,该怎么活啊!”

四同他后妈扶着四同他亲爸:“四同会好的,会没事儿的。”

张曼尼看着哥哥,含着眼泪,靠在刘立恒的肩膀上:“哥,你这样叫我嫂子怎么办?她下个月就要生产了。”

四同他亲爸走过来,拍了拍曼尼的肩膀:“曼尼,你哥的事情千万不要对你嫂子说,万一早产的话,我们负担不起这个责任。”

张曼尼哽咽着,点了点头:“爸,我知道了。”

刘立恒抱着张曼尼,拿出餐巾纸,不断为她擦去眼泪。四同他后妈走过来,拉着曼尼的手:“曼尼,身体要紧,你还要上班,你哥会慢慢好起来的。”

张曼尼继续点头。这时,女护士长走了过来:“这里现在留一个家属就可以了,其他人先到外面去,病人抵抗力差,以免空气传播疾病。”

四同他亲爸先走了出去,大家一起跟了出来,到了走廊后,对大家说:“立恒,你和曼尼先回去,你们今天该做什么做什么去,这里我和四同他妈照应着。曼尼,慕容如果给你打电话,你不要说你哥的事情,车祸消息一定要封锁。”

刘立恒接过话:“叔叔,我先和曼尼去办事,办完事我们再来医院,晚上我留下来值夜班。”

四同他亲爸点了点头,两个人便离开了医院。经历了昨天夜里的一幕,刘立恒有点眼晕,他的衣服上沾满了血。两个人上了车,先去了刘立恒的家。

刘立恒的父母不在家，全部去上班了。刘立恒回家后，先去卫生间冲了一个澡，接着把带血的衣服扔了，换了一套干净的衣服。

张曼尼坐在客厅沙发上发呆，她的眼前全部是四同的面影。她想不通，前几天看见哥还好好的，怎么转眼间就变成这样了。

刘立恒洗完澡，换好衣服，安慰了曼尼几句："四同已经这样了，你就不要难过了，听警察说，四同昨天晚上喝了酒，不然也不会出车祸。"

张曼尼想了想："我哥一般很少喝酒，是不是去上海生意没有谈成功？"

刘立恒接着说："曼尼，不要想那么多了，我带你去影楼看看，散散心。"

张曼尼站了起来，跟着刘立恒走了出去。两个人直接去了山西路的一家影楼，看了看样板婚纱照片。

因为样板照片外景地选得不是很好，两个人又换了一家继续看，最后决定在"真美好"婚纱影楼拍照。

刘立恒缴了定金，两个人商量等四同的身体好了，再来拍照。中午，张曼尼没有食欲，两个人找了家面馆，点了两大碗面。

张曼尼情绪不大好，心事重重的。吃完面，刘立恒开了一个钟点房，两个人一起休息。刘立恒昨天一夜没有合眼，现在有点困了，倒下就睡着了。

张曼尼靠在床头，大脑里想着病床上的四同。四同从小和她最亲，虽然两个人是同父异母的兄妹，彼此感情却很好，小时候，四同有什么好吃的好用的好玩的，都让着她。

现在，四同给撞成这样，能不能醒来还不知道，是否有后遗症也不知道。可怜的嫂子才结婚不到一年，孩子还没有出世，就遇到了这样的事情，真可怜。

张曼尼一边想，一边掉眼泪。这时，手机信息提示音响了两声，张曼尼从小包里拿出手机，取出写字棒，看了看信息。

信息是花慕容发来的："曼尼，婚纱摄影看好了，定下来了吗？什么时候去拍婚纱照？"

张曼尼看完信息，悲从心起："嫂子，我和立恒已经看好了，在真美好婚纱影楼拍照，估计要到中秋节才去拍了。现在，我和立恒要工作，都比较忙。"

张曼尼的信息发出去不久，又来了一条信息："也好，现在天气热，去外景地拍照不大好化妆和补妆。秋天空气比较干燥，拍照效果好。曼尼，刚才儿子又踢了我几脚，他是不是急着要出来了啊？"

张曼尼笑不出来，换了从前，她早就笑翻了："应该是吧，我侄子是想出来陪妈妈了。嫂子，我和立恒马上要回去了，不和你唠叨了，你要照顾好自己。"

张曼尼把信息发出去后，眼泪流了一枕头。她实在忍不住了，侄子在这个时候出世，让嫂子的心如何安放，情何以堪？

·第三十七章·

噩梦成真

一个家庭,最怕的是天灾人祸。按照正常情况,四同每次出差后,只要车到了南京,第一时间都会给我打电话报平安。

今天下午,应该是四同从上海出差回来的日子,一直等到晚上,四同的电话还没有来。由于离预产期越来越近,我对四同越来越依赖,希望生孩子的那天,四同在我的身边。

我感觉心里很烦躁,在屋子里走来走去的,不知道做什么好。我从来也没有像今天这样猫抓心似的难过。

晚上吃饭的时候,我后妈把菜摆好了,饭也装好了,三个人已经坐着吃饭了,四同还没有回来。我后妈问我:“慕容,四同不是说今天下午出差回来吃晚饭吗,怎么还没有回来?你发个信息问问他。”

我看着一桌子菜,心里七上八下,对后妈说:“妈,我们不等四同了,他饿了自己会在外面买吃的,我们先吃吧。”

说完,我们开始吃饭,吃完饭,我又发呆了。我拿起手机,给四同发了一条信息:“老公,生意谈好了吗?什么时候回来?”

等了大约三分钟,四同回了一条信息:“外商今天晚上请我吃饭,回不来了。你注意身体,保重。”

看见四同的信息,我的心安定了许多。我走出屋子,对后妈说:“妈,四同来信息了,说外商今天请他吃饭,不回来了。”

我后妈看着我:“来信息就好,四同经常出差,遇到突然的事情也不奇怪。”

我点了点头,看着后妈。后妈正在整理婴儿的小衣服,宝宝下个月就要出世了,后妈今天把宝宝的衣服全部拿出来,下水洗了一遍。

后妈一边叠宝宝衣服,一边看着我:“慕容,要做妈了,等你做了妈,就知道养儿养女不容易了。”

我拿起宝宝的一套小衣服,比画着:“妈,我知道。单说十月怀孕,就累死人了。再说养育过程,就更辛苦了。”

当天夜里,我睡得很不踏实,上床两个小时后才昏沉沉入睡。夜里,还做了一个噩梦。梦里,我看见四同像一条泥鳅一样,在水里游啊游。

水面上黑漆漆的,什么东西也看不见。突然,四同游到了一个洞里,洞口黑暗无边,里面深不可测。四同游进去后,再也没有游出来。

我在梦里一阵惊悸,高声叫喊:“四同,四同……”

梦醒后,我艰难地坐了起来,因为肚子太大,起床要爬半天。后妈听见喊声,连鞋子也没有来得及穿,就跑了过来:“慕容,慕容,你怎么了?妈在,不怕。”

我一把抱住后妈,大哭起来:“妈,吓死我了,我梦见四同化身一条泥鳅,钻进黑洞里,一眨眼就没有了。”

后妈安慰我:“慕容,那只是一个梦境,是假的,醒来什么也没有了,不怕。”

后妈轻轻拍着我的背,像哄孩子似的,我慢慢地安静了下来。后妈把我放下来,我枕着眼泪和惊恐的汗水,渐渐睡着了。

次日,我一直睡到上午九点多才醒来。醒来后,大脑里反射出来的第一个信息就是昨夜的梦境。这个梦搅得我心神不宁,感觉自己的头昏沉沉的,一点精神也提不起来。

四同还没有回来,一没有电话,二没有信息,这和四同的性格不大相符。洗完脸后,我吃了早饭,然后给四同发信息。

这次的信息有点长:“四同,今天回来吗?昨天晚上梦见你了,今天起床就有点担心你。你在外面忙,比较辛苦,应酬的时候,千万不要喝酒,要早睡早起,开车要注意安全,等你回复。”

信息发出去后,我的心平静了一些。等了半天,四同的信息还没有来,我又开始六神无主了。

奶奶的,这个女人一旦结婚了,心里最放心不下的,其实就是自己的男人。无论这个男人曾经怎么辜负过你,或者怎么伤害过你,你的心里最柔软的地方,依然是这个男人。

我操你奶奶的破四同,你在外面和外商谈生意也好,应酬喝酒猜拳也好,就是最不上路子的找野鸡婆也好,老娘现在全都不在乎了。你至少要来个信息报个平安,我好歹也是你明媒正娶的老婆。

过了五分钟,信息来了:“慕容,外商和我的生意谈得很成功,邀请我去了他在杭州的中国外贸分公司,估计过几天才能回来。你照顾好自己和我们的儿子,我回来前给你信息,最近我比较忙,就不天天给你发信息了。”

跪你四同祖宗二十八万代,你又搞什么鬼?怕我打扰你是吗?他奶奶的你不要找借口了,老娘知道你有手腕,玩地下情有一手。

好吧,老娘从现在开始,不打扰你了,你来信息也好,不来信息也好,老娘只当家里没你这个男人,行了吧?

种瓜得瓜种豆得豆,都怪老娘自己当初没长眼,找了你这个花心筒。从现在开始,老娘什么心事也不想,就安心地等待儿子的降临,OK?

想到这里,我连信息也没有回复,自己爱干吗就干吗去了。三天过去了,四同果然一条信息也没有来。

正常换班的时间到了,四同他亲爸和后妈没有来仙林接替我亲爸和后妈,也没有来半个电话。我亲爸觉得有点不正常,叫我给四同他亲爸家打个电话过去,看看是不是家里出了什么事儿。

我走到座机前,拨通了四同他亲爸家的号码,电话响了半天,没有人接听。我继续打,还是没有人接听。

我对亲爸说:“四同他亲爸家里没有人。”

我亲爸说:“你再打四同的手机。”

我拨通四同的手机后,接通了,但很快被掐断了。我再打,对方再次掐断。接着,飞来一条信息:“慕容,手机辐射强,叫你不要打电话,怎么又打了,我很好,过几天就回来。”

操你四同他奶奶的,搞什么鬼把戏?电话通了还不接,辐射个鸟啊,你怕我打扰你和野鸡婆的好事吧。

我把手机拿给我亲爸看,我亲爸看完,不做声了。我有点不服气,你四同在外面做什么缺德事我不管,现在孩子要生了,你起码得负担起这个责任来,住院的钱你准备好了吗?

去上海前,你对我说,回来就往我的银行卡里打钱进去,现在一周过去了,你连个影子也见不到,你有起码的良心没有?

我气不过,继续拨打四同的手机,因为心急,一下子拨到了曼尼的手机号码上:“喂,是曼尼啊,你在干什么?”

张曼尼正在去医院的路上,因为汽车噪音大,也没有听清楚电话里是谁的声音,张口就说:“我去看我哥。”

什么?去看你哥?四同怎么了?我的大脑轰的一下,有点支持不住了。我有一种不祥的预感,四同消失一周多了,我打电话也不接,是不是真的出了什么事儿?

我急切地问曼尼:“四同怎么了?是不是出事儿了?”

曼尼似乎听清我的声音了,一下子失声痛哭起来:“嫂子……”

听见曼尼只哭不说话，我一阵眩晕，差点倒下。我亲爸和后妈一起扶住我，亲爸紧张地问："慕容，电话里说什么了，我来接听。"

我亲爸接过我的手机，对曼尼说："喂，曼尼，我是慕容她爸，你刚才对慕容说什么了，她差点晕倒了。有什么话，你告诉我，没有关系。"

张曼尼一边哭，一边说："我哥出车祸了……"

我亲爸追问："什么时候发生的事情？四同现在在哪个医院？你爸和你妈是不是在医院里陪着他？"

张曼尼哽咽着说："我爸和我妈天天在医院陪我哥，我哥还没有醒来，在南京军区总院特护病房。"

我亲爸听清情况后，接着说："曼尼，你不要着急，我马上带慕容去医院，我挂了。"

我亲爸挂断电话后，扶住我的双肩对我说："慕容，四同出车祸了，你现在心态先放平，不要紧张。我们马上去医院，无论遇到什么情况，你要稳住自己的情绪，你肚子里还有孩子，知道吗？"

我点了点头，忍不住眼泪流了一脸。我后妈担心地看着我："慕容，你不要过分伤心，只要四同还活着，就有救。"

我后妈说完，和亲爸一起搀扶着我，锁上门走了出去。半个钟头后，出租车到了南京军区总院门口，我们三人下车后，直接朝特护病房走去。

推开特护病房的大门，我看着脸上缠满了纱布、躺在床上不省人事的四同，一下子冲了上去："四同，怎么会这样的，你叫我们母子怎么活啊？"

四同一点反应也没有，像个死人一样。四同他亲爸和后妈看见我们来了，一起站了起来，脸部表情非常痛苦。

我亲爸走上去，握住四同他亲爸的手说："一个女婿半个儿，亲家公，家里出了这样大的事情，你们怎么也不说一声？慕容在家担心死了。"

四同他亲爸悲伤地说："亲家公，不是我们不说，慕容就快生了，我们想熬到慕容生孩子满月了，再告诉她的。你们是怎么知道的？"

·第三十八章·
爹亲娘亲

我亲爸看了看曼尼,对四同他亲爸说:"这么大的事情,怎么能瞒得过去?我今天叫慕容打电话,曼尼接的。四同这孩子做事儿一向稳重,车祸到底是怎么回事儿?"

四同他亲爸接着说:"说得也是,这么大的事情,只能瞒过一时,瞒不过一辈子的。听调查车祸现场的警察说,四同出事当天晚上喝了点酒,夜里在高速公路上行驶的时候,车速过快,没有注意前方停靠的一辆故障大卡车,一下子冲到了卡车尾部。幸亏立恒出差路过,及时送四同到医院抢救,医生说,再迟来十分钟,四同早没命了。"

我亲爸看了看病房,没有发现刘立恒。我一直不舍地看着四同,心里想着他的好,想着我们恋爱的那些幸福美好的时光。

我亲爸走过来,望了望四同,一声叹气:"医生现在怎么说的?"

四同他亲爸跟过来,接着说:"医生说,现在最保守的估计是比植物人稍微好一点,但是,需要家属的配合,这个过程可能短,也可能长,具体的要看四同醒来的情况再做病理分析研究报告。我们现在什么也不求,就求医生让四同早点醒来。"

我后妈在一旁抹眼泪,她一直对四同视如己出,爱四同如爱我。在我后妈的眼里,我和四同都是她的孩子。

我拉着四同的手,坐在床边的凳子上,对他说:"四同,儿子下个月就要出生了,你也不睁开眼睛看看我们。我在家等你等得好辛苦,我以为那些信息是你发的。"

想到手机信息,我转脸看了看四同他亲爸:"爸,四同的手机信息是不是你们发的?"

曼尼在一边插话:"嫂子,信息是我爸和我,还有立恒三个人按照我哥的口气发给你的，我们约定好了，白天我和我爸发，夜里立恒发，立恒每天晚上值夜班守夜。”

爹亲娘亲，没有四同一家人对我亲。他们为了我和肚子里的孩子，一直隐忍着，不让我知道四同遇到车祸的不幸消息。

我点了点头，对四同他亲爸说：“谢谢爸，有你们照顾四同，我就放心了。”

四同他亲爸老泪纵横：“慕容，现在四同已经这样了，我们只能听天由命了。我们只希望你和孙子好好的，这样起码还会给我们一个安慰。医院里的事情你不用担心，家里我们暂时照顾不了你，让亲家公和亲家母都吃苦了，等四同身体好了，我们一定上门亲自重谢。”

我看着四同他亲爸，一周不见，他似乎苍老了许多：“爸，您不要这么说，家里你们不要惦记，我会好好把孩子生下来的，会好好培养他的。”

四同他亲爸走过来，拍了拍我的肩膀：“慕容，辛苦你了，没有想到你嫁到我们花家来，过的是这样的日子，我们花家到底做了什么缺德事儿啊？落得如此下场？”

我眼泪不由自主又落了下来：“爸，你不要说了，慕容我愿意。”

是的，我愿意，一个女人选择一个男人，就是选择了一种生活方式。这个男人的未来，也就是这个女人的未来。

我选择了四同，四同是我的男人，四同的生活就是我的生活，而四同的未来，也就是我的未来。

如果说四同曾经辜负过我，那么，在车祸面前，所有的一切恩怨全部化为乌有了。我的眼睛里，只剩下美好的东西。

当天下午，我亲爸和后妈一直在医院陪着我，直到晚上，刘立恒来接夜班了，我们才回到仙林的家。

对于刘立恒，我的心里现在只有感激。从前，刘立恒辜负过我，但是，今天他却救了我老公。

前男友和老公，在生活中应该是一对不共戴天的敌人。眼下，他们却成为一家人，一个人救了另外一个人的命，一个人在照顾另外一个人。

这样的事情真实地发生在我的生活里，让我难以相信，却又不得不信。离开特护病房的时候，我望着刘立恒，感激地对他说：“谢谢你，在这里陪着四同。”

刘立恒看着我，一言不发，只是重重地点了点头。那双迷人的桃花眼，在黑夜里像一盏飞来飞去的萤火虫，温暖着黑夜里的人。

一路上，我们谁也没有说话。我亲爸和后妈的心情都比较沉重，他们担心的似乎是我的未来。

当天晚上回到家,门还没有开,家里的座机就一直响个不停。我亲爸第一个进屋,拿起电话就接:“喂,你好。”

对方是四同他亲妈:“是亲家公啊,我白天打电话打了几次了,家里没有人,四同在家吗?”

我亲爸一句话回了过去:“四同出差了,去国外了,暂时不能回来。”

四同他亲妈醒悟似的说:“我说呢,打四同手机也不接,原来是去国外了,生意越做越大了。亲家公,那我不打扰了,等四同回来了,叫他给我一个电话。”

我亲爸继续说:“好的,放心,等四同一回来我就和他说。”

我亲爸挂断电话,我们三个人的心里都不知道是什么滋味。家仇再大,家怨再多,此刻也荡然无存了。在所有误会和怨恨面前,人的生命是最需要保护的。

四同他亲妈心脏病还没有完全康复,如果知道四同出了这么大的车祸,无异于用刀把她杀了。

我现在才理解四同为什么要把户口簿给他亲妈,为什么要舍弃对我的承诺,而去成全他亲妈的无理要求。

四同没有错,在一切世事面前,人的生命是最不能放弃的,也是最宝贵的。现在,我亲爸说了一个超级大谎言,他和四同一样,也是在维护一个极其脆弱的生命,让它得以持续下去。

晚上,我睡在床上,难以入眠。四同已经这样了,他的服装厂怎么办?那些员工还在正常上班吗?服装厂的财务和老订单怎么办?这些都是现实问题,需要解决。

我的人生进入婚姻后,又一次走到了死胡同,我一筹莫展。我不知道怎么解决这些问题,四同从来也没有让我插手过他的服装厂事务,我只是服装厂的一个挂名员工。

·第三十九章·

未雨绸缪

说实话，这个时候我很需要帮助，而且是一种精神上的帮助。我多么希望这个时候有一双强大的手伸过来，将我从人生的最低处拉起来。

四同白天有亲爸和后妈照顾，曼尼回南京后，大部分时间也泡在医院里，晚上有刘立恒照顾，我的心灵还是得到了些许的安慰。

也许是上天眷顾我，让我在人生最痛苦的时候，还有很多人帮助我，让我安心地度过孕期的最后阶段。

我躺在床上，看着窗外皎洁的月亮，心里盘算着，趁预产期还没有到，自己还有时间，明天去四同的服装厂看看，顺便找个比较信得过的人，把服装厂的业务顶起来。

突然，床头柜上的手机信息提示音响了起来，我拿起手机看了看："慕容，晚上好，四同现在的情况还是未知数，不知道什么时候能够醒来，他的服装厂未来运转你考虑过吗？"

信息是刘立恒发来的，他的口气越来越接近一个家庭成员了，看了心里很舒服，没有一点私心杂念。

我想了想："立恒，谢谢你，四同的服装厂我刚才还在考虑，是不是在服装厂物色一个信得过的人，先把服装厂顶起来，等到四同身体恢复了，再做安排？"

刘立恒很快飞了一条信息过来："四同的服装厂毕竟是私营企业，牵涉到与外商打交道，以及财务方面的种种问题，我的个人意见是，你还是找一个熟人操作比较好，你看呢？"

刘立恒说得似乎有道理，服装厂牵涉到资金以及和外商的账务来往，将一个私营企业交给别人管理，毕竟弊大于利。

我一筹莫展："说起来是这个理，问题是我现在快生了，赶鸭子上架也不是时候了。总不能叫曼尼辞退了旅行社的工作，回来顶四同的职吧？”

刘立恒接着又飞来一条：“我有一个想法，但是，能不能实施还不知道。我是这样想的，我父亲自己开公司，用的人都比较专业，如果可能的话，让他派一个英语水平和沟通能力强的人去四同的服装厂，曼尼可以先辞职，跟在他后面学习，因为曼尼本身英语也是六级，等到技术学得差不多了，可以让曼尼直接顶上去。俗话说：未雨绸缪。这样的话，四同无论哪天身体康复了，把服装厂再接过来都不迟。不过，这个事情我要和父亲、曼尼商量一下。”

刘立恒到底是刘立恒，男人看问题就是有远见，高瞻远瞩啊！我看完信息，一阵激动，这个办法不失为目前最好的办法了，免得我操心劳神自己上阵了。

古话说：银子再多，还是烂在自己家里的好。我立即回复：“嗯，这个办法不错，按照你说的做，立恒，谢谢你。在我最困难的时候，没有想到是你在帮助我。”

刘立恒又发了一条信息：“应该的，人与人之间的缘分，不一定就是通过婚姻这个形式表现出来的。明天白天上班后，我先去落实一下，你等我消息。晚安，好梦。”

回复完刘立恒的信息后，我舒了一口气。其实。我们在生活中都是远视眼，模糊了离我们最近的幸福。

人与人之间的交往，也许正如刘立恒说的那样。婚姻固然是最好的结果，但毕竟不是唯一的结局，男女之间应该还有更好的表现形式：亲情、友情、兄妹情。

单纯的友情或许比婚姻来得更持久，不是所有的恋人都能正常进入婚姻状态的。两棵小树，同时长大，一种可能是并列成长，另一种可能是在空中交叉。一半机遇，一半缘分，阴阳法则在自然界是永远的不二法则。

当天晚上，我睡得很沉很香。从第二天开始，我拖着沉重的大肚子，每天去医院看四同。我想尽量多陪陪他，对他多说说话，让他早点醒来。

我喜欢对着四同的耳朵唱歌，说我们曾经说过的悄悄话，说我们即将出生的儿子。我像拉家常一样，和四同面对面地谈心，说着只有我们才能听懂的童话。

四同平时一直很忙，连休息天也没有，如果不是出了车祸，他还是一个拼命旋转的陀螺，只知道拼命地转圈，而不知道中途停下来休息。

我握着四同的手，轻声对他说：“四同，还记得我们恋爱的时候，一起去内蒙古吗？我们一起去看火山口，一起去看天池。天池的水像一面镜子，照着我，也照着你。”

四同没有反应，我继续说："四同，我们的儿子下个月就要出生了，你就要做爸爸了。原来我一直担心生孩子的那天，你不在我的身边，现在好了，我生孩子的时候，你一定会在我的身边了。不过，破四同，等我们的儿子降生了，你可要睁开眼睛迎接他啊，不要睡得像死猪一样，那样儿子要笑话你这个懒爸爸的 。"

病房里很安静，只有我和四同两个人。四同他亲爸和后妈坐在走廊里休息，自从四同出了车祸后，医院已经成了老两口的家了，他们吃住全在医院里。

时间一分一秒地过去，四同依然睡着，而我的话也越来越多。一天很快过去了，到了下午两点，四同他亲爸下了逐客令，强迫我回仙林的家休息。我拗不过，独自回仙林了。

每天，看看四同，和四同说说话，已经成为一种精神寄托了。生病的男人和婴儿一样乖，女人说什么他也不反击，永远不会给你脸色看。

不知不觉到了六月底，四同的服装厂经过刘立恒的努力，暂时由他父亲公司名下的一个分公司总经理管理。张曼尼正式辞去了南京家春秋旅行社的导游工作，进入服装厂的高层领导岗位。

服装厂这块心病丢下后，我的心情也不那么压抑了。现在，四同出车祸的事情，只有他亲妈和后爸还不知道，其他家庭重要成员全部知道了。

四同他亲妈是半条命，没有人敢把四同的车祸消息告诉她。无论是谁，只要接到四同他亲妈的电话，问到四同的事情，统一的口径就是：四同去国外谈生意了，暂时回不来。

四同他亲妈户口簿到手了，也乐得清闲，只要四同好好的，在中国和外国没有什么区别，反正都是做生意赚钱。现在，她只有一个心事，等孙子出世了，拿到出生证，去派出所上个户口，就万事大吉了。

·第四十章·

四同的眼泪

张曼尼去了四同的服装厂后，时间越来越少了，很多事情等着她去做，她和刘立恒见面的机会也越来越少。

刘立恒白天忙工作，晚上在家吃完饭，还要去医院陪四同。这个破四同也不知道怎么搞的，曼尼好不容易谈上对象了，自己不看好也就算了，横竖朝那里一躺，让刘立恒照顾你。

好了，不说四同了，再说连我也牙疼了。现在天王老爷也管不了你，你就每天躺着享福，吃喝拉撒睡是你的特权，爷爷奶奶也无权干涉。

最近我后妈很辛苦，原来照顾我一周，还可以回去休息一周，现在四同这样了，只能把仙林的家当做自己的家了。

生活中有无数个不确定因素，我们都是凡人，谁也不是活神仙，对明天的事情料事如神。

本来说好了，等四同从上海回来，我们一起去商场选婴儿床的。现在，买婴儿床似乎成了我亲爸的事情。

趁亲爸双休，我亲爸和后妈把婴儿床买回来了。看着婴儿床，我的心里空荡荡的，心里想得最多的还是四同。

我多么希望四同快点醒过来，看着我们的儿子出生。我也不知道自己的八字得罪了哪方神仙，结婚后就没有安静过一天，弄了那么多爸爸妈妈出来不说，还弄了个不省人事的老公。

怀孕的女人不能进香，不然我真的要去寺庙请香拜佛了。一个女人，每天生活在期待和揪心中，不能不说是一种折磨。

南京是火炉城市，盛夏七月流火，在这个月份里生孩子，无异于火中取栗了。预产期在 7 月 18 日，儿子在肚子里很安静，吃饱了睡，睡醒了继续吃，偶尔调皮了飞起一脚，踢我几下子，逗我晕一阵。

今天是7月15日，是最后一次孕检。孕检结果出来后，儿子在肚子里已经7斤了。因为儿子一直没有动静，医生建议我明天住院待产。

听到住院待产，我的心里还是很紧张的，说实话，我怕剖腹产。剖腹产会很痛的，一个好好的肚皮，两边哗啦一下，给左右开弓划出两道血盆大口，再拉出一个血肉模糊的娃娃来。

奶奶的，吓死人了！我希望正常生产，到时候不知道儿子配合不配合、争气不争气了。

到医院待产前一天，我最后一次去医院看了四同。四同脸上的纱布已经清除了，露出了清秀的面庞。

四同的脸上有几道伤口，是车祸中留下的。我走过去，俯身下去，亲了亲四同的脸："四同，明天我就要住院了，不能来看你了，你要好好的，我和儿子等你出院回家看我们，知道吗？"

我的话音刚落，我看见四同的脸动了一下，接着，一行带着体温的眼泪，从他的眼角流了出来，落在我的脸上。

我激动地对四同他亲爸和后妈喊道："四同会流泪了，你们快来看。"

四同他亲爸和后妈赶紧走过来，仔细一看，四同真的在流泪。四同他亲爸抱着四同："四同，你快醒醒，慕容就快生了，你的儿子还在等着你去看他呢。"

我们三个人，围着四同，像老哥伦布发现新大陆一样，带着惊喜的眼神看着四同。

四同流完眼泪，病房恢复了平静，四同又一动不动了。四同他亲爸转脸问我："慕容，明天你就住院了？"

我点了点头："今天去孕检，医生说早点住院比较好，因为现在是足月分娩，要随时提防羊水破了，担心大人和小孩生命危险。"

四同他亲爸"嗯"了一声："还是早点住院放心，你去曼尼的服装厂账上多提些钱带过去，顺便请个月子保姆，我过两天去医院看孙子。"

我接过话茬："爸，曼尼昨天已经把费用打到我的账户上去了，这里四同需要人，你就不要两头跑了，我那里已经请好月子保姆了，你放心。"

四同他亲爸看了看我，没有回答。我继续陪四同说了一会儿话，赶在天黑之前回到了仙林的家。

·第四十一章·

硝烟又起

我离开医院后，四同他亲爸对四同她后妈说："我后天去市妇幼等孙子出世，四同这里你多费点心，我要把出生证弄到手，不然给四同他亲妈搞到手，我这孙子就跟了外姓人姓了。"

四同她后妈点了点头："你放心，这里有我照顾，还有立恒，曼尼有时间也会过来照应的。你放心地去，四同已经这样了，孙子再跟他亲妈姓，就更没道理了。"

四同她后妈知道四同他亲爸性子耿直，说到做到，所以，也不阻挡他。夫妻之间，很多时候不是保持自己的个性，而是适应对方的脾气。

四同他亲爸这次已经拿定主意了，不能让孙子跟了四同他亲妈的姓。现在，四同是死是活还不知道，孙子将是他花家老祖宗的命根子，谁来跟他抢孙子的姓，他就和谁拼命。

四同出车祸已经一个月了，一个月来，老两口以院为家，四同他亲爸不知道偷偷流了多少眼泪，头发愁白了多少根。

对于四同的未来，四同他亲爸简直不敢去想。每天夜晚，睡在儿子的病床边，就担心一夜醒来四同没了。

可怜天下父母心，眼看着儿子长大成人了，结婚了，有自己的家了，可以安心过自己的日子了，却来个他奶奶的车祸，就和八级强地震差不多，还要不要人活了？

四同他亲爸怎么也没有想到，这辈子会亲眼看见儿子不死不活地躺在床上，像个植物人一样。

每天，四同他亲爸和他后妈要给四同翻身、擦身，陪他说话。有时，为了刺激四同的神经系统，还要轻轻地挠他的脚底板和腋窝。

他们辛辛苦苦做这一切的目的，就是希望四同快点醒来，重新承担起一个做儿子、做父亲、做丈夫的责任。

本来，家里添丁添孙子是一件开心的事情，谁知道半路杀出个程咬金，四同出车祸了，把一家人的计划全部打破了。

万幸的是，刘立恒帮了不少忙，亲家公还找了人，把四同的服装厂顶了起来，减少了花家的经济损失。真是老天无情人有情啊！

在我预产期前四天，四同他亲妈基本上一天一个电话打到仙林，她嘴上亲家公、亲家母的叫唤，其实是想知道我的住院时间。

四同他亲妈每次来电话都是上午，开头第一句话就是："亲家母，慕容在家吗？"

牙疼，慕容我又不是皇宫里娇贵的格格，需要四同他亲妈你天天早上来请安，你一天一个电话过来问安，他奶奶的我真的怕折了自己的阳寿。

四同他亲妈极有耐心，接连打了两天电话，到了第三天，电话始终没人接听，她知道儿媳妇一定住院了，自己要赶紧行动了。

7 月 16 日清晨，我亲爸去上班了，后妈带着我，收拾了一些简单的生活用品，坐地铁到了市妇幼办了住院手续，然后住了下来。

住院后不久，四同他亲妈提着一个果篮来探视了。她一个病房一个病房地问，一层楼一层楼地找，终于找到了我的病房。

四同他亲妈看起来身体恢复得不错，面红肉白的，走路蛮有精神。她推开门后，一眼看见了我，立即满脸堆笑："好难找，原来住这里啊！家里电话都没人接，我就猜到慕容住院了。"

我看见四同他亲妈，叫了声："妈，你身体不好，怎么来了？"

四同他亲妈把果篮放在床头柜上，看着我后妈说："亲家母，你说我这个身体，能吃能喝的，哪里有病啊？我在这里陪陪儿媳妇，总没有什么关系吧？"

我跪你四同他亲妈祖宗一万代，敢情你是来看孙子的吧，确切些说，你是来等出生证的，对不对？

奶奶的，天算不如人算，就算四同他亲妈你拿到了出生证，你那户口簿已经注销了，你报个鸟户口啊！

我心里傻笑，就是没有戳穿四同他亲妈。住院头天，我挂了一天的催产素，扎针的小护士是实习生，半天也找不准静脉，扎了我两次血管，害得我的手背疼了一天。

到了晚上，四同他亲妈估摸着医生下班了，看我肚子也没有什么反应，和我们打了招呼回家了。

我在医院住了两天，挂了两天催产素，儿子在肚子里还是没有动静，不过羊水已经破了，就是不见开指。

四同他亲妈也真有耐心，每天像上班一样，上午来医院，晚上离开。7月18日，是我的预产期，我躺在床上，不疼也不痒，照吃照睡。就是两天的催产素挂下来，把我的手背全部扎破了。

7月19日，医生看我肚子还没有动静，只开了一指，怕羊水流失过多，决定剖腹产。清晨八点我被推到手术室之前，我看见了四同他亲爸急匆匆地从门外走了进来，看见我后，放心地舒了一口气。

接着，我被推进手术室，开始消毒、清理皮肤、备皮、打麻药，全部过程结束后，躺在了手术台上。

麻醉师为我实施的是半麻手术，打过麻药后，我的大脑一直处于清醒状态。我用双手掐了掐自己的大腿肌肉和腹部肌肉，全部是麻木的，没有知觉。

当两个主刀医生一人站一边，划开我的肚子的时候，我能够清晰地听见手术刀划破肌肉的声音，接着，我就感觉自己的肚子上面一阵哗啦啦的热水流了出来。我分不清是羊水，还是血水，我的脸被一块厚布盖住了，什么也看不见。

我的思维不是很清晰，大脑游离在一种模糊的半睡眠状态。接着，我听见了婴儿响亮的哭声，然后是医生的高声叫唤："带把儿的，是儿子，看见了吗？"

我睁开眼睛，看了看儿子的小屁股蛋，他的身上还有未干的血迹，一个医生托着他，放在我头前的秤盘上。

我低着头，看着儿子，心里很平静。我的大脑里闪过一个念头："四同，我们的儿子，我一定要好好培养他。"接下去的事情，我就不知道了。

与此同时，四同他亲爸和亲妈相继来到手术室门外，他们彼此不搭理，也不说话，各怀鬼胎。

中午11点后，我被推出手术室。看见我出来，四同他亲爸和亲妈不约而同跟着护士去了办公室。

到了办公室，四同他亲爸声音洪亮地对护士说："我是048床的家属，孩子的出生证是不是在这里取？"

四同他亲妈抢着说："护士，我是048的家属，孩子出生证交给我吧。"

护士拿着048床的出生资料，看了看两个人说："你们全部去病房等，到时候我会送过去的。"

四同他亲爸和亲妈面面相觑，立即返回病房，到了病房门口，两个人终于互相谩骂起来了。

四同他亲爸用手指着四同他亲妈的鼻子说："你还有脸到医院来抢孙子的出生证？"

四同他亲妈平静地说："我怎么没有脸来，孙子也不是你一个人的，你是他亲爷爷，我是他亲奶奶，你有脸来，我怎么就没有脸来了？"

四同他亲爸不屑地说:“真不害臊,我问你,四同的监护权属于我,你拿着儿子的户口簿做什么?”

四同他亲妈有点激动:“户口簿关你屁事儿?是四同给我的,和你没有关系。”

四同他亲爸的声音几乎吼了起来:“关老子屁事儿?就关老子屁事儿了。你儿子现在还躺在医院里,是死是活还不知道,一个多月了,你做亲妈都不知道去看一眼,倒记挂起孙子来了,我看你是心怀鬼胎吧。”

四同他亲妈愣住了:“你说什么,四同躺在医院里?”

四同他亲爸甩了甩手,走进了病房:“自己去医院问去!告诉你,孙子跟我姓定了,儿子生死不明,孙子还跟你姓个鸟,做梦!”

四同他亲妈站在病房门外,越想越不明白。她推开病房的门,一眼看见我后妈,拉着她的衣襟说:“亲家母,四同到底怎么了?”

我后妈看了看四同他亲妈,怕她心脏受刺激,不敢说:“亲家母,四同没事儿,他不是在国外谈生意还没有回来吗?”

四同他亲妈不相信,跑过去问四同他亲爸:“四同他爸,你说真话,四同是不是真的躺在医院里,他们一直告诉我,四同出国谈生意去了,是不是真的?”

四同他亲爸火气又窜上来了:“四同去国外谈生意了,是吧?是的,是去国外了,所以,你现在心安理得,在家无聊闲得慌,跑到医院来抢我孙子的姓了!”

四同他亲妈给前夫说得一愣一愣的,立即反唇相讥:“笑话,孙子不跟我儿子姓,难道跟你姓?”

四同他亲爸暴跳如雷:“去你娘的,我孙子不跟老子姓,难道跟你姓?你儿子现在躺在病房里,都快死了,孙子还跟你姓,姓你娘个屁!”

四同他亲妈也不是好惹的货:“什么,你说什么,有你这样诅咒亲生儿子的吗?我告诉你,户口簿在我这里,你想改我孙子的姓,门儿都没有!”

四同他亲爸讥笑地说:“我诅咒我的亲生儿子?你自己去军区总院看看,看老子说的是真的还是假的?”

四同他亲妈丈二和尚摸不着头脑:“军区总院?”

四同他亲爸气哼哼地坐了下来:“我告诉你,孙子的出生证你要是敢动一个手指头,老子就跟你拼了。”

四同他亲妈还没有反应过来,急忙问我后妈:“亲家母,四同是不是真的快死了,你告诉我,四同他爸说的是不是真的?”

我后妈眼睛里噙满了眼泪:“亲家母,四同出了车祸,已经在医院里躺了一个多月了。”

四同他亲妈一阵眩晕,差点栽倒:“原来你们个个都在骗我?我要去找我儿子,我要去看我儿子,四同……”

四同他亲妈一边说,一边踉踉跄跄地跑出了病房。我后妈不放心,对四同他亲爸说:“亲家公,你跟出去看看,她有心脏病,慕容这里有我照顾就行了。”

四同他亲爸想了想,是有点不放心:“好吧,我去看看,一会儿医生要送出生证过来,你拿着收好,等慕容精神好了,给她就行了。你告诉她,孙子跟我姓,名字让她找起名大师起。”

四同他亲爸说完,跟了出去。四同他亲妈在走廊走了几步,眼前一抹黑,一个踉跄跌倒在地。

四同他亲爸赶紧跑过去,把四同他亲妈扶了起来。四同他亲妈靠在前夫的怀里,忍不住眼泪哗哗直流:“四同他爸,带我去看看四同,我要看儿子。”

毕竟夫妻一场,四同他亲爸心里最柔软的地方被触动了:“嗯,我带你去。”

两个人互相搀扶着,一起走出了市妇幼病区,出了医院大门,直接打车奔南京军区总院而去。

当我醒来的时候,已经是剖腹产后的第六个钟头了。麻药渐渐失效了,腹部的伤口钻心一样地疼。我开始忍不住地叫“妈”。

后妈急忙走过来,心疼地看着我:“慕容,妈在,哪里不舒服就跟妈说。”

我闭着眼睛,双手轻轻抚摸着刀口:“妈,我刀口疼,叫医生来。”

后妈赶紧说:“好的,我去叫医生,你忍耐一下。”

后妈走后,我一直哼哼着。我的一只手抓着床头的铁栏杆,一只手放在肚子上,摩挲着。

一分钟后,后妈来了:“慕容,医生说了,你这个是麻醉药过了,没有什么办法的,杜冷丁不能用,用了有耐药性,你熬一熬就过去了。”

他奶奶的,什么破医院的破医生啊,我能熬得过去吗?我能熬得过去,还叫我后妈去找你吗?丫的想找抽啊!

哎呀,我的肚子,操他奶奶的,生个孩子这么受罪啊?疼死老娘了,下辈子再也不做女人了。

我唧唧歪歪叫了半天,后妈在一旁六神无主,不知道怎么是好。过了半个钟头,估计我是累了,昏沉沉地睡着了。

记得谁说过,女人生孩子,是半只脚落在人间,半只脚跨进地狱。现在,我总算从地狱的鬼门关里逃出来了。

这一觉大约睡了一个钟头,醒来后,依稀觉得嘴唇湿润润的,很温暖。我本能地嚅动着嘴角,把眼睛睁开后,看见月子保姆正在用潮湿的棉签给我来回擦嘴唇。

我后妈也许困乏了,在另外一张床上睡觉。我看了看月子保姆,示意她可以休息了。

这时,病房门推开了,进来一个护士:“048 床,花慕容,孩子的出生证。”

我点了点头:“嗯,是我。”

护士走过来,把出生证递给我,我点头感谢,然后,把出生证放在了枕头下面。看着出生证,我的疼痛似乎减轻了。

·第四十二章·

真相大白

当天中午十二点,四同他亲爸带着四同他亲妈到了南京军区总院特护病房,四同他亲妈一看见四同,就一下子扑了过去:“四同,我的儿,你怎么了？他们骗了我一个多月,说你去国外谈生意了,原来你一直在医院里躺着啊?”

四同他后妈走过来,好心相劝:“四同他妈,你心脏不好,不要太过伤心了,孩子已经这样了,哭也没用,把身体哭坏了,还要人照顾。”

四同他亲妈想想还是心酸:“我就这么一个儿子,我不心疼谁心疼啊？四同,你醒醒,妈来看你了。”

四同他亲爸站在一边,不说话。他的眼泪已经流干了,再流的话,就是血了。病房里,四同他亲妈一直在伤心地哭泣。

四同他亲妈一边哭,一边去摸四同的脸,摸着摸着,感觉自己的手潮湿了:“四同他爸,四同流泪了,你们快过来看。”

两个人一起围了过来,四同确实在流泪。他的眼角挂着两滴泪水,一直流过太阳穴,落在枕头上。

四同他亲妈抱着四同的头,放在自己的手里:“四同,妈真的不忍心看着你这样,早知道你这样了,妈应该过来陪你的。明天开始,妈天天过来陪你,好吗?”

四同他亲爸看着四同他亲妈伤心欲绝的样子,忍不住说:“四同他妈,你身体也不好,偶尔过来看看就可以了,这里有我们,还有曼尼和立恒照顾。”

四同他亲妈点了点头:“真是对不住你们,自己的儿子要你们大家照顾。我现在身体确实不大好,心脏动了大手术,每天靠药物维持心脏的功能。我今天人已经来了,就多陪陪四同吧。”

四同他亲爸和后妈也不再坚持,让四同他亲妈留在四同的身边。当天晚上八点,刘立恒准点来接夜班,看见病房里多了一个陌生人,心里立即出来一个问号:“这是四同的哪个妈?”

四同他亲爸看见刘立恒,主动为他和四同他亲妈介绍:“我给你们介绍一下,这位是四同的亲妈,这位是曼尼的男朋友立恒。”

刘立恒主动和四同他亲妈打招呼:“伯母。”

四同他亲妈点了点头:“这一个多月来,辛苦你和曼尼了,没有想到四同给你们带来这么多麻烦,太谢谢了。”

刘立恒接着说:“伯母,应该的,四同是曼尼的哥哥,也是我的哥哥,照顾他是我们应该做的。”

四同他亲爸看时间不早了,对刘立恒说:“立恒,四同丢给你了,四同他亲妈身体不好,今天在这里大半天了,我们先把她送回去,明天再过来。”

刘立恒“嗯”了一声:“好的,叔叔、阿姨、伯母,你们慢走。”

刘立恒说完,把三个长辈送到病房门外,看着他们离开后,才回到病房。今天第一次见到四同他亲妈,感觉还好,也没有像曼尼说的那么恐怖。

刘立恒掀开被子,看了看四同的大腿根部,给他换了尿袋,接着打了一盆热水,给他擦了擦身子。

这些日子,对刘立恒来说,简直不可思议。北京之行后,他的生活似乎发生了天翻地覆的变化。

让刘立恒最难以理解的是,他竟然不知不觉地进入了花慕容的生活中,而且具有蔓延之势。

首先,刘立恒和花慕容的小姑子张曼尼订了婚,接着,担纲起了照顾她爱人四同的重任,现在,又要做她儿子的姑爷了。

短短几个月时间,刘立恒的生活整个倒过来了。北京之行,不仅没有让他远离花慕容,反而让他更加快速地走近她。

刘立恒不敢相信,难道冥冥之中有命运之手在安排?在这个世界上,一个男人和一个女人,从开始到结束,难道都是宿命的终结?

刘立恒不相信命,但是,相信缘分。缘分不一定就是婚姻,它是一个男人和一个女人之间像藕断丝连一样的东西,说不清道不明。

四同很安静,这个男人很乖,曾经让刘立恒羡慕不已,醋意非常多。现在,四同每天躺在他的面前,刘立恒陪着他说话,为他放音乐,和他在一起消磨时间。

换成其他任何人、任何时候,都是不可能的一种关系。刘立恒摇了摇头,走过去,把四同的一条腿轻轻提了起来,然后开始做拉伸运动。

刘立恒做完一条腿,再换一条腿。做完一个胳膊,再换一个胳膊。全部活动关节的项目做完后,再放音乐。

现在，刘立恒唯一的想法是四同快点醒过来。今天晚上，张曼尼给他发了一条短信，说花慕容上午剖腹产生了一个大胖小子。儿子需要爸爸，老婆需要老公，问题就是这么简单。

放音乐的时候，刘立恒一直注意四同的反应。音乐比较和缓，像小河流水一样，四同的神情很安静，听音乐的时候没有什么变化。

刘立恒换了一支曲子，四同还是没有变化。刘立恒有点纳闷，他不知道四同原来喜欢什么曲子，对什么曲子最有感觉？

刘立恒想找一支曲子，刺激四同心灵的，能够引起四同灵魂共鸣的，这样的曲子，必定会触动四同的深层记忆，让他早日醒来。

刘立恒搜肠刮肚，这样的曲子太多了，而且每个人喜欢的旋律不一样，谁知道四同喜欢什么样的旋律？

刘立恒灵机一动，也许，只有花慕容最清楚四同喜欢什么样的曲子和什么样的音乐旋律。

不过，花慕容今天刚刚剖腹产，身体还没有恢复，还是不打扰她了。刘立恒继续换了一首音乐，听着听着自己就睡着了。

醒来的时候，已经半夜了，刘立恒去浴室冲了一回凉。回来后，给四同翻了翻身，活动了一下四同的肌肉。

其实，对四同来说，已经没有白天和黑夜的区别了。白天对他来说，是黑夜，黑夜对他来说，同样是白天。

四同的眼睛是没有光度的，像瞎子一样，不管谁靠近他，他都视而不见。在四同的眼里，世界是静止不动的，是永恒不变的。

人活到这个境界，是四同不曾预料到的。原来的世界多精彩，可是已经不属于四同了。

次日上午，我被一阵钻心的疼痛惊醒了。剖腹产后，我的肚子一直胀气，连半个屁也没有放出来。气流来回在肠子里转，积聚在肚子的最尖端，然后再慢慢回到肛区。

气流形成了恶性循环，一旦到了肚子的最尖端，我就疼得要死，恨不得死了痛快。等到气流回到肛区，我又觉得活着是多么幸福的一件事，我就被气流来来回回地这么折磨着。

我后妈看见我疼得受不了，让月子保姆去市妇幼门口找店家做萝卜汤给我喝，喝完萝卜汤，肚子里的气鼓得更厉害了，简直要了我的命。

他奶奶的，平时想放屁很容易，要几个憋足劲儿就能来几个。现在，要一个屁竟然这么难！整整一天一夜没有通气了，我感觉肠子要爆炸了。

中午，继续吃萝卜汤，接着吃鸡蛋银丝面。到了下午，躺在床上，终于放了一个惊天动地的响屁。

我后妈看着我,喜滋滋地笑:“慕容,终于通气了?”

我点了点头,一脸的轻松,这个屁来得太不容易了,费了九牛二虎之力:“妈,萝卜汤救了我的命,这是救命汤啊!”

我后妈仿佛突然想起了什么:“宝宝的出生证怎么还没有送来?我去护士站问问医生。”

我拉了拉后妈的手:“妈,出生证在我枕头底下,昨天你在睡觉,护士送过来的,我忘记和你说了。”

我后妈“嗯”了一声:“慕容,四同他亲爸昨天丢话给我了,说孙子姓花,名字让你找大师起。”

我心头一热:“真的,四同他亲爸和他亲妈意见一致了?”

我后妈摇了摇头:“哪里?你推出手术室后,老两口子从走廊一直吵到病房。”

我笑了笑:“他们是不是在抢儿子的出生证?”

我后妈点点头:“是的。”

说完,后妈把出生证从枕头底下拿了出来:“妈先给你保管,和家里的户口簿放在一起,等你报户口的时候,再拿出来给你。”

我后妈把出生证收起来后,我从枕头底下摸出了手机,向张筠土大师报喜:“张大师,我儿子 7 月 19 日上午 8 点 58 分出生于南京市妇幼,麻烦您给起个好名,儿子跟我姓:花。”

张筠土大师很快回复我:“嗯,恭喜你做妈妈了,我最近两天就给你做起名配置计划书,完成后发你邮箱。”

我飞过去一条:“谢谢张大师,我等你消息。”

儿子的姓名尘埃落定,我的心里就只剩下四同了。下午,护士把儿子抱进了病房,儿子的小手和小脚上,各挂了一个粉红色的扣环,上面写着床号和我的姓名。

儿子睡在小床里,很乖巧。我试着坐起来,在月子保姆的帮助下,慢慢下了床。我的双手托着肚子,走到儿子的身边。

儿子的鼻子长得有点像四同,嘴巴有点像我,脸部轮廓也像四同。看到熟睡的儿子微笑的样子,我觉得一切都值了。

初为人母,第一次觉得做父母的不容易。一个娃儿,从十月怀胎,到婴儿,到少年,到青年,在所有的成长过程中,父母吃尽了辛苦,到头来还不图儿女的一丝回报,只要儿女平平安安、健健康康的就心满意足了。

我看着儿子,伸出一只手,摸了摸他粉嫩的小脸。儿子皱了皱眉头,眨了眨眼睛,似乎很不高兴,仿佛我惊动了他的美梦。

我接着又摸了摸儿子的小手,他立即把五个手指缩了回去,像河蚌一样,防卫本领很强。

最后,我抓了抓儿子的小脚丫,他蹬了两下。这个动作的伸缩频率和怀孕时的胎动一样,太像打太极拳了。

这时,病房的门被推开了,一束鲜花从门外伸了进来。我转过头去,看不见来人的脸。

来人一直把花举在自己的脸部,挺着微微隆起的大肚子,慢慢地朝我这边走来。我疑惑地看着她,不知道来人是谁,也看不清是哪个亲戚朋友或同事。

来人终于走到了我的面前,突然,她把花拿了下来,冲我一笑:“我做干妈了,是不是?”

我上下一打量,忍不住哈哈大笑:“死丁克安京宁,你怎么来了,我也没有发信息通知你!”

安京宁鬼鬼地看着我:“你不告诉我,我就没办法知道了?”

安京宁说完,从小包里拿出一个大红包,走到儿子的小床边:“来,干儿子,叫干妈,干妈给你带见面礼来了。”

儿子听见说话声,立即睁开了眼睛,看了看安京宁。月子保姆拿走了安京宁手里的鲜花,放在床头柜上。

我后妈在一边看着外孙子,说:“乖孙孙,你干妈来看你了,把眼睛睁开了是吧,你是见钱眼开了,是不是啊,快谢谢干妈。”

安京宁哈哈大笑:“这小子鬼精,见钱还真把眼睛睁开了。呵呵,不谢不谢。”

看着安京宁显怀的肚子,我招呼她坐了下来:“告别丁克族了?几时怀孕的,也不来个电话报喜?”

安京宁傻傻地笑:“上次和你电话后,我就决定造人了。”

·第四十三章·

告别丁克族

奶奶的,我说死丁克安京宁怎么上次一个电话挂断后,就莫名其妙地消失了,原来是造飞机大炮造小人去了。

我点点头:“女人一旦结婚,造人计划还是越早越好,这样以后自己也好有个依靠。”

安京宁连连点头:“我就是这么想的,我老公经常出差,不是坐飞机,就是坐火车轮船,万一哪天有个三长两短的,他连个后也没有。”

他奶奶的安京宁,什么前前后后的,又是哪壶不开提哪壶。我的心仿佛被针扎了一下,生疼生疼的。

我不敢对任何人提四同的事情,我怕自己承受不住,我怕自己泪如雨下,我怕自己一蹶不振。

无论对家里人,还是对外面人,我都是一种态度:隐忍。我看着安京宁,故作轻松地说:“你老公经常出差,你一个人在家,寂寞的时候多过热闹的时候,所以,现在生个孩子对你来说最合适。女人一生至少应该有一个孩子,不然就不叫女人了,人生也太不完美了。你的预产期是哪一天?”

安京宁一边点头一边说:“预产期要到明年开春了,还是你好,有八个爸爸妈妈抢着给你带孩子。我老公从农村出来的,我不喜欢他父母给我带孩子。我父母在外地,来来去去的也不方便。”

我用手摸了摸肚子,刀口有点疼,慢慢上了床:“有人带比没人带好,你就不要挑挑拣拣的了。”

其实,我心里是有说不出的苦。说起来我有八个爸爸妈妈,实际上,四同那边的四个爸爸妈妈一个也派不上用场。

我家的四个爸爸妈妈,亲爸要上班,没有时间。亲妈和后爸常年不来往,就我结婚那天冒出来一下子,春节又见了一次面,就消失了。所以说,真正派上用场的只有我后妈一个人。

想想就牙疼，我的日子过得就和猫盖屎一样，外面光鲜里面臭。现在，唯一巴望的就是四同能够早日醒来，这样我们母子还多个依靠，多个希望。

想到这里，我的鼻子一酸，赶紧忍住了。安京宁看着我说："你是剖腹产吧，剖腹产身体恢复慢，我希望到时候自然生产，这样月子里也不受罪，更不拖累家里人了。"

我掀开被子，把衣服挪开，给安京宁看伤口："我预产期过了一天，羊水已经破了，儿子还没有动静，医生怕出危险，叫剖腹产了。本来我也想自己生的，不过，顺产还是剖腹产是由不得自己的。"

这时，儿子哭了，估计是饿了，我的母乳还没有出来。月子保姆听见哭声，赶紧冲奶粉，摇匀后，将奶瓶倒过来，滴了两滴在手心里试验温度。

温度合适后，月子保姆轻轻抱起儿子，把奶嘴放到他的小嘴里，儿子吧嗒吧嗒地吸了起来。

安京宁在病房里大约坐了两个钟头，为了不影响我的休息，起身告辞了。我执意要送她到门口，她按住我，不让我下床，我只能作罢。

看着安京宁的背影，我的心里宽慰了许多。安京宁终于告别丁克族了，不能不说是一种进化。

安京宁走后，我靠在床上，傻傻地想心事。后妈走过来，问我想吃什么。我一点胃口也没有，什么也不想吃。

我后妈说："什么东西都不吃是不行的，你现在有儿子，奶水还没有下来，我先给你去医院门外做点鲫鱼汤催奶。"

我点点头，后妈出去了。我叫月子保姆把床摇平，躺了下来。刚才安京宁来，我一直坐着和她说话，腰有点吃不消了。

刚躺下，床头柜上的手机信息提示音响了起来。月子保姆把手机递给我，我看了看，是刘立恒来的。

刘立恒的信息字数很多："慕容，你的身体还好吧，四同和你在一起的时候，最喜欢听哪首歌曲？我每天晚上给四同换不同的曲子，但他都没什么反应。医生说，要放病人最喜欢的曲子，我想问问曲名，让四同早点醒过来。"

我的心里一阵温暖，拿起写字棒画了起来："谢谢你照顾四同，立恒。四同和我在一起的时候，最喜欢听的歌曲是《粉红色的回忆》，韩宝仪唱的。"

信息发出去后，我的脑海里响起了《粉红色的回忆》那熟悉的旋律：

夏天夏天悄悄过去留下小秘密

压心底压心底不能告诉你

晚风吹过温暖我心底我又想起你
多甜蜜多甜蜜怎能忘记
不能忘记你把你写在日记里
不能忘记你心里想的还是你
浪漫的夏季还有浪漫的一个你
给我一个粉红的回忆
喔夏天夏天悄悄过去依然怀念你
你一言你一语都叫我回忆
就在就在秋天的梦里我又遇见你
总是不能忘记你
……

四同很喜欢这首歌,我怀孕的时候,给儿子听得最多的,也是这首歌。我不知道四同为什么喜欢这首歌,我甚至没有问过他。

男人的心里,总有很多不为女人所知的秘密,我从来也不去打听四同的秘密。戴着眼镜做事,摘下眼镜看人,是我一贯的行事准则。

女人婚前眼睛睁得再大,婚后还是要闭上一只眼睛的。《粉红色的回忆》这支曲子,我也喜欢听,每次哼着这首歌的时候,我的眼前就会浮现前男友的面影,毕竟一个女人的4年48个月1460多天的情丝,不是那么轻易就能被斩断的。

刘立恒很快回复了信息:"好的,我记下来了,我一会儿下班就去买唱片。慕容,剖腹产需要休息,我等曼尼过几天出差回来,一起去医院看你和侄子。"

我继续用写字棒画着:"如果没有时间的话,你和曼尼就不要来了,我最多再住三天就要出院了。四同的服装厂和四同更需要你们,谢谢你们了。"

刘立恒接着飞来一条信息:"那好吧,等曼尼回来再说,拜拜。"

放下手机,我的思绪飞到了四同的身边。四同最近几天怎么样了,肢体恢复得好点了吗?我已经快一周时间没有见到他了,儿子已经出世了,家里添丁了,四同,你快点醒来,他奶奶的你要想睡觉,也不能一睡不醒啊!

·第四十四章·
强人洪振业

四同的服装厂,刘立恒的父亲刘董委派的总经理洪振业正在办公室接电话,电话是张曼尼打来的。

办公室不大,只有五十平方米左右,办公室开的是南门,办公桌正对南面,东面是一排透明窗户,上面卷曲着米黄色的手拉窗帘。进门处是一溜儿橘黄色沙发,整个办公室的色调比较温暖。

洪振业面前放着一份刚刚接到的传真合同,他一边看合同,一边接电话:"张曼尼,这份合同我已经看了,条例基本上还比较规范。你现在需要做的是,和外商继续商谈,将我们的服装出口成品价格至少提高一个百分点,这样的话,他们就是年底结款,我们的资金也没有什么损失,这一个百分点就比如我们存银行的利息了。"

张曼尼接过话:"洪总,我知道了,合同还没有最后签订,我还有机会争取。"

洪振业点了点头:"和外商谈判要注意技巧,要在合同上做文章,外商对文本之类的东西很重视,所以,我们就要在合同上埋地雷。"

张曼尼继续说:"好的,洪总,如果顺利的话,我估计还要在杭州停留两天,如果不顺的话,还要多待两天,我随时向你汇报合同的进展情况。"

洪振业又看了一眼合同:"嗯,可以,保持联系。"

洪振业今年30岁,一直在刘董的公司从事高层领导职务,是钻石王老五。因为一直忙于事业,错过了婚姻,错过了姻缘。

洪振业的外貌长得比较阳刚,看起来很帅气。这次,公司董事长刘董委派给他的主要任务,就是把四同的服装厂顶起来,将张曼尼尽快带出来,以便独当一面,撑起四同的服装厂。

任何行业,都有一个最大的共同点,这个共同点就是"赢利"两个字。怎样把这两个字诠释到最大化,就看这个人的能力了。

洪振业大学毕业后,直接去了刘董的公司,从最基层的员工做起,一路攀升,最后坐到了公司高层的领导岗位上,成为刘董的得力助手。

刘董很器重洪振业,他曾经在家里和刘立恒开玩笑说:“立恒是小子,如果是丫头的话,我肯定把她嫁给洪振业了。”

刘立恒反诘过父亲:“爸,你为什么不说洪振业要是丫头就好了,我把她娶回来?”

刘董哈哈大笑:“你们两个人无缘,只能做兄弟,不能做夫妻,这辈子只有这点缘分了。”

刘立恒满脸不高兴:“谁和他做兄弟了?”

话说回来,曼尼现在是刘家的准媳妇。这次,如果不是四同出了意外,急需要一个接管服装厂的强人,刘董是不舍得放手洪振业的。

刘董一直有心成立一个分公司,让洪振业做分公司的一把手。计划中,他最先考虑的是儿子刘立恒,然而,刘立恒明确表示过,暂时不希望在家族事业中发展,如果哪一天真的想子承父业,他会提前告知父亲。

刘董的教子方式比较开放,他一向坚持一个观念:圈养不如放养。圈养的温顺,容易驯服。放养的野性,生存能力更强。

弱肉强食,这是动物界的生存法则,引用到人类,道理一样。

洪振业进入四同的服装厂后,用三天时间彻底熟悉了服装厂的业务流程,摸清了员工的岗位分布情况。

要说第一步,对洪振业来说并不难。刘董的公司也和外贸沾边,和四同的服装厂只是行业属性不同。刘董的公司做的是机械,外商来买他们的机械,他们公司派人负责国外的技术指导,与服装厂大同小异。

这个第二步,对洪振业来说也不算难,客户群资料都有,办公室有文字和电脑备案,查阅后就可以掌握客户动态资料。

这个第三步,对洪振业来说估计有点困难,就是服装厂的资金问题,积压比较多,一些订单完成了交货任务后,资金却回笼不到位,大部分资金要到合同约定的年底,甚至明年春节前结款。

以现有的资金,去操纵和接受源源不断的外贸订单,不是几万、十几万就可以搞定的。在融资这块,洪振业比较抓瞎。

以洪振业钻石王老五的身份,在刘董的公司干了这么多年,积累的个人资产也不下千万了。按照个人的能力,他也可以成立一个自己的公司,不过,洪振业是重义之人,是刘董一手把他带出来的,刘董对他特别恩惠,他不想做背信弃义的事情。

现在,洪振业接手服装厂已经半个月了,法人代表是四同,自己是挂牌总经理,张曼尼是总经理助理。

如果对外融资的话,肯定具有一定的风险。今年世界经济危机,外贸服装行业不景气,加大投资显然不明智。

洪振业现在有一个想法,就是走内、外贸两条路线。如果按照这条路走的话,他就要追加自己的资金进去了。

现在,关键的问题是不知道四同什么时候醒来,如果醒来的话,是不是同意他的规划?目前,国内对服装行业的需求很大,国人要吃饭要穿衣,十几亿国人一年四季要消耗多少成品制衣?

洪振业接完张曼尼的电话后,就一直在考虑内外贸公司的问题。他想先列一份计划书出来,然后,等张曼尼过几天从杭州出差回来后,和她坐下来好好谈谈服装厂发展的事情。

这样的话,四同的服装厂就牵涉到改制的问题了,如果改制的话,还要申请服装内贸公司,申请营业执照。

目前服装厂已经正常运转起来了,要想占领市场,必须扩大生产。洪振业的劳动关系挂在刘董的公司,四同的服装厂不提一分钱给他。刘董既然如此相信他,他就一定要做好,同时也验证一下自己的能力。

洪振业一边起草计划书,一边点燃一支烟。这时,业务科的黄晓磊推开门走了进来:"洪总,六月份马来西亚的新单已经做完了,型号和批次以及验货时间,你看一下。"

黄晓磊说完,把清单递给了洪振业。洪振业接过来,看了一下:"可以了,我一会儿安排一下时间,你通知检验员在打包出厂前,核对一下型号、批次和出厂牌,记住:不能出错。马来西亚是我们的新合作外贸公司,他们是目前为止,唯一的一个货到付款的公司。"

黄晓磊点了点头:"好的,洪总,我马上就去通知检验员。"

黄晓磊离开办公室后,洪振业继续做计划书。他这个人就是这样,做什么都比较精心,不喜欢三心二意,既然刘董让他扛起四同的服装厂,他就要把服装厂当做自己的事业来做。

关于张曼尼,洪振业和她之间的接触还不是很多。直觉上看,张曼尼悟性比较高,和她交流的时候,一般是一点就通的那种,不需要花费多大的力气。

所以,洪振业让张曼尼先跑外围,和外商直接接触,这样一方面可以发挥她的英语特长。另一方面,张曼尼本来就是旅游专业毕业的大学生,与人沟通能力比较强,现在,她缺少的只是经验。

经验不是一朝一夕就形成的,洪振业当初在刘董的手下,第一次出国做技术指导的时候,在和外商交流的时候,他紧张得连手都是抖的。

洪振业想让张曼尼独自在外面锻炼一下,这样等到自己功成身退的时候,曼尼肩上的压力就不会那么大了。

计划书做完后,已经下午五点了,洪振业收拾好笔记本电脑,背上肩,在服装厂又转了一圈,对加班生产的车间领班打了招呼,让他们注意安全生产,另外注意防暑降温。

洪振业走出服装厂后,看了看招牌,已经很旧了,门头早就看不见了,他摇了摇头,朝自己的小车走去。

洪振业的家在南京,父亲是机关公务员,母亲退休在家。洪振业的生活圈子不是很大,同龄人基本上都做了父母,除了出国技术指导外,回国后就是上班、下班,也没有什么特别的聚会或者活动。

最近两年,父母对自己的婚事比较关心,尤其是母亲,经常张罗给他介绍对象。洪振业见了几个,也没有什么感觉。

洪振业一直认为,世界上的事情,能够称得上"巧合"二字的,少之又少,冥冥之中都有定数,婚姻自然也包括在内。

俗话说,男人三十而立,洪振业今年刚到而立之年,所以,婚姻这个问题对他来说,根本不是问题。

洪振业也不知道自己想找什么样的女孩子,他不大相信眼缘,他喜欢那种个性相对独立、没有依赖性、不完全依靠父母的女孩子。

说实话,洪振业自己是 80 后,具有典型的 80 后特征。他要找的女孩子,必定要跟他一样,具有 80 后的所有优秀品质。

宁缺毋滥,是洪振业对婚姻的标准和底线,他宁愿选择独身,也不会凑合着找一个女孩子,像一头牛一样被人牵着鼻子去结婚。做剩男并不可怕,怕的是找一个不伦不类的剩女。

洪振业上了自己的小车后,直接朝河西自己的家开去。河西是南京新城开发区,马路宽,空气质量好,人均绿化占有率非常高,是适合人群居住的地方。

一路上,绿灯通行,小车只在新街口和汉中门两个路段堵了一下,其他路段基本上是畅通无阻。

洪振业家住高层建筑,在 24 楼。到家后,才六点不到。洪母正在厨房里忙菜忙饭,香味好浓。

进门后,洪振业习惯性地叫了一声:"妈。"

听见开门声,洪母"嗯"了一声:"振业,下班了?"

洪振业"哎"了一声,把笔记本电脑包放下,去厨房看了看:"妈,好香,又做什么好吃的了?”

洪母揭开沙锅盖子,一阵香味飘了出来:“冬瓜老鸭煲,去火的,你喜欢吃的。”

洪振业点了点头,伸头看了看:“呵,油黄黄的,吃了我脸上又要冒痘痘了。哈,妈你还做了鳝鱼片啊,好久没有吃到鳝鱼了,我先尝一口。”

说完,洪振业用手直接去盘子里捞了一块鳝鱼。洪母看了看儿子:“30岁了,还和小孩子一样,回家也不知道先去卫生间洗手,抓起东西就朝嘴里塞,肚子里会生虫子的。”

洪振业一边吃一边笑,将手在自来水池子里冲了冲,走出了厨房。回到客厅后,洪振业躺在沙发上,打开电视看动画片。

客厅开着空调,温度很适中。洪振业每天晚上吃饭前,都要看半个钟头动画片。看动画片,是最好的休息方式,他喜欢用这样的方式解压。

洪母在厨房做好饭菜后,把菜端上餐桌,然后坐到洪振业的对面:“振业,服装厂工作还习惯吧?”

洪振业点点头:“还好。”

洪母继续说:“服装厂女孩子多,你有没有看见中意的,如果有中意的,赶紧处一个。”

洪振业看了看母亲:“妈,你不要又来逼婚好不好?”

洪母坐着不动,继续说:“我这也不是逼婚,你老大不小的了,就不要挑三拣四的了,趁我才退休在家没事儿做,还有精神带带孙子,你赶紧找个对象结婚不就得了。”

洪振业坐起来,做了个推的手势:“好了好了,我的事儿不用你操心,你实在闲得慌,可以去广场和人跳健身舞,既锻炼了身体,又解除了寂寞。”

洪母哈哈大笑:“你是说楼下广场那些天天晚上跳扇子舞的中年妇女?我才不去那儿得瑟呢,邻居看见了不笑话死了。”

这时,防盗门被打开了,洪父下班回来了。一进门,洪父就说:“谁被谁笑话了?”

洪母看见父亲回来,捂着嘴巴笑:“和振业说着玩儿呢,回来了?赶紧洗手吃饭,振业……吃饭了。”

洪振业站了起来,把电视关了。刚才母亲说服装厂女孩子多,有没有中意的时候,他的脑子里莫名其妙地闪过张曼尼的影子,奶奶的,真是少有的事儿!

吃饭的时候,洪父开腔了:“振业,最近在服装厂怎么样?四同那小子什么时候醒过来?”

洪振业简单地回答:“还好,我也不清楚他哪天醒。”

洪父继续问:“刘董是怎么说的,是等四同身体康复了,可以接管服装厂了,还是等他妹妹张曼尼带出来了,可以独立工作了,你就可以回去了?”

洪振业含糊地答道:“具体什么时候回公司,刘董没有明说,我的劳动关系还挂在公司,服装厂我只是暂时代理一段时间,估计不会太长。”

洪父点了点头:“这样就好,服装厂毕竟是私营性质的,你可以操心,但是,不能操心过头了。”

洪振业没有说话,他的计划书已经做好了,看来暂时是不能说出来了。本来他还想征求一下父亲意见的,毕竟服装厂要扩大内贸这块的话,需要取得父母经济上的支持。

一个人事业的成功和一段幸福的婚姻一样,如果得不到父母的支持和看好,在起步的过程中,就失败了一半。

洪父继续说:“振业,爸不反对你干事业,不过,提醒你一句,个人问题该考虑的时候,也要考虑考虑了。婚姻就和吃甘蔗一样,不会从头甜到尾的,你不能因为甘蔗某节的甜度不够,而忽视了整个甘蔗的甜度。”

洪振业点了点头,闷头吃饭:“爸,我知道了。”

晚上,洪振业上网查了一会儿资料,然后,躺在床上休息。他的大脑里掠过张曼尼清秀的面庞。不知道她和外商谈得怎样了,合同有什么进展?

让张曼尼这个女孩子独自在外,和一个经验老道的外商谈判,洪振业觉得自己还是下手狠了一点。他完全可以带张曼尼一起出去,让她看着他做,就像刘董当初带他出去和外商谈判一样。

洪振业自己也说不清,第一次在办公室看见张曼尼,他连看也不敢看她一眼。他知道张曼尼是刘董未来的儿媳,在这层关系上,他才和她努力保持着一种理性的距离,让她独自高飞,一个人面对外商。

这时,电脑桌上的手机短信提示音响了一下,来了一条信息。洪振业爬起来,把手机拿过来,打开看了看。

信息是张曼尼发来的:“洪总,今天和外商谈了一个下午,现在,对方同意我们的要求,修改合同,将成品价格提高一个百分点。”

洪振业心里突然一阵振奋,这丫的满能干的,单枪匹马就把外商拿下了:“嗯,不错,你使的什么招数,让外商这么快就决定修改合同?”

张曼尼接着回复:“洪总,我也没有使什么招数,就把你平时交代我的话,和外商说了一遍。”

洪振业说不出心里是一种什么感觉,有点甜又有点酸:“呵呵,你怎么把功劳推到我的身上来了?生意是你在谈,不是我,知道吗?等你回来,好好给你庆祝一下。”

张曼尼继续回复:“谢谢洪总,我休息一会儿,明天上午和外商把合同签了,中午请他吃顿饭,下午我就可以回南京了,晚安,明天见。”

洪振业简单回复:“祝你马到成功,明天见。”

洪振业没有想到张曼尼第一次谈判,会把生意做得这么漂亮。他本来已经做好了最坏的打算,张曼尼完成服装厂和外商的原始合同,双方签字生效,自己带回来一份就可以了。

所谓的提高一个百分点,洪振业只是想锻炼张曼尼的谈判能力和生意技巧,没有想到张曼尼一点就通,竟然带着最好的成绩向他汇报。

·第四十五章·

车祸人祸

南京的夏夜，蝉声齐鸣。军区总院特护病房里，回荡着《粉红色的回忆》的轻快旋律。四同安静地躺着，刘立恒不时走过去，注意他的面部反应。

《粉红色的回忆》已经连续放了几个晚上了，四同一点反应也没有。刘立恒甚至没有从四同的脸上看见一点动静，他很失望。

对于四同，刘立恒有一种非常不好的预感，他总感觉到有什么重大的事情要发生，具体他自己也说不清楚。

人的第六感更多的时候是一种直觉，刘立恒的直觉一向比较准，所以，他的担心不是多余的。

现在，刘立恒唯一担心的是花慕容，如果四同真的有什么不测，他真担心她一个人扛不住。

今天晚上来医院接班的时候，四同他亲爸就忧虑重重地对刘立恒说："立恒，专家今天给四同会诊了，说四同估计时日不多了。"

刘立恒静静地听着："专家怎么说？"

四同他亲爸继续说："专家说，车祸造成了四同的大脑脑干细胞损伤，导致昏迷不醒和四肢无反应。化验、检查结果显示脑中枢神经的血已经散掉，目前主要治疗损坏的中枢神经细胞。虽然做了高压氧治疗，但效果不是很好。"

刘立恒接着问："专家还怎么说？"

四同他亲爸声音压得很低："今天，四同出现了发热现象，38 度左右。白天给他喂水擦身，已经到 37.6 度了，温度还是上升，就是退了后又上去。专家说这样持续反复下去的话，病人会引起多脏器心肺功能衰竭，最后导致突发性死亡。"

刘立恒沉默着，一时不知道说什么好："情况挺严重的。"

四同他亲爸最后特别关照了一下："立恒，今天的事情，只有我、你阿姨和你知道，除了我们三个人之外，谁也不知道。曼尼在杭州出差，她回来后，也不要告诉她。尤其是慕容，千万不要让她知道了，她现在还在月子里，带出病来一辈子都治不好，我们花家对不住她。”

四同他亲爸说完，伤心地哭了起来。刘立恒走过去，拍了拍他的肩膀：“叔叔，你放心，我不会告诉曼尼，也不会告诉慕容，你要坚强点，如果四同命大，自然会闯过去的。”

四同他亲爸连连点头：“谢谢你，立恒，这些日子把你累苦了，你和曼尼谈恋爱，是人一生中最幸福的时候，却被四同给耽误了。”

刘立恒想到这里，叹了一口气。他走过去，摸了摸四同的头，又摸了摸他的身体，有点烫，估计又发烧了。

刘立恒去卫生间接了一盆热水，拿起毛巾给四同擦身子。擦完身子，又给他喂了半杯热水，然后安静地等着奇迹出现。

刘立恒真心希望奇迹出现在四同的身上，慕容还在月子里，如果四同遭遇不测，是不是对慕容太残酷了？

一个女人家，才生了孩子，再走了丈夫，这样的天灾人祸如果发生了，对慕容来说，将是毁灭性的打击。

刘立恒不敢想，也不愿意想，他真希望时间倒退到去上海之前，四同在南京好好的，什么车祸人祸根本就没有发生过。

刘立恒也不是一个坚强的男人，想到花慕容的处境，他的眼泪不由自主地落了下来。他后悔自己年轻的时候，没有好好地珍惜她，让她活在如此多的灾难里。

刘立恒恨不得冲上去给四同几拳，把他打醒过来，让他回家好好地面对自己的老婆和儿子，而不是天天躺在这里，逃避一个男人起码的责任。

说归说，刘立恒看着四同的样子，还真不忍心下手。他曾经对花慕容说过：如果哪天四同怠慢了你，对不起你了，立即告诉我，我不会轻饶了他！

现在，这个男人就躺在自己的面前，然而，他不能下手。四同是车祸受的伤，刘立恒只能手下留情了。

他奶奶的，救人一命，胜造七级浮屠，算我刘立恒前世欠你四同的，今世做牛做马伺候你来了。

刘立恒想到这里，苦笑了一下。几天没有看见曼尼了，也没有她的电话，偶尔见她发来几条信息，也是匆匆忙忙的。

自从曼尼去了四同的服装厂后，就很少来医院了。刘立恒知道曼尼工作忙，平时也很少打扰她。让一个旅游专业的大学毕业生，转行去服装厂，生手生脚的，确实够难为她的了。

万事开头难,刘立恒这样做的目的,也是为了帮四同的忙。帮了四同,就是帮了花慕容,帮了花慕容,就是帮了一个家。

《粉红色的回忆》音乐旋律继续在响,述说着四同不为人知的秘密。刘立恒跟着音乐踏着节拍,慢慢地哼了起来。

哼着哼着,刘立恒笑了起来,他突然觉得这个曲子里的歌词怎么唱得像他和花慕容两个人谈恋爱的时候。

十八岁那年,刘立恒就是在夏天认识花慕容的,到了次年秋天,花慕容已经怀了他们的双胞胎。都怪那时自己年轻气盛,觉得左拥右抱才是男人的真本事,做了这辈子最不能让花慕容原谅自己的事情。

初恋是美好的,回忆是快乐的,刘立恒边哼边笑,边笑边哭。突然,他看见四同的眼睛动了一下,接着眼皮抬了起来。

刘立恒立即走到四同的床头,靠近他的耳朵说:"四同,四同,你醒醒,你说话。"

四同眼皮开了一下,接着又合了起来,病房里依然回荡着音乐的旋律,刘立恒失望极了。

看着四同一副令人揪心的样子,刘立恒坐到了另外一张床上,接着躺了下来。他现在什么也不想,就想让自己的脑袋空一空。

生活说到底就是一出戏,我们每个人都是戏中的主角。刘立恒今天感到从来没有过的累,曼尼那丫头现在也不知道在做什么,也不敢发信息给她,怕她在睡觉,把她吵醒了。

病房的灯一直亮着,刘立恒试图关过几次,但只要一关灯,他就感觉眼前有黑影在飘,真他妈的邪门了。

刘立恒从来不相信牛鬼蛇神,不过,像今天这样的熄灯法,他还没有遇到过。与其这样提心吊胆地让黑影飘着,不如开着灯买个放心睡眠,毕竟第二天自己还要上班。

·第四十六章·

大功告成

次日中午,杭州香格里拉酒店16号包间,张曼尼和一个男外商正在吃饭。外商是韩国的,名字叫郑智勋,说的是标准的中文。

餐桌上摆了几样菜品和点心,张曼尼举起白兰地,朝外商的酒杯碰去:"郑总,为我们的成功合作干杯!"

郑智勋举了举酒杯,点了点头:"为我们的长期合作关系干杯!"

两个人碰杯后,一饮而尽。张曼尼天生会喝酒,没有想到在生意场上派上了用场。

郑智勋估计有四十岁了,一眼看起来就是一个成功的商人。他做生意,胃口不是很大,只要赚到就行。

在商场上,郑智勋一向认为:自己吃了肉,总得给别人留点汤,如果自己连肉带汤全部吃了,不是胀死就是不仁不义。

赚钱是一种快乐,只有双方同时赚钱,才是真正的快乐。郑智勋是男人,是男人做事情就在乎"漂亮"两个字。

碰完杯,两个人边吃边聊。在商场上,张曼尼比较嫩,说话有时还是很幼稚的:"郑总,等你方便的时候,去南京游玩,顺便去我们公司看看,多指导指导。"

郑智勋儒雅地点点头:"一定,一定。南京也有我的合作单位,不过,是早几年的事情了,等我忙完这段时间,等我们的合同订单完工了,我抽空去看看,谢谢张小姐。"

张曼尼礼貌地点头:"不客气,郑总,如果你过来的话,提前给我一个电话,我到机场接你。"

郑智勋继续点头,举起酒杯,两个人又喝了一杯。这顿饭吃了两个钟头,两个人感觉都不错,彼此对第一次合作非常满意。

下午四点，张曼尼准时离开杭州，坐上了杭州到南京的火车。上火车后，张曼尼做的第一件事情就是给洪振业发手机信息。

洪振业正在办公室上网，和外商通过 MSN 交流信息，手机短信提示音响了一下，他拿过来，看了看："洪总，我带着合同上火车了，一个钟头后就可以回南京了。这个韩国人不错，他说以后继续和我们合作。"

洪振业看完信息，心里的石头终于落地了。说实话，在商场上说什么都没有用，有时说一万句，都没有那个签名有用。只有拿到真正签订的合同，一切才可以说大功告成了。

洪振业立即回复："恭喜你，第一炮打响了。晚上请你吃饭，是否赏脸?"

张曼尼看完信息，笑了起来："洪总请我吃饭？还是我请洪总吃饭吧，你接手服装厂后，都快一个月了，我还没有请你吃过饭呢。"

洪振业看张曼尼客气，也不推让了："好啊，你请我也可以，到时候埋单的话，你下手慢了就不要怪我了。"

张曼尼暗暗发笑："呵呵，洪总真会开玩笑！洪总，晚上你几点离开服装厂，你看哪个酒店方便，我下了火车直接打车过去。"

洪振业的信息很快飞来了："这样吧，我就你的时间，晚上六点钟，你直接到金陵饭店，我只会提前到，不会让你等的，晚上见，祝你一路顺风。"

张曼尼接着回复："嗯，知道了，洪总，不见不散。"

张曼尼回复完信息，躺在床上，闭起眼睛休息。中午酒喝多了，有点头大。晚上还要继续应酬，不休息一下怕扛不住了。

自从洪振业接手四同的服装厂后，张曼尼就没有看见他休息过一天，别人的公司，自己这么玩命地干，她还是第一次看见。

张曼尼心里也说不出来，在杭州的日子里，她看不见洪振业，心里会怪怪地想他。按说刘立恒是她的男朋友，是未来的老公，她倒是很少想起他。

在洪振业的身上，有一股男人的气息，哪怕是办公室那种香烟的味道，也充满了一种蛊惑力。

男人的体味，总是和他的香烟味道纠缠在一起的。张曼尼并不喜欢香烟的味道，可是，每次走进洪振业的办公室，她就不想离开，想多呼吸那里的香烟味道。

在杭州的时候，张曼尼无数次地打开过刘立恒的手机号码，想发信息给他，可不知道为什么，她就是一个字也打不出来，总是关了又开，开了又关。

女孩子的心思谁也不懂，张曼尼越来越搞不清自己了。她和刘立恒已经相处半年了，是公开的恋人关系，有媒人，有定情戒指，有双方父母的见证。

张曼尼不知道是自己出了问题，还是刘立恒出了问题。在没有遇到洪振业之前,她对刘立恒总是牵肠挂肚的,无论带团走到哪里,都要在第一时间告诉他,自己到了哪里,心里有多么地想念他。

然而,自从洪振业出现后,世界仿佛都变了,就连平时最反感的香烟的味道,也在悄悄地变。张曼尼第一次发现,人是奇怪的动物,因为人的思想会变。

张曼尼在心里偷偷比较过洪振业和刘立恒,如果说他们之间最不相同的地方,应该就是精神。在洪振业的身上,比刘立恒多了一种精神。

那种精神,张曼尼也说不清楚,她只是觉得,那种精神让人心理亢奋,容易受到感染,能够激发出自己的潜能。

如果没有那种精神的支持,张曼尼估计这次杭州之行,不一定会成功。最多只能和对方打个平手,不分胜负。

想到这里,张曼尼笑了一下。杭州是中转站,南京是终点站,现在,她可以放心睡觉了,到了终点站,就是自己不醒,也会被列车员撵下车的。

路上的风景,张曼尼看得多了,带团的时候,坐火车坐飞机就和吃饭睡觉一样平常,看风景就像看马路一样平常,她已经习以为常了。

当天晚上六点,张曼尼准时出现在金陵饭店,走进大厅,她一眼看见了洪振业。与此同时,洪振业也看见了她。

两个人,同时迎了上去,面对面后,不约而同地伸出手,握了握对方。洪振业的手心有点潮湿,他的心里非常紧张。

洪振业放下张曼尼的手后,对她说:“这里有十几个餐厅,璇宫餐厅、顶层旋转餐厅、粤菜厅、日本料理、德国啤酒屋、中餐和西餐厅,去哪个餐厅?”

张曼尼想了想:“去顶层旋转餐厅吧,那里可以看见南京的全景。”

洪振业点了点头,两个人一起朝电梯入口走去。很快,电梯停靠在顶层,两个人一前一后走出了电梯。

张曼尼一直带的外地团,很长时间没有带南京团了,金陵饭店的顶层也很久没有来过了。站在南京的最高处,朝下面看,张曼尼只有一种梦幻般的感觉。

洪振业跟在张曼尼的后面,看着外景,心里顿时觉得亮堂许多。长久处于紧张的都市生活中,连呼吸都带着酸雨的味道了。

两个人转了一圈,然后在餐厅找了个位子坐了下来。服务生很快拿着点菜单走了过来:“请问,是两位吗?”

洪振业“嗯”了一声:“两位。”

服务生把菜单递给洪振业,洪振业推到张曼尼面前:“这里主要是北京淮扬菜,想吃什么,自己点,我不大清楚你的口味。”

张曼尼接过菜单,看了看,点了两道:“我点了两道,其他你点吧。”

洪振业接过菜单，又点了六道："你要来点什么果汁？"

张曼尼随便报了一个："西瓜汁。"

洪振业点完菜后，服务生收回菜单，给两人倒了两杯茶："两位请稍等，菜品一会儿就到，先用茶。"

洪振业礼貌地说："谢谢，不客气。"

肖邦的钢琴曲，在空中悠闲地飘荡，餐厅慢慢地旋转着，弥漫着黄昏的南京朦胧的气息。

餐厅的灯是橘黄色的，加上暮色笼罩，看人不是那么真切。洪振业看着张曼尼，完全忘记了自己的总经理身份，他用一个男人的眼光，看着面前这个女人。

张曼尼给洪振业看得有点不好意思："洪总，你在想什么？要不要听杭州见闻？"

洪振业摇了摇头："吃饭时间，不谈工作，好吗？"

张曼尼脸红了一下，点了点头。奶奶的，不谈工作，谈什么呢？张曼尼觉得怪为难的，还是端起茶杯遮住半张脸，喝茶吧。

菜，一道道端上来了，西瓜汁也放在面前了，洪振业给张曼尼和自己各倒了一杯西瓜汁："今晚开车来的，我就陪你喝西瓜汁了，来，为你凯旋归来干杯！"

张曼尼举起杯子，和洪振业碰了一下，一饮而尽："谢谢洪总。"

洪振业给两只杯子继续添满西瓜汁："四同现在情况怎么样？"

张曼尼摇了摇头："不是很乐观，一直也没有醒过来，对任何刺激都没有反应。"

洪振业"哦"了一声，开始转入正题："曼尼，我现在有个计划，不知道能不能说？"

张曼尼放下筷子，抬起头："洪总，请说。"

洪振业若有所思："四同的服装厂，目前主要对外下单，今年全球经济危机，服装行业和其他行业一样，不同程度地受到影响。我们现在的情况是，做得越多，亏得越多，资金缺口也越来越大，严重阻碍了服装厂事业的发展。"

张曼尼点了点头："嗯，确实是这样的，合同订单现在就是完成了，回收款也成问题，要等到合同期满一年，资金才能到账。以前都是一笔笔下单的，完成一笔订单，结清一笔尾款。"

洪振业喝了一口西瓜泥："问题就出在这里，我个人有个想法，只代表自己，你考虑一下，不一定要立即表态。"

张曼尼"嗯"了一声："请说，洪总。"

洪振业继续说："现在，国内的服装行业需求量还是比较大的，你上网随便搜索一个成品制衣的资料，买卖力度都很惊人。我认为，国内的蛋糕很大，我们还是能分一口过来的。"

张曼尼立即反应过来了："洪总，你的意思是说，再成立一个内贸公司。"

洪振业点点头："是的，同时成立一个内贸公司，可以带动服装厂资金的加速流动，如果我们用内外贸两条腿同时走路，可以降低外贸的投资风险。一些可以在内贸消化的订单，我们就不需要通过外贸去做，还可以减低成本。"

张曼尼反问了一句："问题是，我们的资金链断了，我哥就是因为资金问题才出车祸的。"

洪振业胸有成竹地说："资金问题我来解决，我和服装厂之间只要签订一份协议就行了，我不拿服装厂的一分钱利息，提供无息资金五百万，等四同身体康复后，服装厂正常运转了，我再抽回资金，然后回刘董的公司，做我原来的工作。"

有这样的好事儿？张曼尼不敢相信自己的耳朵："洪总，我相信你，不过，你也要想清楚了，万一做砸手了，你的五百万收不回来怎么办？"

洪振业给张曼尼面前的小碟子里夹了一些菜："这个你不用担心，既然我做了，肯定做有把握的事情。由于四同的健康方面问题，申请内贸公司还需要你跟我一起去，因为这里牵涉到法人代表。你回去好好考虑一下，这个是不亏钱的买卖，做不做都给我一个答复。"

张曼尼"嗯"了一声："好的，洪总，我最迟明天晚上给你回复。"

两个人一边吃一边聊，时间不知不觉就到了晚上十点。埋单的时候，张曼尼慢了半拍，给洪振业抢先付了。

从金陵饭店出来后，洪振业朝自己的小车走去，两个人一起上了车。一路上，也没有多说话。沉默，有时是最好的语言。

到了小区门口，洪振业主动停了下来："张曼尼，你明天在家休息一天，不用去服装厂了，杭州的合同在我这里，我带到服装厂去，你放心吧。"

张曼尼感激地看了看洪振业："谢谢你，洪总，那我上楼了，拜拜。"

张曼尼回到家，父母正在吃西瓜。两个人看见女儿，急忙把西瓜放下来："曼尼，你从杭州回来了？自己打车回来的？"

张曼尼实话实说："没有打车，洪总送我回来的。"

四同他亲爸没有反应过来："哪个洪总？"

四同他后妈接过来说："她爸，就是立恒他爸公司的那个洪振业，现在四同服装厂顶窝的那个。"

四同他亲爸恍然大悟："哦，是那小子啊。曼尼，你怎么叫人家洪总开车送你回来啊？你自己不会打车回来吗？人家忙四同的服装厂已经够累的了。”

张曼尼脱掉脏鞋子，放下背包，去卫生间放水，准备洗澡：“爸，我这不是从杭州回来汇报工作吗？洪总晚上请我在金陵饭店吃了顿饭，顺路把我送回来了。”

四同他亲爸嘴巴张成鹅蛋：“什么，洪总请你在金陵饭店吃饭，那一顿饭要千儿八百的吧？你现在是立恒的女朋友，不要随便和男人在一起吃饭啊。”

张曼尼哈哈大笑：“爸，你是老封建，我和男人吃顿饭有什么关系？这叫应酬，你懂吗？”

四同他后妈帮曼尼拿好换洗衣服，回头说：“曼尼，这是干净睡衣，拿着。那个叫什么洪总的，结婚了没有？”

张曼尼拿着睡衣，一边朝卫生间走，一边说：“钻石王老五，怎么了？”

四同他后妈立即跟了过来：“没结婚？曼尼，你离洪总远一点。立恒在医院天天陪你哥，像个冤大头，你从杭州回来，不去医院看你哥，不去看立恒，怎么倒先去看洪总了？”

四同他亲爸接过话茬：“谁说立恒是冤大头了，你说话怎么也不动脑子？四同是曼尼她哥，也是立恒他哥，立恒照顾四同不应该吗？再说曼尼见洪总，又不是幽会，是汇报工作！”

卫生间的水哗啦啦地流，张曼尼在里面一边洗，一边偷偷地笑。爸爸妈妈真能磨叽，还打起嘴仗来了。

四同他后妈继续磨牙：“我这不就是一说吗，你还较真起来了？立恒没有功劳也有苦劳啊，如果不是和曼尼谈上对象，人家凭哪门子来给你儿子守夜啊？而且还没完没了的。”

四同他亲爸忍不住想发火了：“我儿子怎么了，你想诅咒他死是吗？”

四同他后妈反唇相讥：“我才不诅咒他呢，也不是我儿子，我烦得了吗？”

四同他亲爸抓起一块西瓜，扔在了地上：“你他妈的，就是见不得我儿子还有一口气！”

张曼尼在卫生间听见父母来真的了，赶紧关掉水龙头，套起睡衣就朝客厅跑：“爸、妈，我哥已经这样了，你们还吵，有意思吗？”

看见曼尼赤着脚，踩着一地的水从浴室里冲出来，两个人面面相觑，全部哑巴了。

四同他后妈乜斜了四同他亲爸一眼：“看你把孩子吓得，说话用得着这样吗？曼尼，这里没事儿，你进去洗吧。”

最近，四同他亲爸的火气特别大。自从专家会诊，得出四同生命危险的结论后，他就一直忍不住想摔东西，想打人。

四同他亲爸怎么也想不通，自己就这一个儿子，还他妈的偏偏遇到了车祸，而且不是小的车祸，还是送命的车祸。

白发人送黑发人，四同他亲爸这辈子想也没想过。他很窝心，又找不到借口发泄，今天总算找到借口了，先他奶奶的扔一片西瓜再说。

西瓜扔出去了，火气也消点了，四同他亲爸坐了下来，继续吃西瓜。四同他后妈拿起一块抹布，开始抹地清理西瓜皮。

一时间，家里安静下来了，只有四同他亲爸啃西瓜的声音。张曼尼从卫生间出来后，看见父母没事儿了，也去了自己的屋子。

张曼尼进到屋子后，上了床，躺在床上给刘立恒发了一条信息："立恒，我回南京了。"

刘立恒正在医院给四同擦身，忙得不亦乐乎，听见手机信息响了，也没有立即过去看。

四同天天晚上低烧，情况越来越不妙，刘立恒晚上接班后也不敢怠慢，比以前更细心，更频繁地给他擦身降温。

忙完后，刘立恒把脏水倒了，在卫生间冲了一下澡，回到自己的床上。打开手机后，看了看信息。

刘立恒已经记不清有多少日子没有看见张曼尼了，看完信息后，立即笑了："回南京了？生意谈得怎样？你们老总放了你几天假？我想你了。"

张曼尼等了半天，才等到刘立恒的信息："谈得很好，明天我休息，白天你有空吗？我也想你了。"

刘立恒觉得回复麻烦，立即拨通了张曼尼的手机："曼尼，是我，明天我全天有空，上午我打个电话去公司，说去外协单位就行了。你想去哪里玩，我陪你去。"

张曼尼接着说："我想去看看侄子，顺便看看嫂子，我哥现在这样了，嫂子一定很伤心。"

经张曼尼这么一说，刘立恒突然想起来了，他答应慕容，等曼尼从杭州回来后，去看她的。这才过几天，就忘记了。

刘立恒继续说："好的，我听你的。明天你几时有空给我打电话，我开车去接你。"

张曼尼"嗯"了一声："明天上午十点钟你过来，我在小区楼下等你，你先带我去银行取款，然后我们一起去仙林。"

刘立恒反问一句："去银行做什么？取款做什么用？"

张曼尼接下去说："不是，我前几天出差去杭州没有在服装厂提款，把自己的钱垫了，要等上班再报销了。我想取点钱出来，给侄子当见面礼。"

刘立恒立即答道:“你不要取了,我这里有,你说个数目,我准备一个大红包就行了。”

张曼尼说:“这怎么行?我们还没有结婚,不能用你的钱。”

刘立恒接过去说:“没结婚怎么了?没结婚你的侄子就不是我的侄子了?就这么说了,红包里装一千,还是两千?”

张曼尼看推脱不过去了:“一千吧,谢谢你,立恒,你为我们家付出这么多。”

刘立恒“嘿嘿”笑了起来:“应该的,那你早点休息,明天上午十点我来接你。”

张曼尼“嗯”了一声,和刘立恒拜拜后,挂断了手机。今天的情景转换太快,中午在杭州,晚上在金陵饭店,现在在家里,场景不同,角色不同,切换得真够快的。

父母已经睡下了,张曼尼关了空调,打开了床头的微风吊扇。微风徐徐吹来,飘落在身体上,舒服而惬意。

四同的车祸,打乱了这个家的一切。是福是祸,谁也不知道。现在,张曼尼就期待哥哥早日醒来,看看嫂子,看看侄子,看看身边爱他的人。

张曼尼没有别的祈求,当生命成为一种摆设,一个健康的人对于这样一种生命,还能有什么奢望呢?

·第四十七章·
壹　壹

次日上午十点,刘立恒准时来小区接张曼尼。张曼尼留着清汤挂面似的长发,未施粉黛,上了刘立恒的小车,一起往仙林开去。

到了仙林,刘立恒把车停靠在小区楼下,和张曼尼一起上楼。在电梯里,刘立恒把一个红包递给了张曼尼,走出电梯按响门铃后,我后妈去开了门:"曼尼和立恒来了,快进来。"

我躺在里屋的床上,正在给儿子喂奶,抬头看见两个人进屋,立即拉了拉衣服,盖住了乳房。

张曼尼很好奇,立即走过来:"嫂子,我看看侄子。哈,好可爱,小嘴巴自己会吃奶了。"

曼尼一边说一边把红包放在儿子的身上,我后妈跟过来,对着外孙子说:"嘿,壹壹,姑爷姑妈送大红包来了,赶紧说谢谢啊。"

刘立恒站在门口,看着我们,没有进来。曼尼继续说:"哈哈,侄子乳名叫壹壹啊,大写的壹?还是小写的壹?"

我笑了笑说:"大写的壹,大师说,壹壹八字五行缺土,所以,配了一个五行属性带土的字。"

曼尼嘿嘿直笑:"这个大师真会掐,连八字五行都知道。壹壹,是独一无二的意思,好听,我喜欢。"

我看着曼尼:"等你和立恒有了孩子,我也让大师给你们的孩子起个好名字,好不好?"

曼尼脸色刷地一下红了,她看了看刘立恒,叫他进来:"立恒,你过来看看,侄子的小手小脚,好可爱啊。"

刘立恒朝床边移动了几步,眼睛看着别处。曼尼真是个小孩子,叫一个大男人过来看正在吃奶的孩子。奶奶的,真难为了刘立恒。

刘立恒连连点头，嘴巴里直说："嗯、嗯，看见了，挺可爱的。"

我后妈端出两碗绿豆百合汤："来，外面大热的天，你们赶紧把绿豆汤喝了，解暑的。"

刘立恒看见绿豆汤，接过来，借机到客厅去吃，避免了尴尬。曼尼端着碗，在我床边坐下，一边看着壹壹一边吃："壹壹看姑妈喝绿豆汤了，好好吃哦，不要和姑妈抢哦。"

我看着曼尼，直想笑："这个姑妈还是小孩子，抢我们壹壹家的绿豆汤吃，壹壹不带姑妈玩。"

壹壹听见说话声，嘴巴一会儿动，一会儿不动，调皮得很。看着壹壹吃得差不多了，我后妈把他抱走了，我整理好衣服，靠在床头。

做母亲，是一件幸福的事情，然而，做我这样的母亲，又是一件痛苦的事情。我那么爱四同，把他当做我的宝，可是，四同却总是以我想象不到的方式对抗我，漠视我的存在。

壹壹命大，从我怀孕起，经历了那么多波折，最后还是顽强地来到了这个世界上。

母性，在很多时候是维护生命尊严的有力武器。能够做壹壹的母亲，是我今生最幸福的事情。

壹壹，是我最痛苦的时候最好的选择。我不能选择一个好丈夫，但是，我可以选择一个好儿子。我要教育壹壹，长大成人后，一定要做一个好男人。

当天，刘立恒和张曼尼在仙林一直玩到下午三点。张曼尼看不够壹壹，一会儿抱一会儿逗的。

刘立恒多数时间在客厅，把报纸翻得哗啦啦地响。下午三点的时候，刘立恒在客厅接了一个电话，然后叫上张曼尼，两个人匆匆忙忙地走了。

我后妈送走客人后，我就有一种不祥的感觉，他们两个人走得那么急，是不是和四同有关？

很长时间没有四同的消息了，从壹壹出生到现在已经半个多月了，眼看壹壹就要满月了，四同还不死不活地躺在医院里。我望眼欲穿，每天盼着他醒来，推开我们的家门，看看我，看看壹壹。

两个人走后，我下了床，去客厅看了看，后妈正在收拾他们吃过的碗："妈，他们走得很急，是不是出什么事儿了？"

我后妈拿着碗站住了："慕容，不会有什么事儿的，你在坐月子，不要想那么多了，把身体养好再说。"

我后妈心疼我，我知道。不过，我的好奇心驱使我继续问下去："妈，刚才立恒是不是接了一个电话，然后他们赶紧走了？"

我后妈支支吾吾地说:“没有啊,他们玩了一天了,该回去了,你不要瞎想了。”

我还是不相信:“妈,我的心已经提到嗓子眼了,总觉得要发生什么事儿?”

我后妈走进厨房,把碗冲干净后,回到客厅:“慕容,不要疑神疑鬼的了,一会儿我们把送礼的名单核对一下,你爸明天双休休息,让他把剩下的几家喜蛋发出去,再过几天壹壹就要满月了,要办满月酒了。”

我后妈在转移话题。“妈,送礼名单在床头柜放着了,还有六家喜蛋没有送。我怎么有点心神不定啊,是不是四同……”

我后妈把我拽进屋子里:“慕容,你上床休息一会儿,不要老站着,以后腰疼的话,你什么工作也做不了。听话,四同不会有事儿的,军区总院有那么多专家医生,你怕什么?”

我怕?我没有怕?我有怕吗?我只是担心,奶奶的熊。我现在最大的希望就是等壹壹满月后,我抱着壹壹去医院看四同,其他的什么也不敢想了。

四同出车祸眼看两个多月过去了,一点好的迹象也没有,高压氧也做了,安宫牛黄丸也吃了不少,就是不见起色。

这个日子是过得越来越烧心了。看着后妈日夜操劳,越来越瘦,我的心里也不好受。后妈爱干净,很多事情坚持自己做,不让月子保姆插手。

月子保姆多数时候在家里洗洗衣服,做点东西给我吃,做做家里的一日三餐,买买菜什么的,孩子基本上不让她多插手,都是我后妈自己照应。

我后妈其实就是缺个帮手,她喜欢孩子,尤其是新生婴儿。俗话说:隔代亲,我后妈现在特别喜欢壹壹,连夜里睡觉也要醒几次,到我房间里来看他。

我现在的奶水比较多,月子保姆买了不少鲫鱼,天天做汤给我喝。现在,壹壹全部是母乳喂养,这个孩子特别乖,吃饱了就睡,除了尿尿拉屎哭一下,其他时间很少哭闹。

除了四同一直让我挂心外,壹壹让我很放心,月子坐得还算比较好的,因为吃得多睡得好,人也见胖了。

·第四十八章·

病危通知书

刘立恒接到四同他亲爸的电话后，和张曼尼匆匆忙忙离开仙林。路上，刘立恒执意要把张曼尼送回家，张曼尼没有同意，两个人一起到了军区总院。

医生今天下了病危通知书，因为四同最近长期发烧，感染成肺炎，专家会诊后，准备实施气管切开手术。

四同他亲爸知道这个消息后，手足无措，只能打电话给刘立恒，让他给出出主意。

在特护病房里，四同他亲爸看见刘立恒来了，后面跟着张曼尼，也顾不得忌讳什么了，像看见了救星："立恒，你来了，医生建议马上给四同做手术，我这个心里怕得要死。"

刘立恒也拿不定主意，万一四同在手术台上有个三长两短的，四同他亲爸不怨恨死了："叔叔，医生说，除了动手术之外，还有没有其他好的办法？"

四同他亲爸抓了抓头发说："医生说了，切开气管是目前的唯一办法，如果不动手术，一旦肺部感染面积扩大，病人最快在半个月内死亡。"

刘立恒透了一口寒气："就是说，如果不开刀，四同只能活半个月。那么开刀呢，会活多久？"

四同他亲爸接着说："现在，医生只说了开刀前的情况，开刀后的情况，他们回答得比较含糊。一个是万一手术台上出现并发症，四同也许随时在手术台上死去；一个是手术成功后，要度过抗感染期，他们也不能保证四同能够安全度过抗感染期。"

张曼尼在一旁插话："爸，要我说的话，这个刀就不要开了，反正都是死，何必让我哥临死前还挨上一刀呢。"

四同他亲爸看了看曼尼，又看了看立恒："现在医生发了病危通知书，叫我在手术单上签字，我拿不定主意，不知道应不应该做这个手术，所以，把立恒叫来了。”

刘立恒给难住了，这是曼尼的哥哥，也不是自己的亲哥哥，万一手术台上出了什么意外，这个罪帽子是戴不起的：“叔叔，这样吧，曼尼的意见也摆出来了，你再和阿姨商量一下，从四同身体康复方面去考虑，是做还是不做。”

这时，主治医师穿着白大褂，背着两只手走进了病房：“研究得怎么样了？”

四同他亲爸看着医生：“医生，你说这个气管一切开，我儿子的命到底能不能保住？如果保不住的话，就不给他受那个罪了。”

主治医师朝四同床边走去，翻了翻四同的眼睛，听了听他的心肺：“这个话怎么说呢？每个人的身体情况不一样，抗体不同，一些人车祸后，没有低烧肺部感染现象，但一些人有。一些人气管开刀手术后，可以安全度过抗感染期，可以活几年，甚至几十年，一些人却不能，最多只活几天，这个不能一概而论。”

四同他亲爸听到几年甚至几十年，似乎看见了希望：“医生，那给我儿子开吧，就是活个几年也赚回来了。”

主治医师点了点头，让两个家属跟他去办公室，在手术单上签字。张曼尼不同意给哥哥动刀，坚持不去签字。四同他亲爸只能拽上四同他后妈：“走，跟我签字去。”

两个人到了办公室，主治医师拿出手术单，让他们签字。两个人接过笔，战战兢兢地签上自己的大名。

手术是第二天上午九点进行的，四同他亲爸、他后妈、他亲妈、他后爸全部到场，等候在手术室门外。

刘立恒和张曼尼要到医院来，被四同他亲爸挡住了，让他们不要影响工作，说四个爸爸妈妈在足够了。

一直到下午四点多，四同才被推出手术室，全身插满了管子，又和死人差不多了。这次是凶多吉少，还是吉多凶少，没有一个人能够知道。

四同他亲妈情绪很不稳定，一直来回地走，看得人心烦意乱的。她不住地对四同他后爸说：“四同有危险吗，会闯过去吗？我这个心脏怎么跳得咚咚咚地直响啊？”

四同他后爸说：“会好的，昨天我不是才陪你去鸡鸣寺进香吗，菩萨会保佑四同的，没事儿，过几天他就会醒过来的。”

四同他亲妈接着说：“我想也是，昨天我在菩萨面前说了好多好话，菩萨应该显灵的，保佑我家四同，让他早日醒来。”

四同他亲爸看着四同的样子，心里有点烦躁，对四同他亲妈说：“四同已经开过刀了，晚上我和立恒在这里陪着，你们可以回去了，有消息我会打电话告诉你们。”

四同他亲妈想了想，说："那好吧，我们在这里也帮不上什么大忙，你们辛苦了，我们先回去了。"

四同他亲妈和后爸走后不久，洪振业推开病房门走了进来，自我介绍："伯父伯母，你们好，我是四同服装厂的洪振业。"

四同他亲爸眼前一亮："洪总?"

四同他后妈跟着说了一句："刘董公司的洪总？快请坐！"

洪振业看着他们，点了点头："今天，我从张曼尼嘴里知道，四同又动手术了。我这里是30万块钱支票，曼尼去杭州和外商签合同的定金，也是四同自己的钱，你们先拿去，给四同治病。"

洪振业说完，把一个牛皮信封从包里拿了出来，递给四同他亲爸。四同他亲爸接过来，一时不知道说什么好："太谢谢你了，你真是雪中送炭啊。"

洪振业接着说："哪里哪里，二老如果有什么困难，叫曼尼随时和我说，我尽一切能力调剂资金，确保四同的后续治疗费。"

四同他亲爸拿着支票，感激涕零："真不知道说什么感激的话才好，在四同遇到人生最大灾难的时候，你到四同的服装厂帮助他，顶下了服装厂的一切事务，我们代表四同谢谢你，洪总。"

洪振业连忙摆手："二老，叫我洪振业就可以了。"

洪振业说完，走过去看了看四同。为了不打扰老两口，他很快告退了出来。四同他亲爸拿着支票，像捏着四同的命，双手一直颤抖着。

四同这个病，已经花了几十万下去了，后期还要花多少，谁也不知道。洪振业的30万，仿佛一场及时雨，续上了越来越紧张的医疗费。

·第四十九章·

不公平协议

三天后,四同的服装厂。洪振业坐在办公室里,办公桌上放着两份内容相同的协议,协议上已经签上了洪振业的姓名。

这时,张曼尼推开门,走了进来。洪振业示意她坐在对面的沙发上:"来,曼尼,坐。"

张曼尼坐下后,看了看洪振业:"洪总,叫我有事儿?"

洪振业点了点头:"找你有点事儿,早两天你已经口头答应,代理四同的服装厂法人代表,接受我的内贸公司请求。目前,我的资金已经到位,我们之间只需要签订一份借贷协议,我只提供资金,不收取任何形式的赢利分成。协议我已经起草好了,你看看。"

张曼尼接过协议,开始阅读。协议内容不是很多,只有明确双方的一些权利和义务。看完后,张曼尼笑了笑:"洪总,这份协议对你不公平啊。"

洪振业眉毛抬了起来:"怎么不公平了?"

张曼尼接着说:"这份协议,你似乎只有付出的义务,没有享受的权利。你和我哥本来没有任何利害关系,因为刘董的原因,你才来到服装厂的。按理说,你把服装厂正常业务维持下去就可以了,可是,你不是这么想的,你把服装厂当做了自己的事业来做。既然这样,你就应该在协议里明确一条:按照赢利模式分成,你应该得到多少就拿多少。至于亏损部分,也不能让你一个人承担。"

洪振业哈哈大笑:"曼尼,你说的没有错。我已经和你明确说过,我只是暂时代理服装厂,等服装厂业务稳定和扩大生产后,四同一旦身体恢复健康,或者你能够独立开展服装厂的业务,我会回到刘董的公司,继续我原来的工作。所以,这里的分成我一分钱也不会考虑的。"

看着这份不平等协议,张曼尼有点为难。四同和洪振业无亲无故,接受洪振业如此多的帮助,似乎太过于无厘头了。

张曼尼看着洪振业,一时语塞了。时间在一分一秒地过去,洪振业不想在这个问题上多纠缠,直接把笔递给张曼尼:“曼尼,不要犹豫了,协议生效后,我要立即开展内贸公司的工作,不要耽误时间了,签字吧。”

张曼尼拿过笔,迟疑了一下,最后还是在上面签上了自己的姓名。不过,她真的有点担心,万一内贸公司做砸了,洪振业的五百万就等于扔水坑里了。

最近一段时间,张曼尼跟在洪振业的后面,学习了不少东西。这些东西有时是一辈子也学不到的,洪振业毫无保留地告诉了她,让她受益匪浅。

一个男人,会在什么样的情况下,让一个女人分享他的成功经验?张曼尼不知道,也不想知道。她只想呆呆地在心里问一个为什么,而不想去找现成的答案。

张曼尼现在什么也不想,就想让自己简单点。人生中的一些感悟,是从一些生活细节里慢慢体会出来的,只要生命还在,体验就不会终止。

签完协议后,张曼尼回到了自己的办公室。今天是四同开刀的日子,不知道手术进展得怎样了,她拿起手机,给爸爸打了个电话。

很快,四同他亲爸的手机接通了:“曼尼,是我。”

张曼尼“嗯”了一声:“爸,我哥的手术怎么样了?现在人出来了吗?”

四同他亲爸接着说:“你哥出来了,现在昏迷中。今天洪总来了。”

张曼尼吃惊不小:“洪总来医院干什么?”

四同他亲爸继续说:“洪总来送支票的,他担心我们没有钱了,给我们送了30万元支票,给四同治疗。”

张曼尼嘴巴张成一个大鸭蛋:“你收下了?”

四同他亲爸点点头:“不收下咋弄,我们家就四同的服装厂是活的了,可以生点钱出来。洪总有这个心,我们感激还来不及呢。”

张曼尼点了点头:“爸,你觉得洪总这个人怎么样?”

四同他亲爸立即说:“不错啊,很好啊,是难得的好男人啊!曼尼,你问这话是什么意思?”

张曼尼赶紧回答:“没什么,我就是问问。爸,我工作了,等我有时间去医院看我哥,你和妈多注意身体。”

·第五十章·

满 月 酒

转眼间，到了8月19日，壹壹满月了。满月这天，我亲爸和后妈一大早就把我和壹壹接到了娘家。

因为大部分亲戚和朋友都在市区，满月酒就近照顾大家，就在市区找了一家酒店，不在仙林给大家添麻烦了。

满月，是我一直期待的，因为过了今天，我就坐完月子了，可以去医院看四同了。

整整一个月没有看见四同了，不知道四同怎样了。月子里，家里没有一个人和我提到四同，就是我自己偶然提起四同了，他们也想方设法把四同的话题岔开。

奶奶的熊，过了今天，老娘我终于可以扬眉吐气了，明天我就带着壹壹去医院看四同，让壹壹看看自己的亲爸爸。

满月酒是在娘家不远的金都酒店办的，这家酒店是四星级酒店，等级比较高，菜品比较出位，一共办了22桌，双十一，与壹壹的乳名珠联璧合。

当天下午四点半，我们一家子去了金都酒店，我亲爸推着婴儿车，我后妈抱着壹壹，我空着手，一起朝家门口附近的酒店走去。

到了酒店，我后妈安顿我坐了下来，我亲爸接待客人。五点过后，客人渐渐来了。

张曼尼和刘立恒是五点半到的，在医院里陪四同。四同他亲妈和后爸来了后，给壹壹塞了个大红包，然后，两个人自己找了个角落坐下，脸色有点不大好看。

我亲妈和后爸没有来，她昨天晚上来了个电话，要走了我的银行卡号，往里面转了两千块钱，说是给壹壹的满月礼。

当天晚上六点半，正式开席。我亲爸简单说了两句："今天，是我外孙子壹壹满月,谢谢大家来捧场,一起祝福壹壹的人生第一个满月。希望大家吃好,喝好,谢谢大家。"

我亲爸说完,大家一起拍手,然后,就是一阵敬酒声。席间,我亲爸举着酒杯,我后妈抱着壹壹,一桌桌地走过去,给大家敬酒。

张曼尼和刘立恒坐在我的身边,张曼尼不断给我的小碟里夹菜:"嫂子,多吃点。"

我点点头:"曼尼,太多了,吃不了浪费了。"

刘立恒在一边给张曼尼夹菜,有点心神不宁。我低着头,看着小碟,只顾着吃。我不知道眼睛应该朝哪里放,桃花眼在十八岁那年对我放过电,坐在一张桌子上,回避是最好的语言。

酒席开到一半,刘立恒掏出手机,离开餐桌接了一个电话,回来后,看了看我,对张曼尼耳语了几句。

刘立恒耳语完,张曼尼站了起来,对我说:"嫂子,你们慢慢吃,我和立恒出去一下就来。"

我点点头,看着他们的背影消失在旋转门洞里。两个人走后,再也没有回到酒席上来。

酒席是晚上九点结束的,回到娘家,我的右眼不住地跳着,跳得我心惊肉跳。我喂完壹壹奶水后,看见后妈过来,对她说:"妈,我的右眼莫名其妙地跳,有没有什么说法?"

后妈笑着说:"男左女右,男主饮食女主财,你今天发财了,喜事儿。"

我想了想,今天壹壹满月,收了不少份子钱,是发财了。可是,发财了,我怎么却没有一丝心安的感觉呢?

我继续说:"刚才在酒店里,立恒接了一个电话,然后,曼尼站了起来,和我打了招呼两个人就走了,他们会不会去医院了,四同是不是出什么事了?"

我后妈走过来,拍了拍我的脸:"不会的,四同不会有事儿的,你现在已经满月了,可以去看四同了,明天我就带你和壹壹去医院看四同。现在时间不早了,早点睡。"

我想了想,后妈说的似乎有道理,反正明天就可以看见四同了,见面也不在乎这一会儿。我把壹壹丢给后妈,自己去卫生间洗了一把脸,然后上床睡觉了。

这觉睡得很不踏实,夜里老是做噩梦,虚汗直冒。至于做的什么梦,连我自己也不知道,就是一个感觉:怕。

夜里,我醒了几次,灯开关了几次,最后,索性把灯开着。壹壹平时睡眠很好,一点都不闹,夜里最多醒一次,换块尿不湿就行了。今天夜里不知道怎么搞的,哭闹了几次。

壹壹在我屋里的小床上睡着,我后妈起来给他换了一次尿不湿,他还是哭,最后快天亮了,壹壹才睡着。

·第五十一章·

惊天噩耗

次日清晨七点，我迷迷糊糊地睡着了，手机铃声突然拼命地响了起来。我拿起手机，立即接听。

电话是张曼尼打来的："嫂子，我哥他……"

我紧张地说："曼尼，四同怎么了？"

接着，我就听见曼尼的哭声。

我大声对着手机叫："曼尼，四同怎么了，你说话？"

我的声音几乎是咆哮的，把我亲爸和后妈吵醒了，两个人一起冲到我房间里："慕容，四同怎么了？"

忽然，我丢下手机，大声哭了起来："爸、妈，四同一定不行了，我要去医院……"

我亲爸拿起手机，听见的只是曼尼悲痛的哭声，他对着手机说："怎么回事？冷静点，你说话。"

张曼尼终于断断续续地说："我哥走了……"

我亲爸听见噩耗，立即动手，与我后妈带着我和壹壹直接打车奔到医院。到了军区总院特护病房，四同的床已经空荡荡的了。我一阵眩晕，昏死过去。

等我被一群人唤醒的时候，已经是十分钟以后的事情了，我后妈掐着我的人中在喊："慕容，你不能这样，你还有壹壹需要你啊。"

我舒了一口长气，放声大哭，眼泪落了一地。在这个世界上，有些人你以为可以再见面的，有些事你以为可以一直继续，然而，也许在你转身的那个刹那，你却再也见不到他们了。

当太阳落下又升起的时候，一不小心就再也回不去了。我们的生命经历，完全是我们自己造就的。我们的一思一念，都在造就我们的过去和未来。

四同走了，走得那么毅然决然，他甚至连儿子的面也没有见到。医院的死亡诊断结果只有一行字:车祸造成大脑脑干细胞损伤,长期低烧引发肺部感染,气管壁溃疡及穿孔。

四同的灵堂是在仙林设的,客厅收拾一空,放上了四同的照片,摆上了香炉。我点燃三炷香,对着四同的遗像鞠了三个躬。

四同他亲爸老多了,两个月来,他的头发白了很多。四同他亲妈坐在凳子上一言不发,神情悲哀。

张曼尼两只眼睛哭得像蟠桃一样,她一直跪在地上,给四同烧纸。刘立恒在挂帐子,写挽联,我后妈跑前跑后地招呼客人,端茶敬烟。

壹壹很安静,睡在屋子里的小床上。偶尔哭声响起,他会睁大眼睛看看四周,或者皱起眉头。

灵堂在家里设置了两天,到了第三天,清晨七点,所有的亲戚朋友都来了,家里留了两个老人,其他的人一起去了火葬场。

出门后,张曼尼把香炉砸在马路上,我捧着四同的遗像,走在最前面。我和四同持续一年多的婚姻,在今天寿终正寝了。

从今天开始,我和壹壹就是孤儿寡母了。我的心里很悲哀,和四同结婚后,我只过了半年的幸福生活,接着就是四同的背叛。

婚姻对我来说,好比甘蔗的最前端那一小节,刚刚啃到一丝甜味儿,就发现里面已经黑了。最可怜的是壹壹,刚刚来到人世,就没有了父亲。

在婚姻里和四同死磕的结果,就是一个字:惨。四同安静地躺在水晶棺里,周围是花圈和挽联。哀乐响起的时候,洪振业以服装厂总经理的代理人身份致悼词。

悼词完毕后,所有的人面对四同的遗像三鞠躬。在和四同告别的时候,我努力看清楚他的容貌,以免日后想起来的时候,会模糊了自己的记忆。

我一边看,一边哭,我后妈一直搀扶着我,走到一半,因为悲伤过度,我终于昏厥过去。

刘立恒眼尖手快,一步冲上前,抱住了我。我闭着眼睛,不省人事,脸上挂满了泪水,倒在刘立恒的怀里。我后妈看着我,一直跟着流泪。

张曼尼跟在告别人群的后面走,走到四同的水晶棺的时候,一下子扑了上去:“哥,你醒醒啊,我是曼尼,哥……”

洪振业一把拉过张曼尼,抱住她:“曼尼,冷静点,人死不能复生。”

张曼尼又哭又跳:“哥,你睁开眼睛看看曼尼,哥啊……”

洪振业抱紧张曼尼,朝前走,让后面的人跟上来。队伍慢慢蠕动着,张曼尼继续走了几步,就瘫倒在洪振业的怀里。

告别大厅里一片混乱,哭声阵阵。洪振业急忙把张曼尼抱到外面的阴凉处，找个石凳坐下，把她放倒在自己的胸前，给她喝矿泉水。

洪振业不断地掐着张曼尼的人中，四同他后妈跟在一边着急。过了半晌，张曼尼渐渐苏醒过来，恢复了意识，闭着眼睛继续哭："哥，你走了，我怎么办啊？"

洪振业安慰道："四同走了，还有我呢……"

张曼尼睁开眼睛，一眼看见洪振业，羞得无地自容。她一直以为是刘立恒抱着她，没想到竟然是洪振业："立恒呢？"

洪振业回答："立恒在照顾你嫂子。"

此刻，刘立恒在休息大厅里，正手忙脚乱地抱着我，找到一条躺椅，把我的身体平放在上面。

我后妈在一边看着我，急得直哭："慕容，你不能这样，你得为壹壹想一想。"

不知道过了多久，我终于醒了过来。醒来后，我一眼看见那双桃花眼，正焦虑地看着我。

我虚弱地说："立恒，我没事儿了，谢谢你，你去照顾曼尼。"

刘立恒没有动，用一双迷死人的桃花眼看着我："慕容，你这里更需要我。"

我的心被猛地蛰了一下，不再做声了。这时，后妈从包里拿出一粒糖果，让我含在嘴里："慕容，补充点糖分，你不能再哭了，再哭把奶水哭回去了，壹壹要可怜死了。"

我"嗯"了一声，抽泣着，把嘴张开。糖果进嘴后，我的神智清楚了一点，是的，后妈说得对，我不能再哭了。

四同是我生命中的一节甘蔗，当这节甘蔗完成了从甜到苦的历史使命，我和这节甘蔗之间的故事便结束了。

一个女人，一生中会出现无数根甘蔗，我们女人总是在挑选甜度最甜、长度最长、质地最好的那根。然而，我们最不能选择的就是甘蔗的内心，因为我们的肉眼看不到。

我开始安静下来，按照我后妈说的，如果我把奶水哭没了，壹壹真的就要遭罪了。

两个钟头后，四同的骨灰盒取了出来。四同的墓地在青龙寺，是洪振业以服装厂的名义操办购买的。

这是一个单穴墓，购买墓地前，洪振业特别征求过四同他亲爸和亲妈的意见。四同他亲爸说："慕容年轻，以后还要嫁人的，给四同买个单穴墓就行了。"

青龙寺在南京东郊，前面水后靠山，地理环境相当好，地价是现有公墓中最高的。洪振业选择这块地，有个考虑，这里的风水比较好，来这里买地的，基本上都是私营业主和企业领导的家属。

给四同选择一块风水宝地，是洪振业唯一可以做到的事情。青龙寺的墓地是洪振业和四同他亲爸两个人一起去看的，四同的墓地位置在正中间，面向东方。

站在四同的墓地前，我的情绪稳定了一些。我把鲜花撒在四同的墓碑前，从后妈的手里抱过壹壹。

我抱着壹壹对四同说："四同，你安心地在这里休息吧，我会好好培养我们的儿子，放心。"

壹壹在我的怀里，很乖。张曼尼站在我身边，戴着一副墨镜，她的眼睛哭肿了，用眼镜遮挡着。

刘立恒和洪振业靠在一起，所有的人面色凝重。四同他亲妈哭得最伤心，儿子没了，孙子又不跟四同姓，她的灵魂一下子就被掏空了。

四同作为儿子、丈夫、父亲，在我们每个人的心里，都占据着重要的位置。四同他亲妈的绝望情绪笼罩在我们每个人的心里，我们的绝望不见得比她少。

一年时间，不算长，也不算短。在这一年里，我嫁给了四同，从喜到悲，发生了这么大的人间悲喜剧，是我自己也未曾预料到的。

洪振业选择的这块墓地，我很满意，有青山绿水陪伴着四同，四同的灵魂是不会寂寞的，我满足了。

从墓地回来后，我从头到尾梳理了一下自己的头绪，我的眼泪，可以说已经哭干了。

四同曾经辜负过我，这也许是我不再那么心痛的理由。在四同离开的日子里，壹壹成了我的支撑和灵魂。

刘立恒像一日三餐一样，每天早中晚会给我来三条信息，信息的字不多，但是，看了让我揪心和无所适从。

"慕容，我唯一放心不下的人，还是你。"这个是每天都会重复的信息，也最让我揪心。

"壹壹好玩吗？会翻身了吗？"这个是经常发的，也最让我高兴。

"立秋节气已经过了，晚上睡觉不要着凉了，多照顾好自己。"这个信息晚上发得最多，是让我心里温暖、却又让我最难回复的信息。

刘立恒现在是张曼尼的男朋友，他每天发信息过来，不是我希望看到的。如果说四同代表了我的过去，那么刘立恒就代表我早已过去的梦。

每天接到信息后，我恳求刘立恒不要继续发送信息："我和壹壹很好，谢谢你，曼尼更需要你的照顾，以后不要天天给我发信息了。"

刘立恒也不回复，依旧一日三条信息，雷打不动。渐渐地，我也不回复了。

四同离开后半个月，我的心态已经恢复了常态，很多时候，我只是觉得四同去外地出差了，很快还会回来的。

仙林的家，每天还是比较热闹的，四同他亲爸和后妈隔三差五地过来，不是给我带好吃的，就是给壹壹买好多花花绿绿的玩具。

很多时候，家里还和四同在世的时候一样。我亲爸和后妈把市区的房子出租了，直接住到了仙林，照顾我和壹壹的生活起居。

从某种意义上说，我是因祸得福。我和四同之间的恩怨已经了结，我再也没有操过四同祖宗二十八万代了，甚至连一万代也没有操过。

·第五十二章·
急流勇退

一个月后，四同的服装厂门前，洪振业正在指点悬挂公司门牌的施工人员："师傅，今天下午厂牌一定要挂上去，明天上午内贸公司正式开业。"

施工师傅正在吊门牌大字，"南京丽尔欣服饰有限公司"11 个红色大字，已经全部挂了上去。他看了看洪振业："洪总，放心，下午肯定好。"

洪振业指了指字牌："挂仔细点，把贴膜全部揭干净了，注意安全。"

施工师傅点了点头："嗯啦，好嘞……"

张曼尼站在三楼窗口，朝楼下望，一眼看见洪振业，两个人目光对视着，瞬间分开。

张曼尼清汤挂面似的长发已经修短了，显得干净利落。四同走后，洪振业每天过来安慰她，带她吃饭，陪她散心，让她失魂落魄的心得到了些许的慰藉。

最近一些日子，刘立恒仿佛消失了一般，白天看不见电话，晚上看不见人。张曼尼自己的情绪也不好，一直沉浸在失去哥哥的痛苦中。

两个人，似乎都忽视了彼此的存在。当天晚上下班后，洪振业请张曼尼吃饭，她没有拒绝。

和洪振业在一起，张曼尼有一种说不出来的感觉，她喜欢和他待在一起，哪怕不说话看着他，也是一种享受。

洪振业开着小车，在东郊风景区中山陵一线上跑着："曼尼，过两天内贸有个订单，估计又要辛苦你跑一趟了。"

张曼尼喜出望外："内贸公司明天才挂牌，就接到订单了？哪里的？多少订量？"

洪振业微微笑着说："没挂牌就不能有订单了？这个订单是北京的一家大型服装批发市场，每年对外贸服装的需求量很大。这个订单如果谈成功的话，以后内贸就是一年一个单子也不做，我们也够吃的了。"

张曼尼有点不理解:“洪总,为什么这么说?”

洪振业继续说道:“北京这家批发市场,面向全国各大城市批发内外贸服装,一件起批,是全国服装批发的源头。他们订了我们的单,也就是帮助我们在全国推销,他们自然会帮助我们打开国内市场了。”

张曼尼“哦”了一声:“洪总,你是怎么抓住这条大鳄鱼的?”

洪振业默默地笑,不说话,张曼尼也不追问。小车在中山陵大道上滑行,空气越来越清新,道路越来越僻静。

半个钟头后,小车到了中山陵,两个人下车后,直接去了香翠阁饭厅。到了饭厅,两个人坐下后,依然是点菜喝茶。

等菜的时候,洪振业一边喝茶一边说:“曼尼,等服装厂内贸公司走上正轨后,我估计要回到刘董公司去了。”

张曼尼心拧了一下:“洪总,我哥已经走了,你就不能在服装厂多待些日子吗?我现在还有很多地方需要学习,我怕一个人顶不住。”

洪振业笑了笑,从包里拿出香烟,抽出一支点燃:“曼尼,你总要一个人面对的,我现在就等刘董的消息,那头一旦需要我,我就要回去了。”

张曼尼想了想,诡秘地一笑:“我可以要求刘董,把你留在服装厂。”

洪振业吐了一口烟圈:“你就不怕留出事情来?”

张曼尼没有反应过来:“这会留出什么事儿啊?”

洪振业沉默着,没有直接回答。洪振业心里有数,他已经喜欢上张曼尼了,如果再不走的话,估计要出感情问题了。

洪振业知道张曼尼的真实身份是刘董未过门的儿媳妇,是刘立恒的未婚妻,他们已经订婚了。

洪振业再无耻,也不会无耻到去抢刘董的未来儿媳妇,所以,他想在自己还有理智前,尽快离开服装厂。

张曼尼看洪振业不说话,也不方便追问。回头想一想,也是。洪振业在服装厂工作了这么长时间,把自己也带得差不多了,对得起四同一家子了。

洪振业继续抽烟,空气有点沉闷,两个人都不说话。菜上来了,洪振业默默地给张曼尼夹菜。

这时,张曼尼的手机响了起来,她从包里拿出手机看了看,是刘立恒来的信息:“曼尼,今天晚上有空吗?我想和你谈谈。”

张曼尼抱歉地对洪振业说:“对不起,我回个信息。”

张曼尼拿出写字棒,开始回复:“立恒,什么事情?我在外面,还没有回去。改天谈好吗?”

过了一分钟,刘立恒飞来一条信息:“那好吧,等你有空。”

张曼尼没有回复，把手机放进包里。洪振业第一次这么沉默，让张曼尼有点不适应："洪总，问你个问题可以吗？"

洪振业点了点头："你说。"

张曼尼喝了一口果汁："你说，我哥现在已经不在了，他继续做法人代表合适吗？"

洪振业弹了弹烟灰："从法律的角度来讲，四同是死亡人，法人代表身份已经自然消失了。"

张曼尼"哦"了一声："这么说，我哥现在这个公司等于没有法人代表了。"

洪振业点点头："从理论上来讲，应该是这样的。"

张曼尼有点吃惊："那怎么办？"

洪振业想了想："这个问题你找个时间和你嫂子商量一下，看看她的想法。另外，服装厂作为四同的遗产，牵涉到财产分割，这是你们的家事，我不方便发表意见。"

张曼尼"啊"了一声："这么复杂？服装厂是我哥的，遗产应该是我嫂子的吧？"

洪振业笑了笑："我不是律师，不能给你什么建议。如果你们的家庭成员间的关系融洽的话，全部给你嫂子当然没有问题。"

张曼尼似懂非懂，开始低头吃菜。这个问题是突然冒出来的，四同活着的时候，她也从来没有想过。

张曼尼倒不担心什么遗产，她是担心服装厂没有法人代表，以后业务无法开展。这个问题看来要和嫂子好好商量一下，回去先问问立恒也可以。

吃完饭，两个人进了一个 KTV 包间，洪振业忘情地唱了几首歌。张曼尼不大会唱歌，就坐在一边听。

直到晚上 10 点，洪振业才开车把张曼尼送回家。张曼尼下车的时候，洪振业突然有点控制不住自己，摸了摸她的头发："晚安，曼尼。"

张曼尼回头招手："洪总，明天见。"

小车消失在黑夜中，张曼尼摸了摸刚才被洪振业摸过的头发，忍不住笑了笑。

·第五十三章·

退　婚

当天晚上，刘立恒家。刘父、刘母两个人坐在客厅沙发上，刘母在编织毛衣，刘父在看电视。

刘立恒从自己的屋子里走了出来，坐在父母对面："爸，我想和你谈个事儿。"

刘父继续看电视："什么事儿？"

刘立恒犹豫了一下："我想退婚。"

刘父突然站了起来，大声说："什么？你说你要退婚？这话也是你能说得出来的吗？"

刘立恒低着头说："是的，爸，我想和曼尼解除婚约。"

刘母丢下毛衣，接过话茬："立恒，你疯了，曼尼他哥才死没有多少日子，你就要和曼尼解除婚约，你这不是在人家伤口上撒盐吗？"

刘父很生气，暴跳如雷："立恒，曼尼哪点对不起你了？你是不是外面有其他女人了？"

刘立恒冷静地说："没有。"

刘母插话："立恒，你外面既然没有女人，为什么要悔婚？你这样做，不是让我们以后难做人，在人面前丢脸吗？"

刘父走过去，一把关掉电视："那你倒是说说，曼尼哪点配不上你了？悔婚总要有理由的吧？"

刘立恒一字一顿地说："我放不下慕容。"

刘父、刘母两个人异口同声："慕容？"

刘立恒接着说："爸、妈，我知道曼尼是个好女孩，我对不起她，但我实在放心不下慕容。"

刘父、刘母面面相觑，不懂地看着他们的儿子。刘母问："立恒，慕容是四同的遗孀、曼尼的嫂子、壹壹的妈，她和你有什么关系？”

刘立恒继续说：“和我有很大关系，十八岁那年，慕容的那对双胞胎儿子就是我的。”

刘父、刘母不做声了，立恒十八岁那年，他们都在忙自己的公司和工作，忙创业，忙家务，在儿子的教育问题上，没有跟上去。

那对双胞胎，立恒曾经和他们说过，但是，他们不知道是慕容的。看来，儿子是在还自己的青春债了。

刘父脑筋转得很快，第一次显得这么宽容：“立恒，我同意你退婚，曼尼是好孩子，你不能耽误人家。至于你将来是不是娶慕容，你自己看着办，你是成年人，我做父亲的，不干涉你。”

刘母也接着说：“立恒，儿大不由母，我和你爸意见一致，你找机会和曼尼说清楚，取得她的谅解。”

刘立恒没有想到父母这么开明大度：“爸、妈，谢谢你们，我明天就和曼尼说清楚。爸，我还有个想法。”

刘父点点头：“你说。”

刘立恒来回搓着两只手：“爸，我准备明年开春后，娶慕容为妻，然后，我去你的公司工作。”

刘父眼前一亮：“自古以来，子承父业，你是应该到我公司来了，我也要退居二线了。好，我支持你。”

刘母看着儿子，不知道是喜欢好，还是心疼好。立恒和她无数次说起过自己十八岁那年的荒唐事，她也没有当真，谁没有过自己的青春年少呢？谁没有过迷惘的情路历程呢？

人，都是在错误中长大的，只要儿子每天都在长大，能够及时反省过去的自己，就是自己的好儿子。

当天晚上，刘立恒终于睡了一个安稳觉。好长时间没有睡过安心觉了，在医院陪了四同两个多月，每天夜里都要被惊醒几次，就怕四同一觉睡过去了，再也不会醒来。

四同走后，刘立恒的心又牵到了花慕容的身上。他总觉得，造成花慕容今天的命运，和自己有直接的关系。

刘立恒一直在想，如果他对慕容好一点，慕容就不会嫁给除他之外的任何一个男人，和四同也不会结为夫妻，更不存在孤儿寡母一说了。

现在，刘立恒只想承担起自己的责任。承担一个，必然要辜负另一个。曼尼是个好女孩，他只能辜负她了。

次日，刘立恒利用中午休息的时间，约张曼尼出来吃饭。今天，是南京丽尔欣服饰有限公司挂牌开张的日子，张曼尼的心情特别好，两个人在新街口似水年华饭店见了面，要了一个小包间。

张曼尼有点奇怪，刘立恒从来没有中午请她吃过饭，总是晚上请她出来消夜。加上昨天刘立恒给她发过信息，说找她谈谈，所以，心里就多了一种预感。

吃饭的时候，刘立恒不断地朝张曼尼的小碟里夹菜："曼尼，多吃点，服装厂工作消耗体力大。"

张曼尼吃着菜："你也吃啊，都给我，我不吃成胖子了？"

刘立恒也不谈正事儿，就是一个劲地叫张曼尼吃菜："最近服装厂还好吧？做得还习惯吧？外贸商务和生意谈判流程基本上都熟悉了吧？最近，很少关心到你，请你原谅。"

凭女人的直觉，张曼尼知道刘立恒在和她客气，恋人之间说客套话，就是关系到头了。

张曼尼也和刘立恒客气起来："我知道你工作忙，前些日子一直在医院陪我哥，吃了很多苦。我现在做得还好，就是还要多学习一点经验和谈判的技巧，谢谢你。"

刘立恒点点头："好好干，四同不在了，服装厂依然在。"

张曼尼"扑哧"一声笑了出来："立恒，你怎么学会喊口号了？"

刘立恒不好意思地笑了起来："没有啊，我没有喊口号，我说的是实话啊。"

饭菜吃得差不多了，刘立恒见时机成熟了，坐直了身子："曼尼，我今天喊你出来，是想和你说个事情。"

张曼尼已经有思想准备了："嗯，立恒，你说，没有关系。"

刘立恒抱歉地说："曼尼，我想和你解除婚约。"

张曼尼平静地点了点头："可以，立恒，我同意。"

张曼尼说完，把手上的戒指抹了下来，从餐桌上慢慢地推到了刘立恒的面前。眼泪，不争气地从张曼尼的眼眶里流了出来。

刘立恒拿起戒指，又慢慢地推到了张曼尼的面前："我知道，这个决定对你很不公平，但是，我实在不想伤害你，我越是拖延时间，对你的伤害就越大。戒指你留着，就当一个纪念吧。"

张曼尼没有再推辞，刘立恒起身走过来，把戒指重新戴在张曼尼的手上。张曼尼不由得泪流满面，把头靠在刘立恒的肩膀上："立恒，我没有哥，你以后就做我的哥，好吗？"

刘立恒一把抱住张曼尼，搂在自己的怀里，眼泪落在她的脸上："嗯，曼尼，以后你就是哥的妹……"

这顿饭，吃得荡气回肠。吃完饭，刘立恒开车把张曼尼送到了服装厂门口，看了看服装厂的新招牌，然后，满意地掉头离开。

张曼尼回到服装厂后，情绪有点低落，她坐在办公室，大脑有点木然，靠在椅子上，暗自流泪，最后竟然睡着了。

平时，张曼尼总要去洪振业的办公室几次，今天，一次也没有去，洪振业坐在办公室，心里像少了什么东西似的。

下午三点，洪振业轻轻推开张曼尼办公室的门，一眼看见她正靠在椅子上睡觉。他带上门，走过去仔细看，张曼尼的眼角还挂着两串泪珠。

洪振业不知道发生了什么事情，谁让张曼尼这么伤心。他看着她，轻轻地抬起手，为她拂去眼泪。

这时，张曼尼睁开了眼睛，一看见洪振业，不由得眼泪又涌了出来。洪振业本能地伸出手，摸了摸她的头发："怎么了，曼尼，怎么这么伤心？"

张曼尼哽咽着说："立恒退婚了……"

洪振业一时不知道说什么好，本能地把张曼尼抱在怀里。张曼尼返身扑在洪振业的肩膀上，眼泪哗啦啦直流。

时间，总是在努力让一些人淡忘一些事。转眼间，冬至到了。季节穿上了棉衣，把一些人憔悴的心包裹起来，免受风寒。

壹壹已经五个多月了，会翻身、会爬、会坐，这个月还冒出了一颗上牙。四同他亲爸昨天来看孙子的时候，笑得合不拢嘴，说我们家的壹壹成大人了，都长大牙了。

做母亲的女人，是幸福的女人，哪怕这种幸福不完整。壹壹几乎成了我的一切，成了我的生命，成了我相依为命的人。

壹壹是个乖孩子，喜欢笑。四同他亲妈每次来仙林看他的时候，壹壹都会对她傻傻地笑，每次一笑，四同他亲妈就会又哭又笑地说："壹壹笑的时候和四同小时候一样，能把哭的人弄到笑。"

冬至大如年，冬至那天，我后妈买了豆腐，包了饺子。下午，我下楼给四同烧了纸钱。

烧完纸钱，我上楼洗了洗手，准备给壹壹喂奶。刚把壹壹从小床里抱出来，手机响了起来。

我丢下壹壹，先去拿手机，接听后，发现是刘立恒的声音："慕容，我想见你一面。"

我直接回话："我没有空。"

刘立恒接着说："我开车过来接你，最多只占用你半个钟头时间。"

我态度坚决地回答："立恒，你有什么事情，请在电话里说，我真的没有时间出来，壹壹离不开我。"

他奶奶的刘立恒，别逼老娘骂人了。你不要乱来，我现在是你嫂子，你乱来的话，就是乱了辈分乱了礼节。

我花慕容现在是寡妇，寡妇门前是非多，你刘立恒还是正大光明点，该走人路就不要走鬼路，该走虾道就不要走蟹道，OK？

刘立恒不依不饶："慕容，你听我说，我只是想见你一面，你明白吗？"

我一时语塞，不知道回答什么才好。继续拒绝，似乎不大礼貌，毕竟刘立恒在医院陪伴了四同两个多月，这个情，无论什么时候，我花慕容都还不起。

我无法抗拒，婉转地说："那好吧，今天冬至，出来不方便，你明天过来。"

刘立恒听见我同意了，喜出望外："明天壹壹什么时间午睡，我在壹壹午睡的时候过来接你。"

我想了想："明天下午一点过来，我在楼下等你。"

挂断电话后，我抱起壹壹，拉开衣服喂奶。壹壹早就等不及了，一头撞进我的怀里，含住我的乳头。

自从四同走后，我经常会回顾自己的前半生。我的思绪经常会回到我的十八岁那年，我的一对双胞胎儿子身上。我还会想起我的前男友，想起他妈，想起我这块当年的金砖。

每当想起往事的时候，我就会对壹壹说："壹壹的妈妈老了，只会靠回忆过日子了。"

然后，自己说完就哭，哭完就笑。有时，我后妈跑过来，看着我："慕容，你又想起什么伤心事儿来了？你想哭就哭出来吧，这样心里好受点。"

冬至，就这样过去了，没有四同的日子，我虽然比较寂寞，但是，因为有了壹壹，也渐渐习惯了。

第二天下午一点，壹壹睡着了，我和后妈打了个招呼，就下楼了。到了楼下，刘立恒的小车已经停在楼道口。

刘立恒看见我，立即为我拉开车门："来，慕容快上来。"

我坐上副驾驶座后，小车快速开出了小区，到了仙林附近的一个碧春蕾茶社。下了车，我跟着刘立恒走了进去。

在一个封闭的包间里，一壶茶，一碟开心果，一篮爆米花，很快便放在了我的面前。刘立恒坐在我的对面，用一种从来没有过的眼神看着我。我有点不自在，赶紧把目光移开了。

刘立恒有点拘谨："慕容，你最近还好吗？"

我点了点头："我很好。"

刘立恒继续说："我每天给你发信息，你为什么一条也不回？"

我笑了笑："我是壹壹他妈，没有时间回复信息。再说，你是曼尼的男朋友，每天给我这个做嫂子的发信息，似乎不大好吧。”

刘立恒纠正说：“从今天开始，你不是我嫂子，我也不是张曼尼的什么男朋友。”

我惊诧地说：“你说什么？”

刘立恒清清楚楚地说：“我和曼尼解除婚约了。”

我张口结舌：“这个张曼尼，这么大的事情竟然没有告诉我！”

刘立恒站起来，走近我：“慕容，我知道十八岁那年，我对不起你，我一直在找机会弥补我给你造成的伤害。”

牙疼，你奶奶的刘立恒不会是为了我，才和曼尼解除婚约的吧？你这样做的后果是什么，你知道吗？奶奶的熊，你叫我以后怎么做人！

我哑口无言，刘立恒虽然有愧于我，但是，以刘立恒在医院对四同的照顾和对服装厂的安排，已经足够抵消他曾经对我的伤害了。

说实在话，我现在亏欠刘立恒的。如果不是刘立恒的鼎力相助，服装厂也许早就倒闭了，四同的医疗费也不会有着落，而我们孤儿寡母早就失去了生活来源。

人心都是肉长的，一码事归一码事。我看了看刘立恒：“你没有对不起我什么，我们花家亏欠你太多了，一辈子也还不起你。”

刘立恒一把抓住我的手：“以后，你不要开口闭口我们花家，我今天来，是向你求婚的，请你接受我，慕容。”

刘立恒说完，从包里把一枚钻石戒指拿了出来。我不敢相信，不愿意相信，不能够相信：“立恒，我不会接受的。你应该和曼尼结婚，你不要搞错了。”

刘立恒抓住我的一只手，把戒指往上面戴：“我结婚的对象是你，不是曼尼，我不是曼尼的男朋友，慕容是我的女朋友。”

奶奶的，刘立恒你在玩绕口令吗？你嫂子我现在大脑短路，和十八岁那年不能相提并论了，你还是少绕几句吧。

我抽回自己的手：“立恒，我配不上你。”

刘立恒没有勉强我：“慕容，四同走后，你一直在伪装坚强。我知道，四同其实对你并不好，他背叛过你。”

我愕然……

刘立恒继续说：“在医院陪护四同的时候，我在他的手机里发现一个女人的信息，那个女人叫他老公，而手机号码却不是你。”

我的眼泪开始打转，我的伤口被再次揭开，我没有勇气看刘立恒，我低头饮泣，我无力申辩。

刘立恒的拳头捏得紧紧的：“从那个时候开始，我才知道你过得并不幸福，你在人前强颜欢笑,人后悄悄落泪。说实话,看见那个女人的信息后,我恨不得立即拔去四同的氧气管。但是,我没有那样做,因为我知道孩子需要爸爸,孩子需要一个完整的家。”

我终于忍不住,放声大哭:“立恒,你不要再说了。”

刘立恒走过来,一把抱住我,这次,我没有拒绝。刘立恒伸出手,一遍遍地给我擦去眼泪。

十八岁那年的记忆,仿佛又活了。我闭起眼睛,似乎看见青春年少的刘立恒,在阳光下走近我。他不断地亲吻着我的脸,亲吻着我的眼睛,亲吻着我的鼻子。

在一种缥缈的幻觉中,我慢慢张开双臂,环腰抱紧刘立恒:“立恒,我还是十八岁那年的我吗?”

刘立恒梦幻般地说:“在我的记忆里,你永远和十八岁那年一样美丽。”

我伸出手:“我要嫁给你。”

刘立恒接过我的手,把钻戒慢慢戴了上去:“我要你做我最美丽的新娘。”

当我重新睁开眼睛后,刘立恒已经把戒指戴在我的手上了,我无力拒绝。爱,是无法抗拒的,可以抗拒的,一定不是爱。

从碧春蕾茶社出来,刘立恒一直搀着我的手,我冰凉的小手被他握得滚烫。我从来没有奢望过命运,把四同送走后,又把刘立恒还给了我。

上了小车后,刘立恒对我说:“慕容,我已经和父母商量过了,明年春节后,把你娶回家,然后,我就去我父亲的公司工作,如果你想上班,可以随时去我父亲公司。”

我点了点头:“我听你的,立恒。”

刘立恒继续说:“四同的服装厂我是这样考虑的,曼尼是四同的妹妹,洪振业一直在带曼尼,估计不久曼尼就可以独立开展工作,顶四同的职了。如果你没有意见的话,把服装厂让给曼尼,你和壹壹有我照顾,你看呢?”

我又点了点头:“我还是听你的,立恒。”

·第五十四章·

法人代表

回到家,我嘴里一直哼着《粉红色的回忆》,心情格外好。我后妈看着我:"慕容,怎么了,今天出门捡到西瓜了?"

我点点头,继续哼歌。后妈问不出所以然来,也不问了。有所牵挂的日子总是过得那么快,回头再看,昨天已经离我们很远了。

冬至过后,天气开始转冷,北风呼呼地吹,我的壹壹越来越可爱了。圣诞节那天,张曼尼买了一大堆玩具,敲开了仙林我家的门。

我穿着棉拖,赶紧跑过去开门:"壹壹,你姑妈来看你了,快叫姑妈。"

张曼尼腼腆地笑着:"嫂子,侄子还不会说话呢,叫他喊姑妈喊得出来吗?"

我后妈听见声音,立即从阳台跑过来:"是壹壹的姑妈来了,快进来,外面冷吧?"

张曼尼连忙说:"伯母,还好,一点不冷,我坐地铁过来的。"

我看着一大堆玩具:"曼尼,家里玩具那么多,你还买啊?我们家要成玩具店了。"

张曼尼笑了笑:"今天不是圣诞节吗?这是圣诞老人给壹壹的,不是我买的。"

我后妈去厨房倒了一杯热茶:"圣诞老人买礼物,都是夜里偷偷放在孩子的枕头边,现在是大白天,礼物肯定是姑妈买的了。以后来看看壹壹就行了,不要再买那么多东西了。"

张曼尼放下玩具,先进我的屋子,壹壹正在小床里咿呀咿呀地叫唤,看见姑妈来了,盯着她看。

张曼尼轻轻抱起壹壹:"哎呀,嫂子,你看壹壹,一个月不见,越长越帅气了,都说愁生不愁养,这才几天工夫,就成一大帅哥了。"

我哈哈大笑:"曼尼,你现在也会耍贫嘴了。"

张曼尼抱着壹壹，逗他玩，壹壹喜欢笑，曼尼笑，壹壹也笑。两个人笑累了，我后妈把壹壹抱了过去：“来，壹壹过来，外婆抱，让姑妈休息一会儿。”

我后妈把壹壹抱到屋子里，客厅里只剩下我和张曼尼。张曼尼看着我，欲言又止：“嫂子……”

我“嗯”了一声：“什么事儿，你说，曼尼。”

张曼尼想了想：“嫂子，有个事情我想和你说一下，是关于我哥的服装厂的。”

我以为曼尼会说刘立恒退婚的事情，原来不是，我“哦”了一声：“嗯，你说。”

张曼尼接着说：“我哥走后，服装厂一直挂着我哥的姓名，业务来往用的也是他的公司名。现在，洪振业追加资金，成立了内贸公司，继续使用我哥的姓名已经不现实了。”

我追问一句：“内贸公司？我怎么不知道？”

张曼尼继续解释：“嗯，那时我哥还躺在医院，考虑到你坐月子，就没有对你说。因为外贸行业今年受到市场经济危机的制约，订单好下，资金难回笼。洪振业追加资金500万，成立了内贸公司。现在，内外贸公司已经合二为一，改名南京丽尔欣服饰有限公司。你放心，500万资金是洪振业免息提供的，等服装厂业务正常后，他再抽回。”

我有点不敢相信：“是这样啊，洪振业还真是一个不错的人。”

张曼尼接着说：“我昨天征求了我爸我妈的意见，我说我哥已经走了，如果他们放弃遗产的话，可以把服装厂的法人代表划到你的名下，等你身体好了，可以去服装厂工作了，洪振业和我再一起退出服装厂，你看呢？”

我立即摆手：“不、不、不，服装厂我不要，四同是花家人，他的财产留给你们花家。法人代表改你的姓名，你不用退出服装厂。”

张曼尼没有说服我，有点着急：“嫂子，那这样吧，明年一月份工商所核验营业执照，用我哥的姓名肯定不行了，那样服装厂要被直接吊销营业执照的。我们先不谈其他的，先把法人代表改了，用你的姓名，好吗？”

我继续摆手：“法人代表不要用我的，曼尼。”

张曼尼坚持自己的意见：“嫂子，服装厂是我哥和你的婚后财产，是你们夫妻的共同财产，现在我哥不在了，你和壹壹还要吃饭，壹壹的教育经费支出很大，要靠服装厂养活。我年轻没有关系，找个好对象以后什么都有了，可是你和壹壹失去了服装厂，就什么也没有了。”

张曼尼说得没有错，她是好丫头，为我和壹壹想得很周到。我现在很纠结，不知道曼尼的心事是什么。

从张曼尼的言行，看不出一点情绪低落的样子，她对“退婚”两字，只字不提。刘立恒的悔婚不会对她一点打击也没有，毕竟他们是得到双方父母祝福的恋人，而且已经订婚了。

我换了个话题，试探性地问：“曼尼，你现在怎么样？”

张曼尼眼神暗淡了一下，瞬间又变亮了：“我很好啊，嫂子。”

张曼尼就是不提刘立恒的名字，也不谈退婚的事情。奶奶的，这丫难道是金刚铁石，不知道被拒绝的伤心吗？

我小心翼翼地说：“你和他怎么样？”

张曼尼脸色红了一下：“你说哪个他？”

哪个他？靠，你曼尼难道除了刘立恒，还有一个他？我笑了笑，反问：“曼尼，和嫂子说，你有几个他？”

张曼尼安静地说：“嫂子，又来了。”

我哈哈大笑：“曼尼学会装蒜了。”

张曼尼将嘴巴对着我的耳朵，轻轻说：“一个也没有，立恒退婚了！”

这丫终于说实话了，看张曼尼的脸色，似乎没有什么变化，也没有特别的失落。我心里有点不安，我不想做对不起曼尼的事情。

我明知故问：“立恒和你取消婚约了？”

张曼尼点了点头：“其实，婚姻最讲究的是缘分，立恒对我不错，我不怨恨他，要说的话，就是缘分不够，我们只能做兄妹，不能做夫妻了。”

张曼尼能够这样想，我真的很高兴：“曼尼，你说得也是，我现在特别相信缘分一说。你说我和你哥四同，我那么看好我们的婚姻，结果呢，只有一年的夫妻情分。连老天都不看好我们的婚姻，能长得了吗？”

张曼尼“嗯”了一声：“嫂子说得一点没有错，立恒答应做我的哥哥了。”

·第五十五章·

恋爱中的女人

我点点头,在心里为这样的结果祝福。这时,张曼尼的手机响了起来,她看了看来电号码,是洪振业的。

张曼尼开始接听:“喂,是洪总啊?”

洪振业充满磁性的声音:“是我,营业执照的事情谈得怎么样?”

张曼尼迟疑地说:“我和嫂子谈过了,她不答应。”

洪振业“哦”了一声:“那过几天再说吧,曼尼,今天是圣诞节,我马上开车来仙林接你,和你一起狂欢去。”

张曼尼有点动心:“去哪里狂欢呢?”

洪振业不假思索地说:“随便你,你想去哪里,我就开车带你去哪里。你在仙林等我,我半个钟头就到。”

张曼尼“嗯”了一声:“好的,到了你给我电话,车开慢点。”

两个人挂断电话后,我问:“曼尼,洪总是不是就是四同服装厂的代理总经理洪振业?”

张曼尼点点头,脸上带着一种压抑不住的喜悦:“是的,就是刘董公司的那个。”

我继续问:“他,喜欢你?”

张曼尼摇摇头:“不知道啊。”

我点了点张曼尼的头:“又和嫂子装了,是不是?如果洪总不喜欢你,会和你一起过圣诞节?”

张曼尼站起来,在桌子上拿了一个提子,丢进嘴里:“反正我没有问他,男人的心事谁知道啊?他也没有说他喜欢我,我怎么好意思问他?男女在一起过个圣诞节很正常啊,嫂子,你是不是担心我嫁不出去?”

我哈哈大笑:“嫂子才不担心你嫁不出去,一会儿洪总来了,请他上来坐坐?”

张曼尼连连摆手:“不行不行,他又不是我男朋友,请他上来做什么?”

话说到这里,我也不再勉强了。半个钟头后,张曼尼被洪振业的电话叫走了。我后妈走过来,问我:“慕容,是不是立恒退婚了?”

我的后妈,你能陪壹壹去玩会儿吗?立恒退婚和我没关系,那是他们两个人的事情,我不是第三者,不行啊?

刘立恒、张曼尼、我,这三个人的关系蛮复杂的。日后,如果我真的跟了刘立恒,张曼尼回过头来想想,会不会觉得我这个嫂子很不是人啊?

想到这里,我对后妈说:“退了。”

我后妈继续磨叽:“曼尼那丫头不错,怪懂事儿的,我看着就喜欢。立恒怎么说退婚就退了?四同他亲爸和后妈知道吗?”

我迟疑了一下:“这个我不知道,具体情况曼尼没有说。”

我后妈问不出什么内幕消息来,去给壹壹换尿布去了。我在沙发上坐得有点久,起来活动了一下腰肢。

奶奶的,我现在怎么越来越觉得自己是一个不大光彩的第三者了?刘立恒退婚本质上是因为我,这个只有我自己心里有数。

我站在阳台上,望着窗外,已经是黄昏时分了,远处有晚炊的青烟缭绕。我捋了捋额前的刘海,心里一片白茫茫的。

这时,我后妈拿着我的手机跑了过来:“慕容,手机来电话了。”

我“哦”了一声,连号码也没有看,立即按到接听键:“喂……”

来电者是刘立恒,我拿着手机回到自己的屋子。“慕容,你在做什么?”

我轻轻一笑:“我在阳台上发呆。”

刘立恒哈哈大笑:“在发呆啊,今天圣诞节,出来?”

我重复了一句:“出来?”

刘立恒立即回答:“嗯,出来,你在家等我,我现在就开车来接你?”

我反问:“壹壹晚上要吃奶怎么办?”

刘立恒忍不住笑:“出来玩心里还装着儿子?我买听奶粉带过来,要什么牌子的?”

我鬼鬼地笑:“不要,家里有奶粉。那我在家等你?”

刘立恒说了一句:“OK。”

挂断电话后,我打开衣柜,开始找衣服。因为刚生过孩子不久,我的体形还有点臃肿,比试了两套,感觉小了。

换来换去,试了三套,只有一套粉红色的套装,还勉强可以上身。我对着镜子,先把内衣换了,接着换了一件套头的低领无色羊毛衫,再套上外套和一步裙。

鞋子也是登对的，粉红色，一个系列的品牌。穿好衣服后，我又对着化妆镜描了几下眉，上了一点口红。

全部准备工作做好后，我站在壹壹面前："壹壹，妈妈漂亮吗？妈妈还年轻吗？"

话音刚落，壹壹不高兴了，嘴巴一撇，哭了起来。我后妈听见声音，急忙跑了过来："怎么了，壹壹？外婆来了。"

我后妈在壹壹屁股底下抄了一把，原来是尿尿了。换完尿布，壹壹安静了，我后妈看着我："曼尼，穿这么漂亮？今晚要出去？"

我点点头，在后妈面前转了一个圈："妈，漂亮吗？我这样能出门吗？"

我后妈连连说："漂亮，漂亮，怎么不能出门？壹壹，快看看你妈，说不定再找个金龟婿回来呢。"

牙疼，这个金龟婿要是真的来家了，怕是你们要把我扁死了。得得得，不和你磨叽了后妈，我还是先守住秘密吧。

我看了看后妈："一会儿我出去了，如果壹壹饿了，就给他吃奶粉。"

我后妈从小床里抱起壹壹："嗯，慕容，你好好玩，散散心，老是蹲在家里，会把自己憋坏的。壹壹你不用操心，我一会儿把小床放我屋子里去。"

我抱了抱后妈："妈，谢谢你。"

二十分钟后，刘立恒到了。我和后妈打了个招呼，亲了亲壹壹的脸蛋，套上一件白色长风衣，挎上自己的小包，飘下了楼。

恋爱中的女人是幸福的，上了刘立恒的小车后，他拉了拉我的手，然后踩动油门，如箭一般地飞驰而去。

小车里开着轻音乐，旋律很时尚，我上来后，刘立恒把音量调低了一点。看起来，他的兴致很高。

我有一种做梦般的感觉，时空把我从刘立恒的身边拽走，现在又拽了回来，这样的感受不是每个人都有幸遇到的。

天色已黑，我坐在副驾驶座上，对刘立恒说："今天曼尼来仙林了。"

刘立恒眼睛看着前方："她是来看壹壹的，还是来看你的？"

我继续说："都有，实际上是为服装厂的事情来的。"

刘立恒"哦"了一声："服装厂有什么事情？"

我接着说："曼尼想把服装厂的法人代表换成我的姓名，我没有同意。"

刘立恒点点头："对，不要同意，服装厂留给曼尼。你和壹壹的未来我已经给你们安排好了，你不用担心。过几天，元旦放假，我就带你去看我们的婚房，买一套新的大的环境好的，你仙林的房子随便你怎么处理，我不参加任何意见。”

我“嗯”了一声：“我按照你的意思说了，但是，很多话我不好直说，曼尼毕竟不知道我们现在的关系。这个事情先放一放，到合适的时候再说。”

刘立恒表示理解：“可以，服装厂放在那里，也跑不了。现在洪振业和张曼尼两个人在经营，曼尼在付出，自然应该得到。”

我点点头：“立恒，你爸和你妈知道我们的事情吗？”

刘立恒望了我一眼：“知道，我和曼尼退婚前一天，就和他们摊牌了，他们本来也知道我十八岁那年双胞胎的事情，后来也批评过我，说我没有珍惜你。”

我“啊”了一声：“双胞胎的事情他们也知道了？立恒，你说我们这样，是不是很荒唐？以后和曼尼一家人怎么相处？”

刘立恒伸出一只手，抓住我的手：“慕容，我的父母很宽容的，他们同意我和你交往。我们本来就是天造地设的一对，只是阴差阳错，才导致了今天这样的结果。曼尼已经和我以兄妹相称，以后还是一家人。”

我点点头，感激地看着刘立恒。这个男人，和十八岁那年的刘立恒已经不能同日而语了，在他的眼睛里，已多出了两个字：责任。

小车一直开着，开到了南京市区的中心地带新街口。刘立恒把车停靠在安全地带后，和我一起朝午夜嘉年华娱乐城走去。

·第五十六章·

意外相遇

午夜嘉年华娱乐城A座,是一个开放式包间,此刻,洪振业与张曼尼正在干杯。桌子上是两扎啤酒,冒着气泡。

洪振业面色潮红,举起酒杯,看着张曼尼:"曼尼,我今天终于有机会对你说出我的心里话了,你想听吗?"

张曼尼想知道,但是又怕知道。

洪振业继续说:"实际上,我从进服装厂的第一天起,就发现自己不可救药地喜欢上你了。然而,你是刘董的未来儿媳妇,我只能克制自己不要去想你。"

张曼尼把酒杯举在半空中,看着洪振业。

洪振业接着说:"曼尼,你知道吗? 暗恋一个人,比失恋的人还要痛苦。我天天安慰自己,祈祷上天让你哥早点醒来,这样我就可以回到刘董的公司,不再看见你,也不再被单相思折磨了。"

张曼尼很安静,脸上飞满了红云。

洪振业继续表白:"我没有想到,老天这么开眼,正在我走投无路的时候,立恒退婚了。这个消息对我来说,不只是祥云啊。立恒退婚那天,你哭得昏天黑地的,可是我的心,一直有只小兔子在跳,我知道,机会终于来了。"

张曼尼抬起头,深情地看着洪振业,高高地举起了酒杯:"洪总,其实说心里话,我也很欣赏你,也许因为立恒和我的特殊关系,我只能把这种感情压在自己的心底。立恒的拒婚虽然比较伤我的面子,但是,也同时给了我一个机会,就是:让我们走到一起。其实,最浪漫的三个字不是'我爱你',而是'在一起'!"

张曼尼说完,和洪振业一饮而尽。借着三杯啤酒的微弱酒力,洪振业慢慢伸出自己的右手,探到桌面上,握住张曼尼的手。

两个人,在橘黄色的灯光下,相视而笑。这时,刘立恒和我正从门外手拉手走进来，一眼看见敞开的包间。

与此同时，洪振业和张曼尼也看见了我们。刘立恒反应很快，他立即走上去，朝洪振业和张曼尼分别伸出了手：“二位好，这么巧？”

洪振业立即站起来，大方地伸出手：“你好，刘立恒，南京就是这么小。”

张曼尼也把手伸出来，叫了一声：“立恒哥。”

我站在刘立恒的后面，很尴尬，不知道怎么是好。显然，张曼尼也看见了我：“嫂子，你怎么也来了？”

刘立恒把脸转向张曼尼，一把拉住我的手，带我回答：“曼尼妹，我带你嫂子出来散散心，没有想到在这里遇到你们了。”

张曼尼心领神会：“嫂子，你是应该出来散散心了，立恒哥，谢谢你。”

刘立恒礼貌地笑道：“一家人，说什么谢字。那你们玩，我带慕容去里面看看，再会。”

刘立恒说完，四人小别。刘立恒一直拉着我的手，我紧张得手心都出汗了。我们径直到了三楼，进了一个封闭式包间。

服务生很快跟了进来：“请问几位？”

刘立恒干脆地答道：“两位。”

服务生继续问：“两位？请问来点什么饮料？”

刘立恒回头问我：“慕容，想喝点什么？”

我说：“随便，不带豆类的就行。”

刘立恒接过本子，看了看：“来两杯橙汁饮料吧，另外来盘榛子，来盘开心果，行了，谢谢。”

服务生一边记，一边清唱：“两杯橙汁饮料，一盘榛子，一盘开心果。先生，请稍等。”

服务生走后，刘立恒和我坐了下来。刚刚经历了楼下的一幕，我还没有回过神来。说实话，我不知道曼尼会怎么看我，会不会觉得我这个嫂子太不厚道，把她的男朋友抢走了？

包间的灯迷迷蒙蒙的，充满了幻象。刘立恒坐在我对面，看着我：“刚才是不是吓着了，慕容？”

我点点头，拍了拍胸口：“确实吓得不轻……”

刘立恒嘿嘿一笑：“我不是给你解围了吗？没关系，以后这样的事情多了，心态放平，以后就自然了。慕容，曼尼和洪振业是不是对上眼了？”

我会意地笑：“我感觉也是的，曼尼今天在我们家的时候，就提到洪振业，我还问她，洪振业喜不喜欢她呢。”

刘立恒想了想说：“我父亲一直很欣赏洪振业，如果曼尼跟了他的话，我父亲肯定赞成。”

这时，服务生端着托盘走了进来：“先生、小姐，请慢用。”

服务生走后，刘立恒把门关上。他剥了一粒开心果，丢进我的嘴里：“慕容，希望你一辈子开开心心的。”

我张开嘴，一口含住开心果，顺带也咬住了刘立恒的手指。女人最抵挡不住的就是幸福，既然幸福送上门来了，我就要抓住它。

刘立恒用迷死人的桃花眼看着我：“慕容，你咬到我的手了。”

我调皮地说：“咬的就是你的手。”

刘立恒抽出手指，返身将我一抱，我顺势倒在他的怀里。分手几年了，他的体味还是那么蛊惑人心，闻一闻都要醉死人。

当天晚上，我和刘立恒一直待到夜里12点，考虑到壹壹夜里要吃奶，我提出回家。刘立恒开车把我送到仙林，依依不舍地和我告别。

回到家，我后妈还没有睡，壹壹躺在自己的小床里，永远那么乖。听见开门声，我后妈立即下床，跑到客厅为我开灯。

灯开后，一阵刺眼，我后妈看着我，又看了看墙上的挂钟：“12点多了，慕容，今天疯够了？”

我笑了笑，点点头。家里开着空调，很温暖，我脱去外套，对后妈说：“妈，猜我今晚看见谁了？”

我后妈眯缝着眼睛看着我：“看见谁了？”

我一边朝屋子里走，一边说：“我看见曼尼了。”

我后妈笑：“曼尼今天来我们家的，你当然看见她了，这有什么奇怪的？”

我把外套挂进大衣柜里：“妈，我说我晚上在外面看见曼尼了，她和洪总在一起。”

我后妈用怀疑的眼神看着我：“洪总？就是四同服装厂的那个代理的什么总经理？叫洪振业的，是不是？”

我故作神秘地点点头：“嗯，就是他。”

我后妈将两只大拇指碰到一起，动了动：“你是说，曼尼和洪总谈恋爱了？”

我嘿嘿傻笑，不回答。后妈是过来人，也不多问。我挂好衣服，把壹壹的小床从外屋拉进了我的屋子。

壹壹睡得和小猪猪一样：“妈，壹壹晚上闹了吗，吃了几次奶粉？”

我后妈说：“闹了两次，开始不愿意吃奶粉，想找母乳，后来饿急了，抱住奶瓶就喝，哈哈，这个小东西不经饿，跟你小时候一样，有奶便是娘。”

我的儿子，能不像我吗？做母亲的人，有孩子和没孩子就是不一样。我看了看壹壹，去卫生间洗了一把脸，然后，准备上床睡觉。

我后妈看着我，没有走的意思，似乎还有话要说："慕容，你是不是恋爱了？"

我摸了摸脸，难道后妈从我脸上看出什么情况来了："没有啊！妈，谁恋爱了？"

我后妈不相信："不要骗妈了，你和四同恋爱那阵，晚上回来就是这个表情。"

牙疼，我和四同？我什么表情了？难道恋爱是写在脸上的？我的后妈啊，你要成心理学家了，求你不要研究我了，三更半夜的，不要吓到壹壹了。

·第五十七章·

遗产协议

元旦前一天，刘董办公室。办公室装潢得很气派，大约有六十平方米左右，刘董正在批阅文件。

这时，办公室门敲响了，刘董喊了一声："请进。"

洪振业推开门，径直朝刘董的办公桌走过去："刘董，您找我？"

刘董点点头，依然在批阅文件："你坐。"

洪振业在刘董的对面坐了下来，他的心里有点忐忑不安，不知道刘董会和他谈什么。说实在的，他现在有了曼尼，突然不想回刘董的公司了，他想留在服装厂，帮曼尼创业。

刘董批复完文件后，把手里的笔丢了下来，看了看洪振业："振业，最近几个月在服装厂还习惯吧？今天找你来，不是谈公司的事情，就是和你拉拉家常。"

洪振业点点头："刘董，服装厂还好。"

刘董继续说："听立恒说，你和曼尼现在相处得比较好，是不是真的？"

洪振业又点了点头："是的，我们相处得不错。"

刘董"嗯"了一声："振业，曼尼是个好丫头，可惜立恒没这个命享受。如果你爱曼尼的话，一定要好好待她。"

洪振业重重地点了点头："刘董，我知道了，我会的。"

刘董用笔点了点桌面："振业，我一直拿你当儿子看待。我现在给你两个选择，你可以自由选择一个。一个是回我公司，做你原来的事情；一个是继续留在服装厂，做你喜欢做的事情。"

洪振业站了起来，毕恭毕敬地说："刘董，我知道您一直非常器重我，我决定留在服装厂，陪伴曼尼。"

刘董丢下笔："好，振业，你是男人。我也希望你留在服装厂，和曼尼一起创业。立恒准备明年在适当的时候迎娶花慕容,花慕容已经放弃服装厂的所有财产,法人代表权将直接移交给曼尼。”

洪振业有点意外:“刘董,曼尼的家事我不便多问,我会考虑曼尼的感受,并尊重曼尼的意见,因为曼尼和我交流过,目前她不同意接受做服装厂的法人代表,也就是说,她想把服装厂留给花慕容和侄子。”

刘董“哦”了一声:“花慕容和她儿子的未来你们放心,立恒既然娶了她,慕容的儿子也就是立恒的儿子,同时也是我们的孙子,我们刘家的人只会善待他们母子。曼尼的父母白发人送黑发人,已经属于人生之大悲,理应得到四同的遗产。曼尼那头,你回去和她沟通一下,尽快把法人代表一事定下来。”

洪振业点了点头:“好的,刘董,您放心。以后振业不能在您公司做事儿了,您要多保重。”

刘董爽朗地笑了起来:“没事儿,振业,立恒和慕容明年大婚后,我就准备让立恒过来接我的班了,我也该退居二线,在家含饴弄孙,享享清福了。”

洪振业听到这里,也释然了:“刘董,您这样想,我就放心了,本来我还担心您压力过大,立恒过来就好了。”

两个人继续唠叨了一会儿,时间不早了,洪振业不便耽误刘董的宝贵时间,便告辞出来。

洪振业开车回到服装厂后,张曼尼正在电脑上起草一份遗产协议。对于嫂子放弃四同遗产的决定,她不能接受,她的父母也不能接受。

壹壹是无辜的,纵然嫂子愿意放弃,壹壹也不能放弃自己应得的遗产。张曼尼正在专心致志地打字,洪振业轻轻推开办公室的门,走了进来。

张曼尼抬起头:“振业,回来了?”

洪振业点点头:“回来了,你在写什么?”

张曼尼指着电脑:“遗产协议。”

洪振业走过来,看了看标题:“遗产协议好,做得对。”

张曼尼挺了挺身子,亲了亲洪振业的脸:“谢谢你的支持,振业。刚才去刘董那里,他都说了些什么?”

洪振业坐了下来:“刘董说,让你接手服装厂法人代表,刘立恒明年迎娶花慕容为妻,你嫂子已经放弃了服装厂的产权。”

张曼尼若有所思:“立恒娶我嫂子为妻?我嫂子不要服装厂了?那我侄子呢?侄子不能放弃父亲的遗产,是不是,振业?”

洪振业“嗯”了一声:“曼尼,我说说个人的想法,你嫂子主动放弃你哥的遗产,我们先不谈她。你要保护侄子的利益,也符合人之常情。现在的问题在你这里,就是接不接受服装厂的法人代表权。”

张曼尼激动地叫了起来:“我不接受。”

洪振业点了点头:“我也倾向于你不接受,这样的话,你就不需要写遗产协议了,只要和慕容之间达成一份书面协议即可,就是将服装厂现有资产折合成人民币,转移到你侄子的名下,服装厂的法人代表归你。或者就是服装厂划分成股份制,你以后只在服装厂拥有股份权,法人代表也可以是你。”

张曼尼想了想,觉得洪振业说得似乎有道理:“我觉得还是股份制比较好,这样的话,我嫂子和我侄子有了自己的股份,我也安心点。”

洪振业“嗯”了一声:“这个只是我个人的想法,具体情况你和慕容商量下,法人代表的事情要尽快定下来,元旦过后,营业执照就要年检了,曼尼,抓紧点。我去办公室看看,你忙。”

张曼尼站了起来:“好的,那遗产协议我就不写了,回头和嫂子碰头再说。”

洪振业说完,走了出去,他先到每个车间和班组转了一圈,看了看生产情况,问了问生产进度,然后,才回到自己的办公室。

最近,内贸订单比较多,北京的那家大型服装批发市场大订单,前些日子给张曼尼拿下后,催货比较急,电话要货天天不断。

洪振业不想放弃国内市场这块大蛋糕,他现在基本上整天泡在服装厂,督促工人加班加点。

元旦这天,张曼尼提着一套宝宝的新衣服,又上门了。说实话,我现在有点惧怕她,我总觉得是我抢走了她的立恒。

张曼尼一进门,还是嫂子长嫂子短地喊着,我也高兴地应着,和四同在的时候一样。喊完嫂子,曼尼就开始逗壹壹玩,玩够了,再回头找到我,和我说正经事儿。

其实,我们之间也没有什么正经事儿,要说也就一件:服装厂法人代表的事儿。这个事儿不是我不答应,立恒安排好的一切,我不想变动。

张曼尼和壹壹闹够后,又坐到我这里来了,继续和我磨叽老话题:“嫂子,法人代表的事情,我想到了一个办法,你看行不行?”

我说:“曼尼,你说,只要不用我的姓名,随便你怎么做。”

张曼尼接着说:“嫂子,我想以服装厂的名义起草一份协议,按照股份划分股东人数,现在股东是我们四个人:洪振业、花慕容、张曼尼、壹壹。以后,我们的分成就按照这份协议执行,这样,法人代表是我的话,你和壹壹的利益也不会受到任何影响。”

我听了,摇头:“曼尼,股东就按照你们三个人来写,我的就不需要了,也许你已经知道了,明年我就要和立恒完婚了,花家的财产我真的不需要,你们能想到壹壹我就非常满足了。”

张曼尼继续说:“嫂子,我知道立恒对你的感情,如果你实在不愿意接受也没有关系,我们在协议里将你的那份,直接划到壹壹的那份里去,这样总可以了吧?”

张曼尼的话说到这个份儿上,我真的无话可说了:“谢谢你,曼尼。”

张曼尼看着我:“嫂子,以后不要把谢字挂在嘴边了,这个事儿我们就这么说定了,不许变卦。另外,你和立恒哥明年什么时间结婚?嫂子,我告诉你一个不幸的消息,不许告诉我爸我妈,明年我也想结婚了。”

我一把抱住张曼尼:“真的?男朋友是不是洪总?”

张曼尼把头靠在我的肩膀上:“嗯,洪总的名字现在不叫洪总了,叫洪振业,我就叫他振业,你以后也叫他振业,知道吗,嫂子?”

我连连点头:“好的,叫振业。”

张曼尼一边说,一边把手伸出来,给我看:“嫂子,戒指漂亮吗,振业买的,五万块呢。”

我看着张曼尼幸福的样子,心里真为她高兴。俗话说:因祸得福。我没有想到,四同的车祸彻底改变了我的人生道路,同时也改变了张曼尼的人生轨迹。

难道冥冥之中,真的有天意在安排我们的一切?原来,缘分说白了是这样一种东西,它喜欢在你身边和你躲猫猫,躲来躲去躲到最后,出其不意地落到你的头上,让你喜不自禁。

而所谓的日久生情,就应该像洪振业和张曼尼这样的吧。刘立恒无意间做了一件大好事儿,首先,把洪振业曲线弄到了服装厂,再让张曼尼辞职去服装厂学技术,等到四同抬腿走人了,再直接向我求婚,然后把服装厂丢给洪振业和张曼尼两个人管理。

这样的结果谁也没有想到,应该是两全其美了。

·第五十八章·

河西新居

元月二日,刘立恒按照事先约定,开车到仙林接我,然后,带我直奔河西楼盘,去挑选我们的爱巢。

河西地价在南京算比较高的,这里的地价高达 2 万元一平方米,便宜的也要 1 万 5 一平方米。

当天,我和立恒看了四家楼盘,售楼小姐热心得不行。我特意穿了一双运动鞋,怕路走得多脚底板吃不消。

看楼盘之前,我特意咨询过张筠土风水大师,让她给我们的选楼提点建设性的意见。

看第一家楼盘的时候,我看见入户处长到像丝线一样的走廊,就不断对刘立恒说:"立恒,穿心剑的房子不能要。"

刘立恒随口问我:"穿心剑的房子是什么样的?"

我一边看一边和刘立恒解释:"就是入户门直对长走廊,走廊越长,对家居越不利,而且,门内无屏风阻隔,不宜居住。你看,这里的房子一进门都是这样的格局,大门和阳台成一直线了,前后通透,可以一眼看透大门与阳台,这是穿堂煞。古话说:前通后通,人财两空。穿堂风拂动,人容易得病的,不能住人。"

刘立恒满口答应:"好,听你的,我们换一家看看。"

到了第二家楼盘,我们先看外围环境。我掏出事先记好的小本本,一边对照,一边对刘立恒说:"立恒,你看,这栋楼的西南角有突角,这是犯了尖角煞,西南角是儿子房,影响家中女性身体健康,一家人易招惹皮肤病、肠胃病、肠胃炎、肠溃疡、生癣……"

刘立恒看着我,哈哈大笑:"慕容,你怎么成风水先生了,还会照葫芦画瓢啊。"

我一本正经地说:"没有啊,我和四同那时买房子的时候,就是没有咨询风水先生，买了一套犯了顶心煞的房子，也不知道化解，四同不是遭灾了吗？”

刘立恒一边看房子一边问：“顶心煞是什么？”

我说：“顶心煞就是住宅面对灯柱或电线杆形成的煞气，屋主容易脾气暴躁，不易沟通，容易发生血光之灾。你看，不是全部应验了？”

刘立恒继续说：“看你说的，这房子都没人买了。”

我继续解释：“别人买不买我们不管，我们把自己的房子看准就行了。立恒，我们换一家看看吧，这栋楼环境是不错，正东方位有绿化植被，还有池塘养着鱼。正东方位关系一家人的健康，这个区域放置茂盛的植物可促进家人的健康和长寿。而且属水的物品和山水画也有帮助，因为水可养木。唯一的缺陷是犯了顶心煞，我们惹不起还躲不起吗？”

刘立恒给我说得没有办法，继续开车，换第三家楼盘。到了第三家，我在外围一直没有找到致命性的毛病，转而进入室内。

挑来看去，找不到什么问题，我就盯着宅门看，风水学讲究气场，宅门生旺家道荣。我将宅门以房子的中心点为轴心，然后把房子划分为八个方位，就是东、南、西、北和西南、东南、东北、西北。

今年是虎年，如果我们买房的话，只要看宅门是否在东北位，也就是风水学上的旺气，南位也可以，就是所谓的生气，北位也不错，即进气，如果这样的话，就是符合了风水原理。

我看来看去，就是觉得这个宅门不太理想：“立恒，你看这房子，开的门是不是朝西啊？”

刘立恒点点头，用手指比画着：“我看看啊，阳台是南，东、南、西……对，宅门朝西，这个又有什么说法？”

我挽着刘立恒的膀子：“立恒，这个房子没有气场，以后对家运不好，跟我走，我们再换一家好不好？”

刘立恒说了一句：“好嘞……”

我们又驱车换了一家，到了第四家苜蓿园居安小区，我前前后后看了2个钟头，拿出小本本对着看了半天，找不到毛病了。

刘立恒看我不说话，问我：“怎么了，慕容，不发表点意见？”

我笑了笑：“找不出毛病了，看来我们的家得安在这里了。”

刘立恒又问一次：“确定没有毛病了？那我去下单付款了，不能后悔的。”

我点了点头，这确实是一座挑不出毛病的楼盘，环境很优雅，不冲道路不见煞。我跟着刘立恒来到售楼处，立即过来两位售楼先生。

其中一位说：“请问，二位看中了哪套房？”

刘立恒看着售楼先生说：“38栋18楼09室。”

售楼先生说:“好,我给你们看一下,这套房子目前尚未售出,1 万 8 一个平方米,套型很不错,建筑面积 288.7 平方米,三室二厅二厨二卫,全部是明线设计。在我们整个楼盘中,算最好的套型。”

刘立恒看着我:“怎么样?就拿这套了?”

我点点头,刘立恒开始办理买房手续。房子到手了,下面的问题就是装修了,我梦幻般地想象着我们的爱巢。

这么大的房子,我和立恒一间,壹壹一间,未来的儿子一间,三室全部满了。我对未来充满了无限的遐想。

回到仙林的家,我一直无法安静下来。我抱着壹壹来回跳舞,疯笑着。我后妈拍了一下我的肩膀:“慕容,出去回来就高兴成这样,是不是和谁谈恋爱了?”

我继续抱着壹壹旋转:“没有啊,我和壹壹谈恋爱啊,壹壹是我心中的白马王子啊,是不是啊,壹壹?”

我后妈看着我,转手打了我一下屁股:“鬼丫头花头精多了,还和妈保密了。看我今天晚上不饿你一顿,叫你天天吃,吃了不说老实话。”

我后妈说完,朝厨房走去。我继续和儿子疯:“不能说的秘密,就是不能说。壹壹,今年有大房子住了哦,壹壹要搬家了。”

这回,我后妈真真切切地听见了,拿着锅铲就从厨房走了出来:“慕容,你和儿子准备搬家了?搬到哪儿去?不要赖,我全部听见了。”

我哈哈大笑,把壹壹丢进小床,一把抱住我后妈:“妈,我的秘密。我告诉你,你不能告诉任何人,答应我就说。”

我后妈手里举着锅铲:“我答应,我保证不和任何人说。”

·第五十九章·

谁来提亲

我把嘴巴对着后妈的耳朵,唱了起来:

夏天夏天悄悄过去留下小秘密
压心底压心底不能告诉你
晚风吹过温暖我心底我又想起你
多甜蜜多甜蜜怎能忘记……

我后妈抡起锅铲,朝我屁股敲了两下:“丫头一定疯了,会要你妈玩了。壹壹,过来,和外婆一起扁你妈。”

我哈哈大笑,跑到阳台上,累得直喘气。原来,幸福是这样一种可以看得见摸得着的东西,它就和一幅画一样,当你心境好的时候,画面就是阳光的,赏心悦目的。

跑到阳台不久,口袋里的手机响了起来:“喂,慕容,我是立恒。”

奶奶的,我才回到家一个小时,还没有疯够,你刘立恒电话就追过来了:“嗯,什么事儿?”

刘立恒已经到家了,坐在客厅:“是这样的,我们的房子不是今天买好了吗,大事已经全部定下来了,我父母说明天去你家上门提亲,然后把婚期定下来,选个吉日完婚。”

我的神啊,呃……这么快就来提亲了,看来我不能再和我后妈捉迷藏了,不然等亲家上门,她还蒙在鼓里呢。

我对刘立恒说:“立恒,你等下,我爸出去应酬了,晚上回来我和他商量下,我再和后妈说一下,看看明天你们什么时间来合适。我晚上给你电话,好吗?”

刘立恒通情达理地说:“没有关系,我等你电话。”

挂断刘立恒的电话后，我走到厨房里，理了理头绪，看着后妈。后妈正在做鸡蛋羹，里面有肉末和几粒花生米，味道很香。

后妈不看我，看着蒸锅："疯够了，知道肚子饿了，进厨房找吃的了？"

我抱住后妈："妈，明天有人上门提亲了……"

后妈立马转过脸："谁来提亲？"

我一板一眼地说："刘立恒的父母！"

后妈"啊"了一声："刘立恒？他不是曼尼的前男友吗？你怎么和他搅一块儿去了？"

牙疼，怎么叫和他搅一块儿去了？婚姻法保护公民的恋爱婚姻权，那刘立恒要追我，我有什么办法？什么男朋友、女朋友的，没有结婚前都算朋友，不算夫妻，哈哈！

我继续说："妈，等晚上回来，我再跟爸说一下，看他明天有没有时间，有时间的话，我们明天就让立恒他父母来仙林了。"

我后妈盯着蒸锅，想了半天："慕容，原来你一直和立恒谈恋爱？我说你最近怎么那么疯。"

我用手拈了一块干切牛肉，丢进嘴里："妈，在这个世界上，其实，人不需要拥有很多，只要有一份真情，加一份真爱，就足够了。"

我后妈转过身抱住我："慕容，妈也是这么想的，一个女人和一个男人过日子，要的是男人的那份心。如果男人没有那份心，你们的物质就是再多，再丰厚，哪怕黄金堆成山了，你们还是不快乐的，因为你们的心神没有合二为一。"

奶奶的，我后妈怎么以前没有对我说过这样的话？如果早点说给我听，我不是可以早点醒悟吗？

想想四同那小子，从结婚后就没有给过我一天好日子过，一直和我同床异梦，还他奶奶的买什么情侣手机来赎罪表白。刘立恒在医院陪他，还不是照样看见他手机里的野女人信息吗？

这正应验了我后妈的哲学观：心神分开，没有合二为一。所以，我和四同的婚姻是貌合神离的，他给我再多的钱，我也不开心。

算了，活人不记死人过，牙疼。晚上，我亲爸回来了，我正发愁不知道怎么和他开口，我后妈说了："他爸，你明天在家休息吗？"

我亲爸问："休息，有事儿吗？"

我后妈接着说："明天立恒他父母上门提亲。"

我亲爸看了看我："慕容，你妈说的是真的？"

我点点头："爸，是真的。"

我亲爸有点回不过神来："这个刘立恒不是曼尼的男朋友吗？他要提亲应

该去四同他父母家，怎么跑我们家提亲来了？”

我后妈抱着壹壹，一边拍着他一边说：“他爸，刘立恒已经退婚了，和曼尼取消婚约了，现在，他父母上门，是向慕容提亲来了。”

我亲爸终于明白了：“是这样啊？慕容，你和立恒……这个过程是不是太快了点？”

我低着头：“爸，我们婚房都已经买好了，在河西苜蓿园居安小区，288.7平方米，等今年开春后，立恒就准备娶我过去了。”

我亲爸拍了拍我的头：“慕容，我没有怪罪你的意思，只要立恒真心对你，我和你妈都没有意见。说实话，我们就希望你和壹壹幸福，能有个好的归宿。我和你妈在慢慢变老，不可能跟你过一辈子，你还是要有一个自己的爱人。”

亲爸说到这里，我有点伤感。是的，哪家父母的心不是肉长的，不希望自己的子女幸福？包括当初我和四同结婚，我父母也是给了我们最真心的祝福，鬼知道四同怎么就那么不待见我，把我当废砖一样埋汰了一年多。

我后妈接过我亲爸的话：“慕容，你是我一手带大的，妈知道你不容易，嫁过去以后，你要和立恒他父母搞好关系。壹壹现在还小，如果以后你照顾不过来的话，就丢妈这儿，妈给你带。”

我点点头：“妈，我会和立恒好好过日子的，谢谢你。”

提亲的事情总算有惊无险，定下来了。当天晚上，我看着小床上的壹壹，想了很多。壹壹和我是有缘母子，不然不会一直在我的肚子里，坚持到最后生下来。我要善待他，给他最好的生活和最好的教育。

壹壹现在还不会说话，等他会说话的时候，我第一个要教会他说“壹壹”，壹壹是唯一的，是妈妈唯一的宝贝。

每个女人，都是上天降落在人间的尤物，没有一个女人希望自己是邪恶的，也没有一个女人希望自己是不幸的，更没有一个女人希望自己的婚姻是一波三折的。

二婚，这个词我从来也没有想过。当我真的成为一个二婚女人，我只能感叹命运的有力之手，感叹自己的命运多磨。

·第六十章·
春暖花开

转眼间,到了春暖花开的日子,油菜花在农田里金黄一片。传说中的经典童话是:春天播种爱情,秋天收获婚姻。可是,我和曼尼一样,秋天播种爱情,春天收割婚姻。

最近,张曼尼特别兴奋,动不动就给我打电话,问我:“嫂子,你婚期定在哪天啊?”

立恒和我商量过婚期,多数在黄金周五月初,具体哪一天还没有定。我对曼尼说:“估计是五一吧,具体日子还没有定下来,你和振业呢,日子定了吗?”

张曼尼在电话里一蹦三尺高:“嫂子,我们也定在五一啊。”

我哈哈大笑:“这么巧啊,曼尼?”

张曼尼连连点头:“嫂子,我想和你在同一天举行婚礼。”

靠,这丫疯了,有小姑子和嫂子同一天出嫁的吗?如果让亲戚同事知道了,又要来人肉一番了,我可不想像上次和四同结婚那样,弄八个爸爸妈妈出来,第二天就成为人间笑谈。

我停止说笑:“曼尼,小姑子和嫂子同一天结婚,怕是要给人笑掉老牙了?”

张曼尼开始撒娇了:“嫂子,你就答应我,你要是不答应,我就和立恒哥说去,我要和你同一天披上婚纱。”

这丫的什么破世道,有这么咄咄逼人的吗?我想了想,选择沉默。张曼尼不依不饶,继续纠缠我,一会儿问我在什么酒店办酒席,一会儿问我婚纱照照好了没有。

我和张曼尼兜圈子玩,就是不告诉她。张曼尼是乐天派性格,也不追问,换了个话题:“嫂子,我和你说个笑话,听不听?”

我当然听:“听啊,你说。”

张曼尼开说了:“嫂子,你答应我,听完不许笑。”

我保证:“我不笑,要笑我不是你嫂子。”

张曼尼接着说:“嫂子,你说这话等于没说。我说了啊,那天,我和我爸我妈说,明天有人上门提亲,你们不要出门,你知道我爸我妈说什么吗?”

我忍住笑:“不知道。”

张曼尼继续说:“我爸说,曼尼,立恒家不是提过亲了吗?难道他家钱多没地方花,要再拎四大样见面礼来孝敬我?”

我哈哈大笑:“哈哈,你爸老财迷。”

张曼尼接着说:“我妈跟着说,曼尼,怎么又来提亲了,难道你准备嫁两次吗?”

哈哈,我彻底晕倒。一个张曼尼,把他爸爸妈妈全部搞得晕头转向了。张曼尼说完笑话,我笑了半天。

张曼尼鼻子哼了一声:“嫂子说好了不笑的,还笑。”

笑了半天,肚子吃不消了,连壹壹都给我笑醒了:“壹壹醒了,我去抱他,先挂了,哈哈哈……”

他奶奶的,我怎么笑得刹不住车了,这样笑下去下巴要掉下来的,哈哈哈。我抱起壹壹,冲着壹壹莫名其妙地笑,那小子也不知道我笑什么,也跟着傻笑。

春暖花开,面朝大海,张曼尼和我一样,因祸得福。看来我们的快乐是经得起时间考验的,我们哭过,痛过,绝望过,但是,我们依然选择了坚强。

当天晚上,刘立恒下班回到了仙林我的家。吃完晚饭,刘立恒和我回到屋子里,他躺在床上,看着我:“慕容,曼尼今天打电话给我了。”

我忍住笑:“什么事儿?”

刘立恒说:“曼尼想和我们在同一天举行集体婚礼,我答应她了。”

我“嗯”了一声:“日子定了?”

刘立恒继续说:“没,日子等几家父母一起商量后,然后统一决定,你看行吗?”

我没有意见,点点头:“两个人婚礼在一起举行,合适吗?”

刘立恒无所谓地说:“我看没有什么关系,曼尼是我妹,你是她嫂子,等于一家人在同一天举办两场婚礼,双喜临门嘛。”

我点了点头:“蛮有道理,立恒,婚后,壹壹怎么办?”

提到壹壹,刘立恒立即跳下床:“我今天还没有亲那小子,来,壹壹,爸爸抱,亲亲乖,胡子爸爸来了,扎壹壹小脸了,快闪开了。壹壹,当然跟我们走啊,苜蓿园居安小区房子那么大,够他住的。”

我又问:“仙林的房子怎么办?”

刘立恒抱着壹壹,继续用胡子轻轻扎他的脸:“仙林可以出租啊,随便你怎么处理,我不参加意见。以后壹壹跟我们过去的话,如果你一个人照顾不过来,你妈也可以跟过去,再大点就可以上幼儿园了,你想去我父亲公司也行,在家也行。"

刘立恒把话说干净了,我心里也明白了,所有的担心都是多余的。现在,刘立恒只欠我一个婚礼了。

天气越来越暖和,脱去冬装,就是春装了。我的衣服全部爆瘦,一件也不能穿了。双休那天,刘立恒带我跑遍新街口商业街,买了两套合身衣服回来。

剩下来的日子,似乎就是围绕婚礼如何进行了。为了在婚礼上有个好的形象,我开始实施减肥计划。

每天,我在吃饭的时候,只吃很少一点,荤菜上桌,我基本上不动筷,每天抱着水果就啃一天。

我后妈看见我:"慕容,你现在还在哺乳期,你每天这样节衣缩食的,不仅苦了自己,也苦了壹壹,何苦呢?"

我看着后妈,有滋有味地啃着苹果:"妈,还有半个月就要五一了,我再不减肥,到时候在婚礼上,人家还以为我怀小二子了呢。"

我后妈哈哈大笑:"小二子就小二子呗,反正迟早都要生的,怕什么?"

我摇摇头:"妈,不是怕什么,就我这体形,穿上婚纱也太难看了。曼尼和我同一天在同一个大酒店举办婚礼,我不能把自己弄得太寒碜了。"

我后妈无可奈何,也不问了。刘立恒最近工作比较忙,经常加班加点,很少来仙林,多数时候回自己父母的家。

苜蓿园居安小区的房子已经装修好了,正在通风。很快就要二度出嫁了,我的心里不知道是什么滋味,幸福中掺杂着惶恐和不安。

人生,有时就像龟兔赛跑,一心一意向往终点站的人,不一定最先到达希望的顶峰。兔子的一个打盹,就和婚姻中的一道坎一样,迈过去了,前面就是阳光灿烂,否则只能被乌龟甩在屁股后面。

减肥计划成功后,我对自己的魔鬼身材很满意,刘立恒看着我,都有点不敢相信自己的眼睛了。

不知不觉到了五一,我和张曼尼的婚礼定在五月二日。五月二日是个大晴天,这天清晨,十二辆小轿车兵分两路,一边六辆,一路朝市区张曼尼家驶去,另一路朝仙林我家驶来。

每辆小车的车身上,都扎了鲜花,车窗玻璃全部贴了大红的喜字。车到仙林后,鞭炮齐鸣,刘立恒穿过鞭炮区,手里捧着一大把红玫瑰,和迎亲的人一起冲进电梯。

一群人到了我家门口,拼命地敲门。我后妈在屋子里拦住我:"慕容,不要出来，我出去为难一下新郎。”

伴娘是安京宁的表妹，今年二十岁，花容月貌，她一直陪护着我。我坐在床边，听着客厅的喧闹声。

我后妈抱着壹壹，走到客厅门口，打开里面的木门，外面一道防盗门依然锁着：“我问新郎，你今天来做什么的？”

刘立恒立即回答：“我是来接我媳妇的，妈，请开门。”

我后妈继续说：“红包准备了吗？”

外面的人抢着回答：“红包有，在这里，大妈你把门打开，我们把红包递给你。”

我后妈腾出一只手：“防盗门有缝儿，你们把红包递过来，我看看是真的还是假的？”

外面的人没有办法，想开门没辙，只能谈条件：“大妈，我们说好了，你拿了红包后，就把门打开，好不好，让我们进去喝口水？”

我后妈答应：“好。”

外面的人得到承诺，通过门缝把红包递了进去。我后妈接过红包，看了看里面的钱：“钱太少了，就两个钢镚儿，还不够我家壹壹买一粒糖果的，不够，再递几个红包进来。”

外面的人急了：“大妈，你刚才说了，红包到手，防盗门开口，你现在门还锁着呢。”

我后妈把红包放进壹壹的口袋里，继续刁难：“再来几个红包，我就开门。”

外面的人急着进屋，给磨得没办法，又准备了几个红包：“大妈，红包全部在这里了，你拿到红包，答应我们一定要开门。我们嗓子都喊哑了，就进去喝口水。”

我后妈点点头：“嗯，拿到红包你们就进来喝水。”

外面的人急不可耐地把最后几个红包全部塞进门缝里，我后妈一个个打开看，看完了，发现一个红包里的钱漏掉了：“这个红包是空的，补一包喜烟来，我马上开门。”

刘立恒站在门外，急得满头大汗，听见我后妈要喜烟，立即从口袋里掏出一包：“妈，喜烟在这里，您拿着，快开门吧。”

我后妈看见刘立恒脸上的汗珠子直冒，有点不忍心，接过喜烟，哗啦一下打开了防盗门，一群人轰的一声，冲了进去。

刘立恒第一个冲进来，到了我的屋里后，看了我一眼，开始到处找我的新鞋子。我后妈在开门前，已经把我的红色高跟鞋藏起来了。

刘立恒翻遍了屋子的每个角落，就是看不见我的新鞋子，他的汗珠子又冒出来了。我看着他着急的样子,把眼睛朝壹壹的小床瞟了瞟。

刘立恒以为我朝窗口瞟,立即跑到窗台边,看了看,还是没有新鞋子。我后妈抱着壹壹,站在旁边看着,不时故意敲他几句:“立恒,慢慢找,今天找到新鞋子,慕容就跟你走,找不到的话,慕容走不了就不要怪我了。”

刘立恒点点头:“妈,慕容的新鞋子你藏哪里了,告诉我吧?我回去肯定好好待慕容,不会让慕容受一点委屈的。”

我后妈无动于衷:“立恒,你现在说什么也没有用,如果你有诚心,真的对慕容好的话,就把慕容的新鞋子找出来。”

围观的人一起在旁边看,一些心急的人,开始在旁边出点子:“立恒,去新娘的婚纱里面找,婚纱那么大,藏一双新鞋子还不容易?”

刘立恒恍然大悟,立即跑过来,掀起我的婚纱,边找边低声对我说:“慕容,新鞋子在哪里?快告诉我,上午10点前我要把你接回去,不然时间来不及了。”

我压低声音说:“壹壹床。”

刘立恒没有听明白,还是在我婚纱里翻,翻得围观的人哈哈大笑:“新郎官,现在还没有闹洞房,你找新鞋子也不能找到新娘的婚纱里去吧。”

刘立恒新鞋子没找到,还落了个大红脸。他站起来,擦了擦额头的汗珠,一脸无奈地看着我。

牙疼,你个刘立恒平时那么聪明,这会儿怎么那么迟钝?我已经告诉你在壹壹的小床里了,使过眼神也丢过话,你怎么就不知道过去看看呢?急人。

屋子里已经翻干净了,刘立恒突然将眼睛对准了壹壹的小床。我后妈本能地走过去,把壹壹放进了小床。

刘立恒看了看我,我眨了眨眼,他立即朝小床走去。我后妈看见刘立恒过来,故意说:“我家壹壹要睡觉了,不能吵不能闹……”

刘立恒呵呵笑了一声:“妈,今天慕容结婚,壹壹不能睡觉,一会儿要看大红鞭炮天地响。”

说完,刘立恒把双手一把抄进小床里,摸了一遍,正要拿出新鞋,给我后妈按住了:“立恒,你以后怎么对慕容?说完再拿新鞋。”

刘立恒连忙答道:“妈,你一百个放心,父母怎么爱慕容的,我比父母更爱她。”

这时,我后妈满意地松了手。刘立恒拿着新鞋子,立即走到我这里,给我仔细地穿上。

与此同时,张曼尼的家,洪振业手里拿着和刘立恒一样的鲜花,和一群人一起挤进了防盗门。

张曼尼的父母没有怎么为难女婿,洪振业让老两口喜欢到合不拢嘴,哪里忍心折磨他？洪振业只花十分钟，就顺利地找到了曼尼的新鞋子。

两对新人，在不同地点，被两台摄像机同时跟拍着。两个新娘，身穿洁白的婚纱，被两个新郎背着出了家门，走进了电梯，走进了迎亲的小车。

彩带在空中飘舞着，气球在地上被人群踩得噼里啪啦直响。

当天下午5点58分，今世缘世纪大酒店。宾客坐满了大厅，两对新人身穿结婚礼服，在婚礼进行曲中，从后往前，走到前台。

两边，是热闹的人群，不断往两对新人的头上泼撒礼花和彩纸。两对新人面带微笑，从容地走过大红地毯，上了前台。

两对新人并排站在前台，司仪开始主持婚礼："今天，是五月二日，也是刘立恒先生和花慕容小姐、洪振业先生和张曼尼小姐结婚的大喜日子。在这个幸福的日子里，我们祝福两对新人百年好合、相亲相爱、和和美美、早生贵子。下面，证婚人宣读结婚证书。"

接着，是新人父母上台。这次上台，闹了个不大不小的笑话，新人父母上台的时候，张曼尼的爸妈一紧张，就站到我和刘立恒这边来了。

张曼尼她爸和她妈站定后，抬头一看，张曼尼和洪振业怎么站在他们对面呢，赶紧又跑了过去。台下人哈哈大笑，一些人吹口哨尖叫，那场景真叫一个字：闹。

这次婚礼，上来的还是八个爸爸妈妈。刘立恒的爸爸妈妈，我的亲爸后妈，洪振业的爸爸妈妈，张曼尼的爸爸妈妈。和上次与四同的婚礼唯一的区别是，多了一对新人。

新人父母站好后，司仪继续说话："现在，请两对新郎和新娘互相交换戒指。"

这时，两对新人开始交换戒指。刘立恒和洪振业分别给我和张曼尼戴上戒指，然后，我们再给对方戴上戒指。

接下去，司仪大声喊："两对新人三鞠躬，一拜天地，二拜父母，夫妻对拜。"

司仪一边喊，两对新人一边跟着口令做。台下的宾客闹哄哄的，很多人从座位上站了起来，边看边喊好。

婚礼按照程序，一步步走，然后是新人开香槟、切蛋糕、喝交杯酒，最后婚宴正式开始。

席间，我和张曼尼换了两套礼服。婚礼一直持续到晚上九点多，等众宾客全部散了，两对新人各自回到自己的洞房。

两扇门同时关了起来……

（完）